山里泉

源骏——著

群言出版社
QUNYAN PRESS
·北京·

图书在版编目（CIP）数据

山里泉 / 源骏著 . -- 北京 : 群言出版社，2017.10
ISBN 978-7-5193-0173-6

Ⅰ. ①山… Ⅱ. ①源… Ⅲ. ①长篇小说－中国－当代
Ⅳ. ①I247.5

中国版本图书馆 CIP 数据核字（2017）第 251952 号

责任编辑：侯　莹　金　朝
封面设计：逸品书装

出版发行：群言出版社
地　　址：北京市东城区东厂胡同北巷 1 号（100006）
网　　址：www.qypublish.com（官网书城）
电子信箱：qunyancbs@126.com
联系电话：010-65267783　65263836
经　　销：全国新华书店

印　　刷：北京京华虎彩印刷有限公司
版　　次：2017 年 12 月第 1 版　2017 年 12 月第 1 次印刷
开　　本：880mm × 1230mm　1/32
印　　张：11
字　　数：247 千字
书　　号：ISBN 978-7-5193-0173-6
定　　价：38.00 元

目录

一　催婚

罗百万死了女人，十年也没有娶上。他虽然才五十刚出头，身板儿也硬实，可日子过得很穷。住的是老爹留下的土墙草屋，穿的是露着脚趾的老布鞋，一斤豆油吃半年，饿得耗子吱吱啃地皮。这几年，虽然农村有了大变化，人人开小轿子，个个骑电驴儿，七八十的老头儿也不差钱了，大姑娘小媳妇见钱也不眼红了，可是不知为什么，罗百万总也富不起来。他那么穷，却也想好事儿，看上了守寡多年的邻居吕淑梅，夜晚常做她的梦。梦见又有什么用，如今这世界，有钱能上天揽月，没有钱寸步难行。但是这几天村里传言，吕淑梅常到罗百万家去洗衣做饭，或许她不嫌他家贫，他俩真好上了。

罗百万有一儿一女。儿子名叫罗志明，大学毕业回了家，说什么回乡发展，要开油条铺呢！罗百万深知光棍之苦，害怕儿子走自己的光棍路，向儿子发表严正声明，娶不上媳妇，别怨他罗百万！罗志明却嘿嘿一笑说，向老爹学习，光棍到底毫无怨言！气得罗百万骂儿子没出息。

其实罗志明也不是真想打光棍儿，他也知道现在农村娶个媳妇是何等艰难。姑娘都进城了，剩下了一群光棍汉。过大集体日子时，就算穷得屋内连只耗子也没有，也不用愁娶不上媳妇；如今却翻了个儿，钱少了还不行呢！什么三金五银，都是老黄历了，现在没有几十万，媳妇到不了家。

罗志明不愁自己娶不上媳妇，却为妹妹罗秀英的婚事犯愁。罗秀英今年二十了，虽未嫁人，却有了婆家。未婚夫是村长马老二的儿子，名叫马大福。马大福今年小三十了，结过一次婚。他脾气暴躁，力大如牛，杀牛宰狗，无所畏惧，一次能喝半箱啤酒不醉，照样打麻将下棋，他依仗父亲的一村之长之势，夜晚偷鸡摸鸭，却无人敢惹。离婚以后，有人给他介绍了几个女人，他都没有相中，却偏偏看上了罗秀英。罗志明不愿妹妹嫁给一个比她大十几岁的酒鬼。他几次劝妹妹与马大福分手，罗秀英说："这事我说了不算，你去和咱爸说。"罗志明去劝父亲，罗百万冲儿子瞪大眼睛，吼道："你是想叫你爹失去那三垧三亩地，过穷日子呀！"

罗志明哑然了。

原来这东丰村坐落在大玛河畔，是一个不过百户人家的小山村。这个村庄耕地稀少，除了村民耕种的土地和房屋院落外的土地和树木都由大山林业局管理。因此，对于居住在这里的每一个村民来说，一寸土地比一寸黄金还珍贵。罗百万眼下耕种的三垧三亩地是转包村长马老二的，罗百万家自己分的地在距离他们村最远的地方，那块地贫瘠不说，还不靠近水源，每次浇地，罗百万带着女儿，肩挑水桶来来回回数十趟，一年到头辛苦不说，还没啥收成。所以马老二提出可以把自己家的地转包给自己的时候，罗百万想都不想就答应了。马老二在与罗百万签合同时提出，只要政策不变，罗百万就能永远耕种那块土地，条件一个，让罗秀英嫁给马大福。那年，罗秀英只有十七岁，欠债累累的罗百万，只有一个条件：女儿不到二十，不进马家门，为的是让女儿在家帮他干活偿还债务。马老二也十分同意，为确保万无一失，双方签了合同。如今合同已签订了三年，罗百万每年种白瓜净收入四五万元，偿还了外债，日子一天天好起来。他时常对人们说："是马村长使我们家过上了好日子，这大恩大德我们不能忘啊！"因此，他对于以地换亲之事，认为是理所当然的。

这是二〇一六年，清明节刚过，罗百万扛着铯子，出了院，正要去地里搂瓜秧，只见一个五十多岁的胖女人东张西望地进了院。那女人满脸堆笑，说："他大伯，你这要干啥去呀？"

罗百万说："去地里搂瓜秧，大福妈，来有事吗？"

胖女人笑道："可不，到屋里说吧！"

这个胖女人就是村长马老二的女人吕淑云。进屋后，吕淑云从衣兜里摸出一个红纸袋，递给罗百万。说："大福他爹叫我来送日子，他说到七一那天，给两个孩子的婚事办了，这是一万块钱，是给秀英的彩礼钱。本应该多给几万，只是大福他爹当村长，给礼钱多了，违反了政策，大福爹就受处分，你也别嫌少，多少也是我们的一点心意。"

按照这里当今的风俗，一万元彩礼的确不多。罗百万心想，既然亲事做成了，多少倒不在乎。只是想到这几年，女儿为这个家付出了不少，一旦出嫁走了，少个帮手，沉重的家庭负担全落到自己肩上，自己又当男又当女，受累不小，便说："福他妈，能不能叫秀英过两年再结婚啊，她妈走的早，这个家离了秀英真不行啊！"

吕淑云说："你家离不了秀英，我家也急需有个儿媳妇呀！来时福他爹说，你有一万个理由也不行，这事就这么定了。"

吕淑云走后，罗百万心内一直不能平静，想到女儿也到结婚年龄，不能因为自己这个家，误了她的青春；而况和马老二签的租地合同上写得明白，秀英年满二十进马家的门。便也就只好哑巴吃黄连，有苦说不出了。

"唉，后悔当初签合同时，不应该把女儿押上了。我这不成杨白劳了吗？"罗百万脸上现出悔色。

罗百万蹲在院门口，掏出一盒"哈尔滨"香烟，抽一支点着。这个牌子的香烟，每盒不过两元钱，如今也没人愿意抽了。罗百万却爱不释手，他抽了一支又一支，脚下烟卷头儿堆成个小山。

就在这时，吕淑云又朝罗百万家急火火地走来。她老远就喊："志明他爸，刚才我说错了，结婚的日子不是七一，是五一哪！"

罗百万一愣，说："那也没几个月了。"

"可不，我们家急等用人哪！大福也三十了，他也等不及了，再说那合同上也写着，秀英二十岁就是马家的人了，姑娘大了得出嫁，你别舍不得。"

罗百万突然如一头凶狮，愤怒地吼叫起来："别五一了，叫秀英明天去！逼人太甚！"

吕淑云立时变了脸，十分生气地说："志明他爸，话可不能这么说！是谁逼你了？白纸黑字上写得明明白白，你种俺的地，得把你姑娘给俺当儿媳妇。你种地三年了，也发大财了，就变卦了？吃水不忘打井人，你也该想想，这几年你能过好日子，还上外债，不全靠俺家那块山泉地吗？你要反悔也行，把地退给俺，俺也给大福另娶媳妇！你这么大年纪了，怎么说话不算话？”

罗百万哑口无言，张着嘴，想说什么怎么也说不出来。

吕淑云仿佛受了满肚子委屈，仍然气呼呼地说：“你别以为没有你那大黄米，做不出粘米糕；没有你家秀英，我儿子也打不了光棍。不是吹，凭俺们的家庭，娶你家秀英，是俺们瞧得起你，你也别不识抬举。”

罗百万慌忙说：“他大婶，我没有说不同意这门婚事，我觉得结婚日子太近，能不能改改日子，到十月一日呀！”

“这事我说了不算，是大福他爸定的日子。你去和他说去！要不是大福看上了秀英，你倒贴一百万，我们也不要！害得俺三年不能使唤儿媳妇，亏透了！”

说完，吕淑云扭头走了。

二　一对陌生男女

罗百万怀着一颗沉重的心来到他转包马老二的那块山泉地里。这块地又名老黄头地，是很多年前，一个姓黄的老头儿用镐头刨起来的。种过谷子高粱，也种过玉米大豆，黑油油烟灰土，种啥收啥。它坐落在野猪岭下。野猪岭一望无边，古树参天，密林丛生；大河北岸石峰屹立，悬崖绝壁，如一天然大石屏挡住北来寒风。有一石如石龟探头饮水，人曰龟探头石。又有一石如天鸡仰头望月，人曰天鸡望月石，山泉地东有一石峰高耸云天，如老鹰钻天，人曰鹰头峰。鹰头峰上有一巨石，高数丈，如观音菩萨打坐，人曰观音石。大玛河水滚滚从西边流来，从两峰相对的虎头峰和蛇峰下流出，如月牙儿般绕过山泉地，向东方流过巨人砬子，直冲鹰头峰，然后拐个弯儿，又流过东丰村，直奔海参崴流去。

河水汹涌，一年四季常流不断。水中多鲫鱼、川丁子、鲶鱼，味道鲜美，名扬北国。更美的是地里有一山泉，泉水从石缝里流出，清澈透明，冬暖夏凉，四季不枯。

其泉水人喝之，寒症除寒，热病去热，能舒筋活血，也能消除人身疲劳。女人老了，美容不减，男人六十壮如青年。老黄头能活到九十九，一生百病不犯，行走如飞，就是因为他喝了一辈子山泉水。当年老黄头用这泉水在城里开了个烧酒铺，酒香飘百里，挣了大钱，给张宗昌交了税。张宗昌管他叫黄烧锅，非他的酒不喝。后来老黄头在城娶了个寡妇女人，“土改”时连人带地带到岗子村，这块地就记在岗子村的土地账上。不知为什么，三十年前，这块地便又在东丰村的村会计的账本上出现了，就以低价被马老二承包了。

现在，虽然清明已到，冰消雪化，但是春天并未真正来到，土地也未化透。罗百万觉得心里很堵，去泉边捧起一捧泉水喝了，立时觉得心胸畅快多了。想起听人说当年老黄头烧酒发了大财，后来又娶了女人，心里想，“如果我罗百万也用这泉水烧酒，也许那个寡妇女人也一定嫁给我”。他这么一想，身上立时来了精神劲儿，自语道：“就学老黄头，也烧酒挣大钱，娶个老伴。”

一想到娶老伴，罗百万把刚才涌上心头的烦恼全忘到脖子后边去了。他想到要想娶老伴，离不了这块山泉地；这几年他罗百万能偿还外债，过上好日子，全靠这块山泉地！这块地是他的命根子，是他们一家人生活的支柱，失去什么也不能失去了这块土地。想到这里，他觉得也没有必要拒绝女儿出嫁到马家。现在，他倒担心吹了马家这门亲，使他失去这块土地。

“回去就和秀英说，叫她五一出嫁吧！夜长梦多，还是早办了好！”

他无心搂瓜秧，正要回家去，只见从树林里传出一个女人的“来人啊”的呼叫声。罗百万不由得大吃一惊，慌忙朝那喊叫声跑去。就在这时，一个男人和一个女人，从树林里跑出来。

他们都满面惊慌神色，气喘吁吁的，如被追赶的逃犯一般。罗百万仔细地打量着那一男一女，觉得十分陌生，并非东丰村人。那男的有四十多岁年纪，肥头大耳，身子矮小，十分肥胖，那女的也不过二十五岁年纪，穿着花红柳绿一般，格外耀眼和漂亮。他们一见到罗百万，惊色立时消除了不少。那胖子张口气喘着说："把我要吓死了！"

那女的一出树林，就瘫了般坐在地上，满面惊色不消，面色蜡般黄，大口大口地喘着粗气，埋怨那胖子道："我说不上山，你不听我的，差点没命了！"

那胖子说："原来这山上真的有黑瞎子野猪呢！"

原来他们听说这山上有一块巨石，形如野猪，想上山看个明白，不想在山林里遇上了两只狗熊和一群野猪。罗百万听了他们的叙说，便道："这山有狗熊，野猪也不少，一到秋天便成群结伙下地吃玉米。前年我们村老周家的老母猪跑上山去了，过了半个月又回来了，没过几个月，下了十五个野猪崽。打那儿，他家饲养的那个母猪一到卖卵的时候，就跑山上去了，回来就下野猪崽，这几年卖野猪肉叫他好一个发啊，比家猪肉每斤翻一倍！"

那胖子惊得直眨巴眼睛，说："这是一项发财致富的好门路啊！"

罗百万说："老周家前几天又把几头母猪放进山里去了。他家一年净卖野猪肉收入就几十万。"

那胖子望望四面群山，又走到山泉边，然后问罗百万："这山泉水长年不断吗？"

"一年四季都不干，水可旺了，冬天也不结冰。有一年大旱两个月没下雨，这泉水也不干，还用抽水机浇地呢！民国时期，有个姓黄的老头，用这水烧出的酒，比别家的酒贵几倍，也都抢着买，叫老黄头发了个好财，也娶上了女人。”

胖子捧起山泉水喝了几口，连连点头对那个女人道：“这水是好，真甜哪！在这建个矿泉水厂，就能发大财！”

那女的也捧起水喝了几口，连声说：“是好，是好！孙经理，这事就定下来吧！”

那胖子点点头，问罗百万：“大叔，你贵姓？”

“我叫罗百万。”

那胖子笑道：“大叔，你这名字好啊！罗百万，罗百万，家有百万哪！”

“有个啥，和钱没缘分，穷得尿血！”

“现在党的政策这么好，要是谁再受穷没钱花，不能怨别人，得怨自己哪！大伙都富了，你怎么还穷得尿血呢？”

罗百万听那胖子这么一说，仿佛觉得伤了自尊心，比别人矮了不少，支支吾吾地说：“这……这……咱生了个受穷的命，命中注定发不了财，钱和我无缘。”

那胖子说：“这回你要发大财了，我给你送钱来了。”

罗百万脸一沉，说：“净胡扯！我与你不认不识，你也不欠我的，给我送什么钱？”

那女的笑嘻嘻地说：“百万大叔，孙经理不骗你，今天是给你送钱的，你要成富翁了。”

罗百万迷惘地望着两个来人，心想，这两个人怎么大白天说胡话呢！我罗百万一不当官二不是富翁，连小鬼见我都躲着，谁能给我送钱？他们有意来嘲笑我吧！心里十分不悦，便说：“我是个老实人，你们怎么和我开这种玩笑？”

那女的说：“大叔，我们不是和你开玩笑，真的给你送钱来了，这块地是你的吗？”

“不是我的，还能是你的？”罗百万有点心烦。

“这块地是多少亩？”

“三垧三亩。你问这个干啥？”

那女的说：“他是我们天顺公司的总经理，我是经理的秘书，今天陪孙经理来这里，为的是这块地。我们公司准备花钱买你这块地。”

罗百万说：“土地是国家的，是不允许个人出卖的，我懂政策。”

那女的咯咯笑了起来，笑毕，说：“你真是个土老帽，不能买卖，你可以长期转租给我们啊！”

“那也不租，我全家人全靠这块地生活呢！租了就没地种了，日子不能过了。”

那女的又笑起来，说：“租了地就有钱了，有了钱，就什么都有了，你真是个土老帽！”

“给多少钱？”罗百万来了精神。

“你要多少钱？”

“我要一百万，你给吗？”

“行，那就一百万！”

罗百万惊呆了。他不过随便说说，却没想到那女的真的同意了。想到一百万那个天大的数字，他又怀疑那女的是在耍笑他，想是他们也不是真正办事的人，很生气地说：“你们别逗弄我了。”

那女的看出罗百万对他们的不信任，解释道：“大叔，我们不是骗子，我的确是天顺公司的秘书，这位是天顺公司的经理兼董事长，名叫孙有成，我叫李玲，你到网上一查就知道了。”

罗百万说："你们真给一百万？"

李玲望望孙有成，孙有成轻松地笑道："不就一百万吗？我同意了，现在就写合同。"

罗百万傻眼了。三十几亩的地能卖一百万，他怀疑是在做梦。他声音打颤地说："你们真不是骗我吧！"

李玲说："我们的公司是省里挂名乡里挂号的大公司，骗你一个小小老百姓，犯得着吗？"

罗百万犹犹豫豫地说："这……这事儿，我得回去和孩子们商量商量，我自个儿做不了主。再说，这块地是我转包村长马老二的，也得问问他，让不让我卖！"

孙有成陡地变了脸，十分不悦地说："原来是你转包马村长的呀！你咋不早说啊！我还以为你的呢！"

三　我是马老二

都说，姑娘大了十八变。对于罗秀英来说，从她来到这个世界上，就长得像朵花儿，谁见了谁喜欢。在她十五六岁的时候，脸蛋儿就那么白嫩，白里还透着红。村里人都喊她美人儿，小伙子见天儿围着她转，也不觉得累。如今二十岁了，那脸儿如是熟透的红苹果，嫣然一笑，露出雪白的牙齿，腮上的两个酒窝，越发显得她柔情可爱。高高的鼻梁，浓黑的月牙眉，水汪汪的一双杏仁眼，樱桃小口，不说话脸上就挂着笑，神仙见了也掉魂，怪不得马大福非她不娶呢！

中午，罗百万还没有回来，这可急坏了罗秀英。她知道父亲下地干活时常过了吃饭的点儿。她把饭放在锅里，可是一直到太阳即将落山，罗百万还没有回家。罗秀英急得身上冒冷汗，她正想去山泉地，只见父亲扛着铯子，无精打采地朝家走来。罗秀英十分不高兴，说："爸，你怎么一天也不回家，午饭也不吃，就不知道饿吗？马大叔来咱家三次，说有重要事和你说。"

"啥重要事？"

“我没问，他也不说。”

“是不是来催婚，叫你快去当他的儿媳妇？”

“大概是吧！”

罗百万皱起眉头，叹息道：“你哥坚决反对这门婚事，你说叫我咋办呀！退了婚，失去了地；不退婚，可马大福那孩子，也实在是配不上你。”

罗秀英说：“生死由命，富贵在天，我自己不反对，你就别为我操心了，只要你和我哥过得都好，我嫁谁都行。”

“话是这么说，可我这当爸爸的……唉，要不是供你哥上大学，给你妈治病，花了不少钱，我哪能为了块地，应下这门亲呢！是爸对不住你啊！”

罗百万眼眶湿了。

看见父亲眼里落泪，罗秀英也止不住泪水盈眶。就在这时，马老二弯着个大对虾腰来了。

马老二名叫马平山，因排行老二，人都叫他马老二，他今年五十五岁，现在是东丰村的村长，人老权大，跺几下脚，地皮也跟着抖三抖。他有一儿两女，女儿都结婚出嫁了，只有大儿子马大福离婚后一直未娶，急等罗秀英进门来。他深信，只要政策不变，罗百万能种着他承包的地，他和罗百万的亲戚也一定能长久做下去。可是今天，马老二变卦了。

“百万大哥，你真是个忙人啊，今儿个我来你家三次，也算得上三顾茅庐请孔明了。”马老二进门就笑哈哈地说。

罗百万忙迎上去，笑道：“去山泉地搂了搂瓜秧，离种地日子不远了，早忙忙地里的活儿。是不是为大福和英子的婚事，有点急了？”

马老二接过罗百万递给他的一支“哈尔滨”烟卷儿，点着抽了几口，又扔掉了，面带笑容地说：“百万哥，说心里话，不急是骗人的，大福满三十了，一天不结婚，我一天也睡不宁。照咱俩的协议，他们今年‘五一’可以结婚，福他妈回去对我说，你想再叫秀英帮你干两年，反正他俩的婚已经定了，就依你的吧！今天我来不是为这件事，你把咱俩签的合同拿出来吧！我看一看。”

“看啥呀！你不也有一份吗？”

“不瞒大哥，我那一份合同丢了，可屋找也没找到。我记得那合同上写着你种我的地，得把女儿许给大福，真要那么写的，那不成了电影里的黄世仁逼杨白劳卖女儿吗？以前我不当村长，不算回事儿，现在作为一村之长，干出这种事，那我不就成黄世仁了吗？这事叫上级领导知道，我还当什么村长？”

“你是说再重新立个合同，儿女的婚事不写在上边？”

“是的，你先拿出合同我看一看，那上边到底咋写的，这才三年的时间，就全忘了，我这脑瓜子有点进水了。”

罗百万打开炕柜，拉开抽匣，找出一个红布包，他打开红布包，把一张写满了字和印有公章和三个手印的纸递给马老二，说：“是这张纸吧！”

马老二急忙接过那张纸，飞快地看了一眼，连声说：“就是这张，就是这张！”

话刚了，罗百万如电打了一般，两眼发直，目瞪口呆，挺立在那里，眼前发生的事情，完全出乎他的意料。

原来马老二把那张合同纸撕成了一点点的碎片。

“你这是干什么？”罗百万如梦初醒，大声呼叫。他想去马老二手中抢那张合同纸，然而合同纸已经变成千万个碎片，被马老二吞进肚子里。

马老二咽下碎纸片，现出一副冰冷的面容，沉声说："合同作废，地我收回，不承包给你了。"

一切如在梦中，使罗百万简直不相信眼前发生的事情是真实的。他怀疑自己是在梦中。

"马村长，你说什么？把地收回去了？"

"是的，我把山泉地收回来了。从现在开始，你没有耕种那块地的权利了。"

"你……你这是为什么？我没有做对不起你的事呀！你要秀英，就叫秀英今年嫁过去还不行吗？现在叫她去，也行！"

马老二出了院，回头说："秀英是你的女儿，你说了算！和地扯不上边了。我是马老二，不是黄世仁！从今以后，对任何人不要说我以地换秀英做儿媳妇的事！"

罗百万答应着。可是心里却感到糊涂，一大早他老婆还来催婚，怎么现在又变卦了呢？突然间，罗百万明白了，他想到了在山泉地遇到的那两个陌生的男女。

"莫非是马老二把山泉地卖了？"他望着马老二远去的身影，心里说。登时，他的心如被谁扎了一般，难受极了。

四　退彩礼

罗百万后悔得要死，那就是他不该如实告诉那两个陌生人，那块山泉地是他转包马老二的。现在他明白了，那两个人一定去找到马老二，花一百万买下那块山泉地，所以马老二便来撕毁了他的合同。他拍着自己的嘴，连声不住地说：“我罗百万真傻，我不该和那两个人说实话。”

但是罗百万也想到，即便自己不说，那两个人终归会弄明白山泉地的真正主人。不怨天不怨地，他怨那两个一男一女的到来，断了他罗百万的进财之路。一旦那块山泉地被马老二卖掉，自己想指着山泉地发财的美梦，也就破灭了，想到这里，顿觉心中阵阵酸痛，蹲在地上抱头哭泣起来。

罗秀英见父亲蹲在院中哭泣，不由得一阵惊慌，忙说：“爸，你哪里不舒服？用不用去叫卫生员来看看！”

罗百万止住哭声，擦干眼泪，说：“爸心里难受，马村长把合同撕了，收回去了山泉地，以后咱这日子咋过啊！”

“他咋收回去了呢？”

“他要把地给了一个公司，挣一百万。”

罗秀英惊得张大了嘴，说：“妈呀，那么多钱呀！够咱们几辈子挣的。”

“咱们几辈子也挣不来。等你哥去城里回来，叫他去打听打听，马老二是不是真把那块地卖了，唉，他要真卖了，咱们这日子怎么过呀！”

一直到天大黑，罗志明才从城里回来。罗百万急不可待地说：“志明，你快出去打听打听，马老二真的把山泉地卖了吗？”

罗志明有点儿发愣，说：“那块山泉地不是咱种着吗？而且，土地也是不能买卖的！”

罗百万长长叹了一口气，说：“孩子，今天这个日子不好啊，咱家净出事儿。”接着，把大福妈如何来催婚，马老二如何来撕合同，有两个陌生男女如何要买山泉地的事，对罗志明一五一十地说了。

罗志明大为兴奋，说：“爸，这是好事儿啊，我妹妹不用当白毛女了，她可以自由谈恋爱，想嫁给谁就嫁给谁。”

罗百万忧郁道：“你妹妹是自由了，可咱家没地种了，一家人都喝西北风吗？”

罗志明说：“车到山前必有路，离了马老二那几亩臭地，咱也能活下去！你不是想开个烧酒铺嘛，咱爷俩烧酒，当酒老板！发酒财！”

罗百万叹息道：“唉，孩子，你怎么站着说话不知腰疼，山泉地被马老二收回去了，山泉的管理权也是他的，他不让你用泉水，也烧不了酒啊！志明，今天那两个人来说，花一百万买那块山泉地，马老二这回可真发大财了！”

罗志明噗嗤笑了，说：“爸，你的心眼儿也太实了，一块不过三垧多地的山泉地，能卖一百万，谁信啊！马老二一定被那两个骗子忽悠了，才来撕了合同，我想山泉地终究他还是会转包给咱的。”

罗百万大喜，说：“真的吗？”

罗志明说：“十有八成，趁现在马老二收回山泉地之机，把我妹妹的婚事退了吧！把大福妈送来的一万元彩礼退回去！”

罗百万犹豫不决，说：“这能行吗？”

“有啥不行的？合同撕了，地也被马老二收回去了，为什么还不退，现在退得有理。”

说到这里，罗志明问罗秀英道：“妹妹，哥哥去给你退婚，同意不同意？”

罗秀英低头小声说：“听咱爸的吧！”

罗志明说：“爸，妹妹说听你的，你说退是不退？”

罗百万说：“别去和马村长发火，只要他还包给咱那块地，亲就别退了。”

罗志明声调果断：“给地种也得退！用我妹妹的不幸，换来的幸福那不是福，是罪恶！当初你就不该和马老二签这种合同！”

罗百万一言不发，只是叹气。

此时，马老二家屋内的一张大方圆桌边，坐着马老二和一男一女，三个人正在喝酒呢！罗志明的到来，马老二并不感到吃惊，似乎早有所料，他立时拿个板凳拉罗志明坐下，满面春风地说：“我知道你来找我有事，先喝酒后说事。”

接着，向那一男一女介绍道：“这是我们村的大学生罗志明，毕业半年了，到今儿没有工作干，还在家待着哪，请二位老总帮个忙，看在我的脸面上，给他在你们公司安排个位置。我这个大侄子可是个有才能的人，干什么都行！是我们村的圣人！”

那一男一女就是去过山泉地的两个人，那个名叫孙有成的胖子立时开了腔：“好说，好说，我这里就缺少有文化的人，月薪最低一万！”

马老二大为兴奋，说：“孙经理，这事就这么定了。”

回头对罗志明说：“你跑了半年路，也没找到工作，今天遇上贵人了，你发财的日子来到了，快谢谢孙经理！”

这突如其来的大好事，对于罗志明来说，的确是天上掉下元宝。正如马老二说的，罗志明为了找工作去城里很多次，却都一事无成。不知道是罗志明不相信孙经理的话还是对他说的工作失去了兴趣，他嘿嘿一笑，说：“我命薄，没福干一月一万元的工作，我还是种地吧！”

马老二吃惊地望着罗志明，说：“你以为孙经理在说笑话吗？他是全国有名的天顺集团的经理兼董事长，说一不二，连省里的大干部都接见他，他们集团为咱们国家每年创收几十个亿呢。”

罗志明觉得马老二的话十分可笑。他认为马老二在为孙胖子吹牛！其实，究竟有没有天顺公司，其公司每年对国家有多大的贡献，罗志明一概不知，他不相信一个为国家贡献几十亿的公司经理，会跑到这个山高皇帝远的穷山沟来，坐在村长家在一个美貌女子的陪同下喝酒！想到父亲说他们出一百万买那块山泉地，更认为是不可能的事，或许是哪家倒台的公司来乡下忽悠着骗人吧！

“马村长，你是不是喝多了？在说醉话呀！你以为我没见过孙大经理就唬我哪！我罗志明受穷有受穷的志气，我是愿意干的工作不给我钱我也干；不想干的，给八百万也不干！”

马老二心想，你罗志明真不是个东西，我好心好意求孙经理给你安排个工作，你却说出这番话语，真不知好歹。他忽地沉下脸，两道凶狠的目光射向罗志明，阴声说：“说吧，你来有什么事？”

罗志明说：“马村长，有件事我不明白，你为什么把我们家那份合同撕毁了？”

马老二冷笑道：“现在我把地要回来了，你们家没有地了，那份合同还有用吗？”

“那是三十年的合同，你怎么能不照合同办呢！”

“我没有违背合同。合同上写得明白，我有随时收回土地的权利！”

“我记得合同上不是那么写的……”

“你记得不好使！你去问老会计，三年前是他经手写的合同，你不相信我，可以相信他吧！”

罗志明哑言了，他从兜里掏出一叠百元纸钞，轻轻放在桌上说：“马村长，我今晚是来退婚的，从现在开始，我妹妹和马大福的婚事一刀两断！一万元的彩礼分文不少，退给你！”

马老二面无惊色，十分平静地说：“我知道你是来退婚的！只要你不后悔，这门亲事我退！”

罗志明为马老二的话深感吃惊，不由得问：“我有什么后悔的？”

马老二冷笑一声，说：“你敢保证，你罗志明和你一家人，以后有不求我办事的时候吗？只要你是东丰村的村民，我马老二就说了算！”

罗志明愤怒极了，他万万没有想到马老二竟然能说出这种话！真是欺人太甚。罗志明毫不示弱，强有力地回答："走着瞧，我罗志明讨饭吃也不会求你！我妹妹不是白毛女，黄世仁死了，他永远活不了啦！你想当黄世仁的时代，一去不复返了。"

马老二不由得哈哈大笑，回头对孙有成说："孙经理，你看这小伙子真不识抬举啊！我好心为他找工作，他把我当成恶霸大地主了，这种人你敢用吗？"

孙胖子连声说："不敢用，不敢用！"

那个叫李玲的女秘书极不高兴地对罗志明说："怪不得你找不到工作，就你这个脾气，谁敢用你哪！又是白毛女黄世仁，话真难听！"

罗志明气愤地望着李玲说："一个月给十万块，也不给你干！骗子公司，我见识多了。"

说完，转身走了。

出了院门，听到后边响起马老二的声音："罗志明，回去告诉你爸，别老不正经，多大年纪了，还想着好事儿呢！他敢再登我小姨子的门，我就砸断他的人腿换成狗腿！我马老二说话不是放屁！"

五　找合同

在回家的路上，罗志明反复思索着马老二说的最后一句话，难道父亲和马老二的妻妹吕淑梅做了什么见不得人的事儿吗?

吕淑梅丈夫名叫田海，十五年前因病去世，如今她和二十五的儿子过日子，由于家境贫困，到今天儿子还没娶上媳妇，有人劝她嫁给罗百万，她一百个不同意，这些日子有人还看见罗百万给吕淑梅劈柴挑水，想着他们好上了。对于父亲与吕淑梅的闲言碎语，罗志明压根儿不相信，现如今的女人们都讲实际，谁也不想跟一个穷光棍过苦日子。就是个寡妇女人，彩礼也不下五万，因此，罗志明认为凭自己的家庭条件便也不相信父亲会做娶媳妇的美梦，那么马老二的话便也不可相信了。

罗志明回到家中，罗百万问:“退了？”

“退了！”

“马老二没提啥条件？”

“退不退亲，咱说了算，他没有理由提条件。”

“那块儿地真的卖了一百万？”

“做他的梦去吧！”

“要是地没卖，这门亲就不该退！”

罗志明有点儿恼火，说：“你怎么这么糊涂啊！咱是从马老二那儿转包的地，马老二有权再要回去。当初你为了种那块儿地，把我妹妹许给马大福，那时我就不同意，马大福是个什么样的人你不知道吗？他的媳妇都是被他打跑的，难道叫我妹妹也被他打回来吗？”

罗百万长长叹了口气，说：“你妹妹自由了，可咱地没了，烧酒的发财梦也白做了。”

罗志明大声说：“为了我妹妹的婚姻自由，不做烧酒的梦也值！从现在开始，我妹就可以自由找对象！她的婚事她自己作主，你别管了。”

罗百万很不情愿地点点头：“是，是，不管，不管，我不管！我吃了饭去干活，干了活再吃饭。”

晚饭没有吃，罗百万就上炕躺下了。一想到失去那块好地就是失去了财源，罗百万流下了眼泪。看见父亲布满愁容的一张老脸，挂满泪珠，罗志明似乎觉得不该去马家替妹妹退婚。可是，一想到马大福那个横行霸道的样子，认为妹妹退婚是理所当然了，他说：“妹妹，你说哥今晚去给你退了亲，做得对不对？”

秀英淡淡一笑。说：“咋不对呢？”

“只要你说对，哥心里就高兴，咱爸也没看好马大福，都是为了那块地，你别生咱爸的气，他是为咱们好，为了这个家。哥不糊涂，不过有一件事我不明白，马老二不把地包给咱，这是他的权利，可他为什么还撕了咱爸和他的包地合同呢？那合同上到底怎么写的？我想去找老会计问个明白。”

“哥，那个合同你不是看过了吗？”

“是看过，三年过去，到底写的什么，也全忘了。我只记得那份合同是老会计经手写的。村政府不会不保留一份。”

“亲也退了，地也被马村长收回去了，哥，把一切都忘了吧！”

罗志明忘不了，他想做的事儿一定做到，说：“妹妹，哥一定要弄明白的。”

东丰村的会计刘昌河，快六十了，他是村里有名的老好人，不得罪张三，也不得罪李四。见人就笑，逢人就乐。踢他一脚，他不在乎；打他一巴掌，他不发火，就是因为有这样的好脾气，当了三十多年会计，没有一个仇人，怪不得有人管他叫活脑袋呢！可是这几天，不知为什么事，老会计和马村长闹了个半红脸，马村长骂他是老糊涂，对外人说要撤他的职。这事儿传到老会计耳朵里，老会计走坐不安，带上几瓶好酒，跑到村长家一再向马村长赔礼道歉。马村长这才消了气。今天晚上，老会计正在办公室记账，罗志明一步闯进来，说：“刘会计，打扰你了，来向你打听个事。”

老会计摘下老花镜，两眼望着罗志明，笑眯眯地说：“啊，原来是大侄子志明啊！来向大叔打听啥事啊？”

罗志明直截了当地说：“我们家转包野猪岭下的那块山泉地，被马村长要回去了，这事你知道吧？”

老会计拿个板凳递给罗志明，说：“知道，知道，马村长今儿个对我说了。”

“他为啥又把地要回去了？”

“这……这个嘛……这个嘛，虽说地是集体的，可……可是他是第一个承包人，你们家是转包他的，他有权再要回来。

你问他为啥要回来，那……那我就不太清楚了。”

罗志明气呼呼地说：“如果不是因为我妹妹的婚事，我就不退给他！我爸和他签的三十年的合同，这才种了三年，我们有理由不退给他！”

老会计嘻嘻一笑，轻轻拍着罗志明的肩膀，温和地说：“孩子，马村长要收回地就让他收回吧！他收回地有收回的理由。那合同上写着，马村长有随时收回土地的权利。不瞒大侄子，你到哪打官司也赢不了。”

罗志明锁着眉头，说：“我记得那份合同上没有这么写啊！”

老会计又嘿嘿一笑，说：“大娃子，你是忘了吧！不相信的话就回家看看合同上是怎么写的，不就一清二楚了吗？”

“听我爸说，我们家那份合同叫马村长给撕了。”

老会计惊得睁大了眼睛，张着大口吭吭哧哧地说：“怎……怎……怎么能撕了呢！那可是命根子，打官司告状的证据啊！”

“是我爸一时大意，大叔，那份合同书是你写的，也有村委会印章，村里不会不存档，你把村政府存档那一份拿出来叫我看看，行不行？”

老会计连连摇手，说：“看不得，看不得，没有村长的允许，任何人都不能看！要是都来看，那不就乱套了？”

罗志明说：“你这么说不对，实行财务公开，村民有监督财务的权利，怎么能不让看合同呢？每个村民都有看财务账的权利。”

老会计拍拍脑袋，悔恨地说：“你看我这脑袋，真老糊涂了。是得叫你看，我这就找合同去。”

老会计走到档案柜边，他打开档案柜，又关上了。回过头来，哭咧咧般地说："大侄子，不是我不开账柜，这柜开不得呀！你不当会计不知道当会计的难处。会计是村干部的秘书，听村长支书的，人家叫我干啥我干啥，叫我打狗，我不敢撵鸡，没有马村长的指示，你刀抹我脖子，我也不敢打开账柜。你真想看，找马村长去吧！"

正在这时，门外响起马村长的话音："刘会计，打开账柜，叫罗志明看合同！"

话了，马老二进了屋。他口里吐着酒气，摇摇摆摆地在一个沙发木椅上坐下，两眼似乎不认识地直盯着看罗志明，似笑非笑地说："小伙子，你去我家给你妹妹退了婚，我马老二也同意了，怎么又来村政府找合同看呢？是不是后悔了？"

马老二的突然出现，既让老会计吃惊，也使罗志明感到意外。看到马老二那一张冒着油花的脸，罗志明心里感到厌恶。他恨不得马上离开这里，说："刘会计，我不看了。"

罗志明转身要走，被村长一把拉住，说："你不是要看合同吗？怎么能走呢！今晚就叫你看个够！"接着，对老会计说："刘会计，打开柜子！"

既然马老二这么说，罗志明觉得没有必要马上离开这里。他不再说什么，等待老会计去打开档案柜。

老会计没有去打开档案柜，回头劝罗志明道："别看了，村政府的这份合同和你们家那份一样，我和马村长都不会在合同上造假。"

罗志明说："刘会计，你咋这么说话？我没说你们造假啊！"

"你那么信任我们，那就别看了。"

“不，我要看。”

马老二提高嗓门：“刘会计，你怎么了？我说话是放屁吗？叫你干什么你就干什么，你是不是不想当会计了？”

老会计慌忙说：“这就开柜，这就开柜！”老会计颤抖着双手，开了柜，拿出一本厚厚的账簿。这是一本东丰村几十年来的合同账本。有村民买房卖房的契约，有承包土地的合同，有建桥修路的合同，五花八门，样样俱全。老会计把账本递给马老二，说：“村长，你看看。”

马老二低着头说：“我不看，叫志明看。”

老会计把合同账本递给罗志明，说：“这些年村里的合同书都在这本上，你自己找吧！”

罗志明打开账本，一页一页地翻看着，从头翻到底，也没有看到罗百万和马老二签署的转承包土地合同。

“怎么没有啊？”罗志明问。

老会计忽然如梦初醒般一声惊叫：“啊呀，我真老糊涂了！我怎么就忘了呢，志明，你爸和马村长签的包地合同，是份私人合同，和村集体没有一点关系，所以村政府的合同档案库不存档。”

罗志明似乎不相信地问：“刘会计，你不骗我吧？”

老会计嘿嘿嘿地笑道：“大侄子真能逗，有关法律的大事，你大叔就是长一百个脑袋，也不敢骗你啊！”

罗志明哑然了，心想是老会计在谎话呢，还是档案柜里的确没有存放这份合同？

马老二似乎有所醒悟，对罗志明说：“老会计这儿一说，把我也提醒了，你爸和我签的是私人合同，不在村集体范围之内。你要不相信可以回去问问你爸，是不是有那回事儿，我说志明啊，你是有文化的人，不能做糊涂事啊，既然你们家同意合同无效了，还找那份合同有什么用？是不是想和我马老二打一场官司？”

罗志明解释说：“马村长，你误会了，我不是那个意思。”

“那你还查找合同做什么？可惜我那份合同也当废纸擦屁股了，你要早说一天，我不就留着了？土地我收回来了，你妹妹的婚事你也退了，你还来找那份合同，你觉得有用吗？是不是听说那块山泉地要转租个大价钱，你们眼红了？”

罗志明回答不出来，心想，难道那两个外来人不是骗子？

六　训父子

罗百万一夜没睡好觉，天不亮，就坐在炕头上一连抽了五支烟，呛得他直咳嗽，可屋烟卷味儿，也把罗志明呛醒了。

“爸，大清早你抽的啥烟呀！呛得我睡不着。”罗志明满脸不快。

罗百万捋灭了烟头，又在炕上躺下了，刚躺下没大会儿，又爬起来，点上了一支烟。

罗志明也睡不着了，也许他理解父亲心中的苦处，没有去阻止父亲抽烟，说：“昨晚我去找老会计打听了，他说你和马老二签的那份土地转包合同，因为是私人合同，村政府没有存档。”

罗百万打起精神，提高嗓门：“有存档啊！是老会计写的合同，有我和马老二的手印，也有村政府的大印，老会计也当证人签字画了押，一共写了三份合同，我和马老二每人一份，老会计代表村政府也拿了一份，这事儿不过三年，我记得清清楚楚啊。”

“咋老会计说没有呢！他拿出村合同账本叫我看了，的确没有咱家那份合同。”

“是不是老会计捣了鬼，也把合同毁了？”

罗志明用肯定地语气说：“老会计和马老二无亲无故，不会干那种事，他当会计也知道，毁坏合同是犯法的，他那么大年纪，不会冒着坐牢的风险去干违法的事。”

罗百万叹息道：“唉，老会计是个老好人，走路怕踩死蚂蚁。他能当这么多年会计，就是因为他很会办事，脑瓜子活。要不人们管他叫活脑袋呢！”

罗志明对于老会计的为人做事了解得不多，但是他总觉得他那么大年纪了，不会做出坑人害人的事，而况他们家和他也无仇无恨。

“爸，老会计说，当初你和马村长签的合同上写着，马村长有随时要回土地的权利，就凭这一条，马村长有理由撕毁合同。俗话说，养人家的孩子种人家的地，不是长久之计，你就别再为失去那块土地上火了。”

罗百万两眼注视儿子，追问道：“刚才你说什么，老会计说合同上写着马村长有随时收回土地的权利，我怎么没记得有这一条啊！”

罗志明说：“没有就没有，事情已经结束了，别再计较了，反正地是马村长的。”

“可那合同上写着是咱承包期三十年，这才种了三年啊！”

罗志明有点恼火，说：“就是包二百年，没有合同了，有什么用？无凭无证，打官司也赢不了！”

罗百万垂下了头。

这时，罗志明衣兜里手机响了。罗志明接通手机，问：“是哪一位？”

手机里传出一个男人的声音："是志明吗？我是福林。"

罗志明转脸问父亲："谁是福林？"

罗百万很不高兴地说："你这孩子，出去念了几年书，怎么连光腚兄弟也忘了呢？是你吕婶家的孩子，小名叫大愣。"

罗志明明白了，是吕寡妇的儿子，大名叫田福林，大伙都喜欢叫他田大愣，是他的高中同学。由于高考只差一分，没能上大学。如今在家种地，当了农民。

"大愣，一大早来电话，一定有急事儿吧？"

"我妈说，叫你爸马上到我家，我妈有件大事要亲自和你爸说。"

罗志明登时脸色大变，他想起昨晚马村长对他说的话，冷冰冰地说："有什么大不了的事还得叫我爸亲自去，在电话说不行吗？"

"我妈也不和我说是什么事，她叫你爸快来！"

罗志明挂了手机，不由得冒了一句："这整的啥事儿呀！不能来说吗？"

"怎么回事？"罗百万问。

罗志明大声说："是那个寡妇女人叫你现在去她家，有天大的事情告诉你。我真纳闷，有啥事她咋不在电话上说，非叫你去她家呢！"

"那我就去吧！"

"你不能去，叫她来说。你们有什么事，还怕我们吗？"

罗百万很不高兴地说："孩子，你怎么能这么说呢！你爸走得正坐得直，没有给你们丢脸啊！"

"那也和那种女人少来往！小心上当受骗！"

罗百万明白儿子的话意，既可气又可笑，说："你把你爸当成什么人了？别说你爸没那个花花肠子，就是有，就咱家这个穷样子，哪个女人能看上你爸？你是不是听谁说闲话了？那好，既然你不愿听闲话，那我就不去了。你再给大愣挂个电话，叫他妈有什么事在电话上说。”

罗志明拨通福林的手机号，没有接通。

罗志明心里很乱，他说：“爸，你说实话，是不是看上大愣他妈了？”

罗百万气愤地吐了一句：“净扯淡！你们都还没成家，我哪有那个闲心！不说咱家没钱，有钱我也不想。”

“昨晚，马村长咋说你和大愣他妈……”

“他狗嘴里吐不出人话！别听他胡说八道。”

话说罗秀英早就起来了，她在外屋做早饭，屋里爷儿俩说的话她听见了，抿着嘴偷偷在笑。

不多会儿，门外响起一个女人的叫声：“秀英他爸，在家吗？”

罗秀英忙应道：“是婶子吗？我爸在家哪！”

一阵急促的脚步声，继而门吱呀一声响，一个五十岁左右的女人进了屋。她上身穿一件黑布夹袄，下身穿一条青布裤子，短发遮两腮，只露前边儿面孔，弯弯的两道浓黑眉毛下，镶一对明亮大眼睛，脸上那几道浅小的皱纹，足以证明她已经失去了青春的年华，要步入老年的岁月了。她就是田海的女人吕淑梅。

吕淑梅进屋就火冒三丈冲罗百万大声嚷道：“罗百万，你还是个老爷们吗？你一不是省长，二不是县长，你的架子怎么那么大？俺那孩子打电话叫你去俺家，有大事情和你说，你咋就不去呢？我家里是挂着杀人刀，还是养着野老虎？你不止一次地对我说啥事都听我的，叫你干啥你干啥，怎么说了不算，糊弄我呢！”

接着，又怒气冲冲问罗志明：“大愣打电话是你接的吧？是你没告诉你爹，还是告诉了，你爹不去？”

吕淑梅进屋来，不管三七二十一，对罗家父子一顿无情的训斥，在屋里的人都深感意外，因为他们知道，她不是一个轻易发火的女人，看来真是实在把她惹怒了。

一直等吕淑梅发过火后，罗志明才说：“婶子，是我不让我爸去的，这事儿怨我，不知婶子有什么大事在电话里不说，一定要叫我爸去呢？”

吕淑梅越发来了气，几乎是用手指着罗志明说：“亏你还是个大学生，白喝了一肚子墨水！在电话上能说的事，我能不在电话上说吗？我满以为你有一肚子文化，办事比我们土老百姓办得好，没想到好事叫你办砸了！你以为去给你妹妹退了婚，就把你妹妹解放了吗？能找到好婆家吗？你妹妹的婚事，你妹妹说了算，叫她自己去退，你去退，有意思吗？”

说到这儿，把脸冲向罗百万，说：“我做了八辈子梦，也没想到你原来是个大熊包，狗屁不是！大福他爹来要地，你咋就给他了呢？合同上写着是三十年，你才种了三年，还得种二十七年啊！”

罗百万如见了阎王爷，低着头小声说：“我不退，他把合同撕了。”

吕淑梅说：“你也真是个熊包，你怎么大瞪着眼叫他撕呢？就是撕了也不怕，村政府有档案，那里还有一份呢！”

罗志明说：“老会计说，村政府没有存档。”

吕淑梅气愤地说：“别听那老东西胡诌，那年写合同时我在场，一共三份合同，我亲眼看见老会计把村集体存档的那份合同放在档案框里，有我作证，他赖不了。”

罗志明说：“婶子，你就是为这事叫我爸去你家吧？”

吕淑梅说：“为这点事我值得来跑一趟吗？那块地叫大福他爹转租了。”

“哪块地？”

“就是你们家转包大福他爹野猪岭下那块山泉地，来了两个开发商，要用那块地，出价三百万，大福他爹要五百万，快要签合同了，我说志明啊，你着急给你妹妹退婚干啥呀！你们怎么也不弄明白大福他爹要回地的原因，就轻易答应了呢！合同不到期，地就是你们的，那是五百万呀！你们一家人八辈子也挣不来五百万啊！”

罗志明笑了，说：“婶子，你这消息可靠吗？我见到那两个客商，发现他们是骗子！”

吕淑梅说：“志明，你白念了书，长了对傻眼！我大姐亲口对我说，先给他们五万元定金，是骗子能给那么多钱吗？”

罗志明大惊，说：“婶子，真有这回事？”

吕淑梅干巴嘎脆地说：“不信去问问马老二！我这么大年纪了，能胡说八道吗？你们一家人都是笨蛋，被人扔河里还不明白怎么死的呢！你还是大学生呢，狗屁不是！白念了二十年的书！到口的肥肉叫老鹰叼了去，你们后悔一辈子吧！”

七　难咽的后悔药

吕淑梅带来的消息，如一颗突然爆响的炸弹，把罗百万一家人震懵了。他们觉得似乎在梦中，这是不可能发生的事。然而在他们听到吕淑梅诉说这个消息是从马老二的媳妇——和她异母同父的大姐吕淑云口里得来的，便都深信这并非是天方夜谭，这使罗百万突然想到昨日在山泉地出现的那一男一女，仿佛觉得不是不可能的事。他说："大愣他妈，你这消息可靠吗？"

"大姐亲口对我说的咋还是假的呢？"

罗百万闪动着两个毫无生气的眼珠，说："咋儿个在山泉地我见到那两个人，就那一男一女，就是那俩人吧！"

"是男是女我不知道，我只相信大姐不会对我说瞎话！五百万哪！够我大姐家几辈子花的了，我大姐真有福。"

罗百万脸上现出懊悔神色，垂着头，一个劲地抽烟。

"哥，要是咱家那份合同不被马村长撕毁，马村长就不能把地转租了，是不是？五百万块，真不少啊！"罗秀英说。

罗志明点了点头，说："看来，咱们上他的当了！"

“马村长那人真刁！”

“不是马村长刁，是咱爸太老实了！人老实被人欺，马老实被人骑！”

罗百万哭声哭气地说：“志明，你就别说了，爹心里如撒上把盐，难受死了，后悔药难咽啊！”话了，罗百万开门走了。

“爸，干啥去？”

罗百万没回头。

吕淑梅挡住罗志明，说：“你爸的脾气我了解，有啥愁事，出去溜达一会儿，愁事就没有了。他不会想不开，去做糊涂事的，你呀，也别埋怨你爹，啥也别怨，怨你们没有那个福！命里没有别强求，求也求不来的。”

临走，吕淑梅一再叮嘱罗志明，不要惹他爸生气。他那么大年纪了，经不住折腾，就信命吧！看见吕淑梅对罗百万如此关心，罗志明心里犯了疑，难道父亲真的和这个女人相爱了吗？

此时，在马老二的家里，马老二正在和两个天上掉下来的财神爷在为那三垧三亩地的价钱讨价还价。

“孙经理，我要五百万不多啊！那块地在你们手里，一年能赚三百万，有两年就回本了。”马老二说。

“那要看怎么用，种上庄稼一百年也挣不了五百万！给你四百万就不少了。”孙有成说。

“你们买去不是种地，是搞旅游开发，开矿泉水厂，做啤酒，养野猪黑熊，狍子野鸡，盖避暑山庄。按你们的计划搞起来，一年不挣上几百万，那才怪呢！”

“我说马村长，可你也别忘了，我们还要花大钱投资呀！投资也得上千万！”

“孙经理，你别唬我了，不就在地里盖几间房子吗？造酒的水不用花钱，大无边的天然的野猪岭，山高林密，放进去几百头笨养的老母猪，招来了公野猪，不用一年，满山就是野猪崽子，也不用人喂养，几个月就会长成大野猪了。不投大本钱就能挣大钱，孙经理真是个聪明人。我们东丰村几百人口，咋就没有人想到呢！”

“因为你们都不往钱上面想嘛！”

就在这时，马大福急火火地进屋就喊：“爸，我爸来了。”

马老二打了个愣，望着儿子，心想，这孩子怎么这么说话呢！他爹我就在屋里，他又哪来了个爹！不满地呵斥道：“胡说八道，你爹我在这里呢！”

马大福认真地说：“我爸真来了，就是秀英他爹！他要见你。”

马老二明白了，儿子说的是他那个丈人爹。心想，退亲的事还没来得及对儿子说，怪不得儿子还管罗百万叫爹呢，就说：“他现在不是你爹了，秀英和你退亲了。”

马大福登时脸色大变，忽然大叫起来：“我不退，我不退，罗百万是我爹，除了罗秀英，我哪个也不要！”

马老二骂儿子：“没有出息的东西！只要你爹有钱，还怕你娶不上媳妇吗？要明星，爹也能给你娶来。”

马大福喊叫着：“我就要秀英，我就要秀英！”

马老二吼叫着：“你这个没出息的东西，丢我的脸，给我滚！”

吕淑云从里屋走出来说：“福儿，你爸和客人在谈事，别耽误他们的工作，到你小姨家去吧！”

马大福拼命般喊：“我不去，我要罗秀英，我就是要罗秀英！”罗百万进了屋，他扑通跪在马老二面前，就磕起头来。屋里的人全被罗百万这突如其来的行动惊呆了。马老二似乎刚从梦中苏醒，说：“罗百万，你怎么来给我下跪呢？”

罗百万磕罢头，满面泪水地说：“马村长，我求求你，你把地再退给我吧！那块地到承包期还有二十七年啊，你撕了我的合同，那块地也是我的，你就发发慈悲，可怜可怜我，只要你肯把地退给我，咱们还是亲戚，我叫秀英还嫁给大福，行不行啊！”

马老二登时气歪了嘴，原来罗百万来是要地的。他想，是罗百万已经知道他正在和天顺公司商议签署租地合同的事呢，还是真心为了地，又来与他攀亲戚，便不知羞耻地来给他下跪？这要往日，他是会为罗百万的行为大动肝火，可是如今在天顺公司的经理秘书面前，也只能忍气吞声，满脸堆笑地拉起罗百万，说：“百万大哥，你这是干什么？有啥事说啥事，怎么给我下跪磕头呢，你这么做是损我的寿啊！快起来，快起来！”

罗百万跪在地上，哭声哭气地说：“马村长，你今儿个不答应我的请求，我就跪在这里不起来了。”

马老二见拉他不动，又听他这么一说，转脸对孙有成说：“你们认识他吧？”

孙有成说：“认识，认识，是在山泉地认识的。马村长，这是怎么回事？”

马老二说：“他没有把地租给你们，又来退了地，他后悔了。”接着，对罗百万说：“老罗哥，是不是听说三垧三亩地租了个好价钱，后悔把地退给我了？后悔药是不是难咽啊！”

罗百万说：“马村长，你不能耍赖啊！我包你的地，还没到期啊！你不能把地收回来的。”

“我按合同办事，合同上怎么写的，你不知道吗？回去看看合同。”

“合同叫你给撕了，我哪还有合同？”

“合同是我立的，我说撕就撕，谁也干涉不着！不过，你我都是一个村庄住着，你现在又同意咱两家还是亲戚，那我就从租地钱里拿出两万，也算是赔偿你的经济损失吧！”

罗百万说：“我不要钱，我要地！那是我的地，你包给我三十年，还有二十七年才到期啊！”

马老二气愤地朝地上吐了口唾沫，说：“你这人真不识抬举，给你两万你不要，还想要五百万吗？你给我快滚！如果再不走，我就报警，叫派出所来人治你个扰乱公务罪。我和天顺公司在办公事，误了事你能负的了责任吗？”

说着，马老二掏出了手机。

就在这时，马大福一把抓住罗百万的衣领，圆睁怒眼，大声说：“罗百万，刚才听我妈说，秀英和我的婚退了？是真的吗？”

罗百万惊慌不安地支支吾吾地说：“是……是……不是……是……”

马大福如疯了般狂叫起来：“别看罗秀英是你养的，她和我定了亲，那就是我的！谁也夺不去！过几天我就把她娶过来！谁敢拦挡，我要他的命！”

罗百万说不出话，看见马大福那一副可怕的怒脸，直冒冷汗。慌忙说：“婚不退，大福，秀英还是你的。”

“我们五一就结婚！”

“你现在要人，我也给！秀英是你的人，你说咋的就咋的！”

八　合同没有假

孙有成和李玲，目睹了在马村长家发生的一切。在罗百万走后，孙有成问马老二：“你说罗百万把地退给你了，怎么他又来要地呢？”

马老二笑道：“这有什么奇怪的，他可能听说我那块地租了个好价钱，眼睛就红了，就来耍赖，也批个份儿。不过他也太贪心了，我给他两万，他还嫌少呢！真是人心不足蛇吞象，他可真贪心。”

但是，孙有成还是心存疑惑，他说：“你说那块地是你承包村集体的，签了五十年合同，一旦合同到期，你还有继续承包的权利，这个合同我们也看过了。只是，罗百万从你手里转包的合同我们还没看到。你说和他签的是三十年合同，你有权在任何时候把地要回来，废止与他的合同，我们这才有意租下那块地，搞几个开发项目。今天罗百万来这儿这么一闹腾，闹得我们心里也没底了，为了把握，我看你还是把你与罗百万签的那份合同拿出来叫我们看一看吧！”

李玲说：“孙经理说得对，马村长，快把你和罗百万签的合同拿出来叫我们瞅瞅，要不，我们心里实在没有数啊！”

马老二说：“好吧，这就拿出来给你们看。”

马老二出了屋，来到仓房。仓房里装满玉米和大豆，在墙角有一个大立柜，大立柜门上挂着锁头。马老二开了锁，打开炕柜门，找出一个塑料布包着的纸盒，敞开纸盒。这时，孙有成和李玲进了屋，马老二把一张印有东丰村委会印章和有几个手印的合同纸递给了孙有成。

孙有成接过合同纸，从头到尾仔仔细细地看了两遍，才递给李玲，十分满意地说：“马村长没骗咱们，有这份合同，咱们就不用担心了。”

李玲也把合同反复看了又看，十分满意，说：“合同上写的和马村长说的一样，咱们只和马村长签合同就行。”

马老二洋洋得意地说：“二位老总，我马老二没骗你们，这合同不是假的吧！”

孙有成说：“不是假的，不是假的。”

“现在可以签个协议，你也不要要五百万，我也不坚持四百万，就来个四百五十万，再多一块我也不出。先预付给你五万块钱做定金，等上边批准土地出让的文件下来后，我付全款，分文不欠，在这期间你违背协议，赔偿我五百万元的损失，马村长，你说这么办行不行？”

马老二不情愿地说：“孙经理也太抠了，你们那么大的公司，还差那五十万嘛，五百万,一分也不能少。”

吕淑云走进来，十分忧愁地说：“福他爹，你说咋整啊，秀英他爹赖在咱家门口不走了，又哭又叫的，你快出去看看吧！”

马老二把合同纸放进衣兜里，无比恼怒，说：“这个罗百万，他是不想活了，我给派出所打电话，叫他们来收拾他。”

吕淑云挡着男人的手，说："你去劝劝他，他不走再给派出所打电话。"

马老二急忙忙出了院，见大门口围了不少人。罗百万坐在地上，一把鼻涕一把泪，向人们诉说他的不幸。

"马老二把地要回去了，我和他签的是三十年的合同，我还得种二十七年哪！他仗势欺人，撕了我的合同，把地租给了一个大公司，要价五百万，他怎么这么办呢？没了地，我们一家人怎么活啊！没有地我们活不了啊！"

马老二眼睛要冒火，他万万没有想到看起来平日老实巴交的罗百万，竟然这么赖皮赖脸地坐在他家大门口不走了。他真想狠狠地给罗百万一脚，踹不死也叫他发个昏。可是，他忍住了，他看到了围观人每一张脸上的怒容和不满。

"马村长，罗百万说的话是真的吗？"

"那块地真的叫你卖了吗？"

"真的卖了五百万吗？"

……

马老二不想回答每个人向他提出的问题，在他眼里，村民是墙头上的草，都是顺风倒。纵是罗百万有一万个理由，人们也不会与他马老二唱对台戏。但是眼前，他又不得不向人们解释罗百万所说的每一句话。他咳嗽一声，朝人们摆摆手，不慌不忙地说："罗百万说得对，我的确把转包的地又要回来了，我也撕了他的合同，我也要把那块地租给天顺公司，我要价五百万，天顺公司只给四百五十万！"

人们纷纷议论起来，显然对于这么高的价钱深感吃惊。

马老二继续说："地是国家的，是集体的，不是我马老二的。现在国家有政策，允许土地转让、出租。我这么做不犯法，是为了村集体。四百五十万元有我一部分，也有村集体一部分，也有应交给国家的一部分税款。不是我马老二独吞！一切都按国家政策规定办！是我应该得的，我要；不是我的，我分文不要！”

人群里有人大声说：“马村长做得对，我支持你！”

马老二说：“我不需要你们支持，只要你们不骂我不给我添乱就行了。可是有人就故意给我添乱，破坏村里的工作，罗百万本来已经同意退合同又退地，又到我家退了亲，他听说地租了个大价钱，就后悔了，跑到我家要地，还赖在这里不走，我管他叫大哥，我打他不行，骂他不行，你们说，叫我怎么办？”

有人高声说：“马村长，你和罗百万签的合同，写的是什么，能不能让大伙知道？”

“听说罗百万把他女儿押上了，用女儿换的地，真有这回事儿吗？”

“那不成杨白劳卖喜儿给黄世仁了？”

“老黄世仁死了，新的黄世仁又活了！”

完全出于人们的意料之外，马老二听了人们的议论，却笑哈哈地说：“你们想说什么就说，说我是南霸天，我也不生气！怕这怕那的，当不了干部。好话坏话都要听嘛！你们不是要看合同吗？合同就在我兜里，我拿给你们看。”

马老二从衣兜里摸出合同纸，高高地举在头顶，目视人群。一会儿，他说：“是我念给你们听，还是叫老会计念？”

突然，人群里响起罗志明的呼叫声：“不用老会计念，我念！”

罗志明什么时候出现在这里的，谁也没有注意，他快步走上前，从马老二手里接过合同书。

马老二依然笑道：“志明念我最放心，志明，你念吧！”

罗志明没有马上念，他先是把合同看了一遍，这是只有一张纸的合同书，上边既有村委会的大章，也有双方签订人的签字和手印，还有证明人老会计的签字，可以说印章手续全备，是一份合法的合同书。马老二道："志明，这份合同是假的还是真的，你得看明白啊！"

罗志明没有理会，把合同递给父亲。"爸，你看这份合同书和咱家那份合同书是不是一样？"

罗志明的到来，使罗百万来了精神。他接过合同书看了又看，说："是和咱家那份一模一样，都是用复写纸印的。"

既然罗百万承认这份合同没有假，罗志明觉得没必要再当众宣读了。真要叫大伙知道了合同的内容，对她妹妹来说，并不是一件光彩的事。他把合同书又递给马老二说："既然是和我们家那份合同书一样，就不要念给大伙听了。"

马老二感到惊讶，说："咋不念了呢？"

罗志明说："真正需要了解合同内容的是我。这份合同与村民毫无关系！这是咱们两家人的私事，还是不叫大伙知道为好。"

马老二也是这么想的，他把合同书揣进衣兜里，对人们说："是志明不愿念给大家听，不是我不愿意，你们有意见找志明吧！"

突然间，罗百万想起了一件事，他对儿子说："你再看看合同上有没有马村长有随时收回土地的权利的话。"

马老二把合同纸又递给罗志明，很痛快地说："志明，你好好再看看，叫你爸放心。"

罗志明没有看，对父亲说："上边写着哪！爸，别在这闹了，咱们回家吧！"

罗百万如霜打的茄子，蔫了。

九　又是一男一女

罗百万迈着两条沉重的腿回到家中，可劲儿地抽烟。他不明白，儿子为什么不当众公布那份合同的内容，使得马老二那么神气，而自己却灰溜溜的，在众人面前抬不起头来。当儿子出现在他面前，他问：

“志明，你咋不把合同上写的内容念给大伙听？”

罗志明气呼呼地说：“你还好意思问呢！那合同上写的什么你不知道吗？用我妹妹的婚姻换来那块地，是件光彩事吗？以后叫妹妹怎么做人？”

“马老二说，他有收回地的权利，在合同上真写着吗？”

“写着哪！就这一条，打官司也赢不了，有理也无理。”

罗百万喃喃自语：“写合同时没记得有写这一条啊！”

罗志明说：“白纸黑字写在上边，不承认也得承认！爸，不是我批评你，你这么一闹，本来有理也无理了，叫大伙瞧不起咱们，认为无理取闹！不就那块儿地嘛，有它五八，没它四十。现在政府号召农民要转型，要多方面发展，只要不违反政策和法律，哪个挣钱就干哪个！”

“转啥型啊！庄稼人不种地还能干啥吃？供你念了大学，指望你能吃国家饭，到头来也还在庄稼地里干，白花钱供你上学。”

罗志明说：“你这老思想得改一改，你不能老认地。咱们搬到城去，开饭店！”

“净胡扯！那是咱农民去的地方吗？咱村不少户搬到城里的，终究不也回来种地了，屎窝挪尿窝，好不了。”

“你这思想太守旧了，你只看到去城里又回来的，没看到去城里发大财成富豪的，狗剩他爹在农村穷得锅底朝天，进城后当了开发商，你咋就看不见？”

“狗剩就一个爹！我不是狗剩他爹！我是你爹！”

罗百万对进城经商毫无兴趣，他相信农民种地是上天安排的，他亲眼看见，头几年大刮农民进城风，可如今大都回来了。有的富了，有的赔了个底朝天，还有的把老婆混丢了。因此，罗百万死了进城的心，他要在东丰村活到头，把骨头扔在这里。

罗秀英对于家中和外边发生的事，她不闻不问。她只知道干活，一天到晚言语不多，她穿着几年前与马家订婚时做的红棉袄和一条蓝裤子。外边的世界精彩不精彩，和她毫无关系，她不知道县城有多么大，超市商店的门朝哪开。她只是从电视上知道东丰村以外的事情。

“爸，马大叔把地要回去了，咱咋不去承包别人的地呢？”秀英问。

罗百万叹口气，说：“这几年庄稼大丰收，粮食又都卖个好价，都把地当成宝贝疙瘩，谁也不肯对外承包。”

“咱家没地种，不能老待着，靠养几头猪几十个小鸡，也发不了大财，哥，你得帮爸想个挣钱路。”

罗志明说：“县里来的领导说过，要致富得转型，农民凭地过日子没发展，要搞多种经营发展！爸，你不是会炸油条吗？咱们炸油条卖吧！”

罗百万气得瞪大了眼睛，说：“话越说越没有边儿，东丰村就七八十户人家，五十斤面的油条都卖不了，一天不炸个百儿八十斤的面，得喝风！”

罗志明说：“可以去外屯卖嘛！现在一个电动三轮车有个三四千块钱就能买到，爸，你炸油条，我去卖，行吧？”

“供你念大学，就是为了卖油条吗？不知道丢人！”

“那有啥丢人的，只要挣钱就行！妹妹，你说哥的想法行不行？”

秀英抿着嘴笑了，说：“我看行！”

罗志明兴奋地说：“有妹妹支持，这事就这么定了。明天就把炸油条的牌子挂上。”

罗百万气得直喘粗气，说：“你们要气死我呀！”

这时，门外响起叫喊声：“罗百万在家吗？”

此时，在罗家院门口，站着一对青年男女，那男的有三十几岁年纪，女的有二十五六岁，男的一身农民打扮，脸皮粗糙，女的穿衣也不新鲜，蓝衣、蓝裤，脸上也没有擦粉抹胭脂，中等细高个儿，十分秀丽。

罗百万走出屋，望着陌生来人，纳闷地问：“你们来找我？”

那女的上前握着罗百万的大手，说：“大叔，你老人家好啊！你就是罗百万吧？我妈也姓罗，我妈和你一个姓啊！几百年前我妈和你们还是一家人呢！”

罗百万对于和来人同姓不同姓毫无兴趣，世界上同一个姓的人多着哪，自己有钱自己花，谁也不管谁。但是，罗百万脑海中油然升起一股喜悦之感，这两个来人是不是乡县扶贫干部，了解到我罗百万年年种地靠贷款，把我当成扶贫对象？他这么一想，立时打起精神，说：“找我啥事，不会来给我送钱吧？”

那女的笑了，说：“大叔真会说笑话，你看我们两个人像乡县干部吗？我是岗子村的会计，名叫杨玉萍，他是我们的村长，名叫田勇。”

那个叫田勇的人不好意思地说：“我名字叫田勇，但没做出勇敢的事。听我爸说，你们村有个叫田海的，和我们是一个老祖宗，他现在还好吗？”

罗百万闷声说：“他和阎王爷好去了，你们是来找他的？”

杨玉萍说：“是来找他，也是来找你的，是这么回事：坐落在野猪岭下，临近大玛河畔的那块有山泉的地，这几年一直是你种着，是不是？”

“是我种着，咋的了？”

“是你承包村的，还是村里分给你的口粮田？”

“是我转包马老二的，现在地又被马老二要回去了。”

“那块地是我们村的，我们要地来了。”

罗百万惊得不轻，他以为自己听错了，说：“姑娘，你再说一遍，我没听明白。”

杨玉萍又重复了一遍，这回罗百万听明白了，他两眼直勾勾地望着杨玉萍，笑道：“姑娘，你是不是睡觉睡懵了，大白天说梦话？”

杨玉萍认真地说：“大叔，我说的是实话，我们的确来要地。我们之所以来找你，是想证实那块地是你承包的还是转包的，然后再去找你们村干部商议要地的事。”

罗百万想起昨天见到的一男一女，使他丧失了山泉地。现在，站在面前的又是一男一女，他们又会给他带来什么灾难呢？于是就冲屋里喊：“志明，你出来看看，怎么又来了一男一女，胡说八道呢！”

其实，罗志明早就站在父亲身后，一声不响地观察来人的行动言语，他走到杨玉萍面前，一本正经地说：“你应该去写小说，小说里的故事大都是胡编乱造的。你怎么能编出东丰村的地变成岗子村的呢！这事能叫人相信吗？你就直接说，你们来做什么，是骗钱还是骗人！”

田勇走上前去说：“这位大兄弟，杨会计没有撒谎，我们也不是来骗人骗钱。那块地的确是我们岗子村的，三十年前，那块地一直是我们耕种着，就在正要承包土地的时候，当时我们村生产队的杨队长带社员在那地里烧玉米秸子，一时大意，火苗上了山，把野猪岭上的树烧了一些，因扑火还烧伤了一个人，给国家造成很大损失，我们生产队被罚了不少钱。生产队一气之下，就把那块地扔了。后来被你们村那个叫田海的当撂荒地捡起种着。因为那块地在你们村土地范围之内，离我们村有十五里，后来虽然搞土地承包了，也没人愿意跑十五里山路来种那块地。”

“办什么事说什么话都要有证据，你说那块地是你们村的，有证据吗？”

“现在我们手里没有纸面证据，但有我们老村长作证，是错不了的。”

罗志明笑了，说：“我要说我爸证明地是我村的，你相信吗？你说地是你们村的，咋早不来要？都三十多年过去，又无凭无据，你不觉得可笑吗？”

田勇说：“老村长说，当年和田海签了合同，地权还是岗子村的。可惜我们村那份合同丢失了。只要田海还有合同，就可以证明地是我们村的。”

“你说的那个叫田海的已经死了，人死了合同也不可能有了。”

“田海不在了，他媳妇还在吧！只要他媳妇还在，一定会把那份合同保存起来。”

“万一他那份合同也丢失了呢？”

“我想不会的。”

罗志明问父亲：“你听大愣他妈说过这事儿吗？”

罗百万摇头晃脑地说：“没有听说。这么多年了，你们咋不早来要地，是不是你们听说那块地被人花高价租了去，你们眼就红了？”

杨玉萍说：“被谁租去了？”

罗百万无精打采地说：“去问马老二吧！他是我们村的村长，不是我说绝话，你们真想把地要回去，比光棍汉生孩子还难！我和他有合同也要不回来，你们就做梦去吧！”

十　三千元不多

田大愣二十五了，还没娶上媳妇，他自己不急，可他母亲急上了。

吕淑梅的命也真苦，嫁进田家门，和田海生活了没几年，田海两腿一伸，见阎王爷去了，扔下一儿一女，吕淑梅十几年来受尽了苦，流干了眼泪，终于把儿女拉扯大。女儿不过二十就嫁了婆家，儿子却总也寻不到媳妇。吕淑梅心里明白，现在农村的姑娘，都被改革开放的大潮冲到城里去了，在乡下想寻个姑娘比猴子捞月还难，何况她一个寡妇女人，日子过得也不富裕，想要娶个媳妇更是难上加难。而况如今的女人都提高了金钱意识，什么三金四银，什么值钱要什么，仿佛不要是傻瓜，要得越多身价越高，如此一来，农村大龄未婚青年越来越多，要变成“光棍世界”了。

大愣不是糊涂人，了解母亲的苦衷，他时常说：“妈，你别愁我说不着媳妇，现在的姑娘嫁人是享福的，就咱这家庭，娶个媳妇也过不长。”

吕淑梅也是这么想的，仅靠他们家那几亩口粮田，想发大财没那么容易。

“愣儿，那天赵乡长来咱村开大会说，叫咱们农民转型，啥叫转型啊？”

“就是改行！什么挣钱就干什么，别死认钻垄沟。”

“就是像老周家不种地了，开个豆腐坊卖大豆腐；老孙家搞地栽木耳、种蘑菇，是不是？”

“是的，妈，咱家也转型吧！”

“咋个转呀？”

“听说，我大姨家租地发了大财，你去借十万，我去城里租个门市房，卖化肥农药。”

吕淑梅长长叹了口气，说：“愣儿，你是在说梦话啊！你大姨家的钱涌破门，她也不肯借给咱。你大姨不当家，她那个家，你大姨夫说了算！从打你爹去世，没钱也不去他家借！要不是你大姨夫办事那么绝，你爹也死不了！唉，事情过去多少年了，就不提了。你要真想去城里租个门市房，去向你姐家借借。这几年她日子过得不孬，你姐夫去年卖化肥挣了二十多万！”

这时，门外响起罗志明的话音：“啊，挣那么多呀！”

吕淑梅朝外一看，只见罗志明和两个陌生青年男女进了屋。她奇怪地问：“志明，他们是……”

罗志明笑道：“他们是岗子村的村干部，不知道你家的门。”接着对田勇说：“她就是你们要找的人，有什么事，你和她说吧！”

田勇直截了当地说：“大婶，我们来向你打听一件事。你丈夫是叫田海吧？”

“是的。”

“我叫田勇，是岗子村的村长。野猪岭下那块山泉地是我们村的，三十年前我们村不种那块地了，是你丈夫捡起种着，当时他和我们村的老村长签了一份合同。我们来的目的，是叫你把那份合同拿出来，看过合同后再决定对这块地怎么处理。”

吕淑梅带有一种嘲笑的口气，说：“这都过去三十多年了，我丈夫活着时，咋早不来要地？”

田勇说：“不知道什么原因，我们村的前任村干部没有处理这件事。”

吕淑梅说：“你们来晚了，那块地被马村长租给一个公司了。”

田勇说：“刚才我们也听说了，我们就是把那块地扔了一百年，如果有证据证明那块地的确是我们岗子村的，我们就有权收回地权。”

现在，吕淑梅完全明白了，这两个岗子村的一男一女，之所以突然来到她家，为的是得到当年丈夫和岗子村的老村长签的合同书。

“合同也不止一份，你们村不也有吗？”吕淑梅说。

田勇说：“实不相瞒，大婶，由于年代长，村干部换了又换，我们村那份合同丢失了，只要你们家那份合同还保存着，一切都好办了。现在办事讲究回报。如果你把合同拿出来，我们村愿意奖励你一大笔钱！”

田大愣忍不住了，问田勇：“奖给我们家多少钱？”

田勇说：“你们要多少？”

田大愣两手一伸：“十万！”

“这个数太多了，三千两千还是可以的。”

田大愣嚷道：“三千也行！现在就给！”

田勇说："只要拿出合同，马上兑现，说一不二。"

田勇的回答，使吕淑梅大吃一惊。她万万没有想到，为了一份合同，岗子村的这位年轻村长竟出如此高价！这足以说明，丈夫在世时与岗子村老村长签的那份合同的重要性。但是，这个寡妇女人并不急于把那份合同亮出来，她似乎对田勇还有些怀疑，拉罗志明到院子里，悄声说："那个人说的话，可信吗？他真给三千吗？"

罗志明也没有想到，为了一个合同，岗子村村长舍得出三千元。但他相信田勇不会哄骗这个寡妇女人，然而他又不敢说话，对于这个并不相识的田勇，他心里究竟藏着什么，为了一张合同纸花三千元，这是一件实在少有的事情。为了不使这个寡妇女人上当受骗，他说："他不是说给你三千块吗？我当中间人，你把合同书、他把钱都交给我，这样谁也骗不了谁，谁也放心。"

"就听你的。"吕淑梅欣然同意。

当罗志明把他的想法向田勇一说，田勇爽快答应了，杨玉萍打开皮包，把三千元交给罗志明后，吕淑梅打开炕柜，寻找那份合同书，然而过了好长时间，吕淑梅还在翻箱倒柜。她两手哆嗦，身子颤抖，显然是因为寻找不到合同，着急了。

"怎么找不到呢？"吕淑梅喃喃自语。

田勇说："大婶，不用着急，慢慢找。"

说是不着急，能不着急吗？吕淑梅脸上流下了汗珠。

一个钟头过去了，吕淑梅在寻找；又一个钟头过去了，吕淑梅还在寻找着。

"砰"的一声，吕淑梅关上柜门，十分失望地说："合同丢失了。"

田勇大为失望，说：“真要找不到，事情还不好办呢！你再找一遍，只要能找到，我们愿意等到明天。”

吕淑梅又寻找了一阵，也没有找到，无可奈何地说：“真的丢失了。要不能不拿出来吗？不图别的我还图那三千块钱呢！”

“大婶，求你再找找，也许你放错了地方。”田勇恳求道。

吕淑梅在屋里寻找起来，除了耗子洞，几乎找遍了，也没有找到。

田大愣埋怨母亲，说：“你放合同不让我知道，让我保存着一定丢不了。”

杨玉萍一直看着吕淑梅翻箱找柜，她仿佛从这个女人脸上看出来心里隐藏着什么。她把田勇叫到院子里，小声说：“会不会女主人故意不找出来合同，骗咱哪！”

田勇说：“三千块钱不是小数字，也许真是丢失了，真要丢失了，事情就难办了。”

“现在应该怎么办？”

“为防万一就在她家住下，她找不出合同，就不走了，一旦确认合同的确丢失了，咱们再回岗子村。”

杨玉萍点头同意。

吕淑梅听他们说要住在她家，一直等找到合同，不由得慌了神，说：“你们怎么能住在一个寡妇女人家呢！你们不怕说闲话，我还怕呢！”

田勇笑道：“大婶多虑了，我和杨会计都是正经人，决不做半点对不起你的事情。在你们家吃住，也是付钱的。”

“那也不行。村里有食堂，你们到那去吃住吧！志明，你领他们走吧！”

罗志明也没想到为了一份合同书，田勇居然提出他们要住在女主人家里，看样子他们对女主人寻找合同抱有很大希望，并不相信合同丢失了。既然这样，他们要住下，也不是没有道理。想到这儿，罗志明便劝说道："婶子，他们大老远来到你家，为的是那份合同，事情没办成，回去也没法儿向村民交代。他们要住下，就叫他们住下吧！不就吃几顿饭嘛，你家要是少米少面，我回家拿去。"

吕淑梅不满地瞪了罗志明一眼，说："你别寒碜婶子了，你婶子怎么穷，也不至于少米少面，叫他们到你家去住吧！"

罗志明问田勇："你们愿意到我家去住，就去吧！"

田勇笑道说："就在大婶家住，帮她一起找合同。找不到合同，我们就常住'沙家浜'，不走了。"

吕淑梅登时黑了脸，斩钉截铁般地说："不行！不走也得走，走也得走！我这不是旅店没工夫伺候你们！大愣，把他们撵走！"

田大愣说："妈，那三千块钱不要了？"

吕淑梅说："不要！给十万也不要！"

十一　天价合同书

马老二把孙有成和李玲送上黑色的轿车，目视轿车缓缓地使出东丰村，奔向东去的县城，他心里这才长长地吁了一口气，自语道："他们走了，我马老二可以高枕无忧了。"

马老二之所以这么说，是因为他早就知道，岗子村的田勇会在这几天来东丰村。如果叫田勇知道他和天顺公司做了土地转租的生意，定会从中捣乱，那么，他这笔发财大梦也就做不成了。现在，五万元定金握在手中，又有协议合同，也就不怕半路杀出个程咬金。

嗒嗒嗒！手机响了，马老二从兜里掏出手机，不耐烦地说："谁呀？"

手机里响起老会计的话音："马村长，岗子村的田村长和女会计在村部等着见你哪！"

马老二骂一声："狗娘养的，他们来得怪早啊！给我好水好茶伺候，别叫他们到处乱走，我这就去。"

电话里老会计回答："村长放心，坚决照你的指示办事。"

马老二没有去村部，而是回家了。他想，叫田勇等他吧！

他回家喝了一杯茶水，又抽了一支“中华”烟，觉得肚子饿了，叫老伴焯了一个荷包蛋，刚吃完，吕淑梅来了。

自从田海去世后，这十几年来，吕淑梅无事不登马家的门。如果不是姐姐嫁到马家，她会和马家断绝一切。她忘不了，那年村里搞土地承包，实行全村土地丈量，也丈量了属于岗子村的那块山泉地，马老二不顾田海的反对，将那块土地叫会计记在东丰村的账，实行招标承包，马老二以高价把那块地承包在手，与村委会签了二十年合同。合同到期后，又续签了五十年。似乎那块地永远为马老二所有了。虽然当时村委会一再声明，因为田海是第一个土地拥有者，他有权首先承包那块土地，只是田海分文没有，不仅患病又负债累累，无钱与马老二竞争，于是不得不放弃优先承包权。打那以后，田海心脏病加重，不过几年就一命呜呼了。马老二似乎觉得良心受到谴责，给吕淑梅送去五百块钱，但被吕淑梅扔出门外。事情过去有二十年了，谁也不愿记着过去不愉快的事情。但是两家仍然相处很差，吕淑梅今天突然上门，使马老二十分诧异，皮笑肉不笑，说：“小姨子，今儿个是哪股风把你吹来了？是不是有事有求姐夫？”

“无事不登三宝殿，今儿个来，是求你来了。”

“只要你姐夫能帮上的，决不推辞。”

原来岗子村的村干部突然到吕淑梅家要看合同书，吕淑梅开始并不感到奇怪，她也真想把那份合同书找出来，叫他们看看也就是了。然而当她听他们说那份合同如此重要，并且肯出三千元给她，便觉得那份合同的重要，不次于一个金镯子金耳环。她想，那个合同一旦证明那块地为岗子村所有，那么马老二用那块地所得到的数百万元，莫不是一场梦吗？要是叫马老二知道这件事，把合同交给马老二，说不定马老二不只给她三千。因此，她便向田勇隐瞒了真相，谎说合同丢失。

马老二听了吕淑梅把岗子村的人如何去她家要合同的事一五一十地说了后，惊得要掉魂了。他几乎要给吕淑梅跪在地上，说：“大福他姨，你做得对，你不能把合同拿出来，我代表全家给你下跪了。”

说完，马老二果真跪下了。

吕淑梅慌忙扶起马老二说：“姐夫，你怎么给我下跪呢，快起来。”

马老二跪着不起来，哭声哀气地说：“你答应姐夫的要求，姐夫就起来！”

“啥要求？”

“姐夫给你五十万块，你把合同书给姐夫。”

吕淑梅一阵惊呆，天哪，五十万块，她两辈子都挣不到，有了这五十万，儿子娶媳妇、城里买楼，就全够了。天下还有这等好事吗？为了证实她没有听错，说：“姐夫，你说的是五十万？”

“是五十万。”

“你不骗我？”

“他小姨，你咋信不着你姐夫呢？当年为了那块地，姐夫对不住你，现在姐夫偿还你的损失。五十万不多呀！”

吕淑梅止不住鼻子一阵酸麻，两眼流下了两串晶亮晶亮的泪珠。

“他小姨，你现在回去把合同拿来，等和孙经理签上了正式合同，五十万,一分不少，全给你！”

吕淑梅答应着，回家拿合同去了。马老二焦急地等待着吕淑梅送合同来，一等不见影，二等不见面，正在这时，田大愣来了，他进屋说：“姨夫，我妈说了，一手钱一手合同，不见钱，俺妈不给合同。”

马老二气歪了嘴，说道：“你妈是不见兔子不撒鹰啊，回去和你妈说，这件事不许传出去，叫外人知道了，我和她不算完！今晚上我请你妈来吃饺子，你也来！”

田大愣一愣，心想，我这个姨夫今天怎么和以前不一样了呢？

田大愣走后，马老二又抽了一支烟，这才去村委会办公室。此时，办公室除了老会计和岗子村的两名干部，还有罗志明。马老二进屋问罗志明，说：“你来有事吗？”

罗志明说：“岗子村的两名干部今天不走了，打算住在我家，一会我领他们到我家去。”

马老二说：“他们的吃住有我安排，不用你操心，我们在研究大事，你回家吧！”

罗志明觉得马老二言之有理，便对田勇说：“有时间到我家去串门！欢迎你们来！”说完走了。

马老二上前拉着田勇的手说：“那天在乡政府开会，你说来东丰村要地，我以为你开玩笑，原来真当回事啊！”

田勇笑道：“说话就要负责，你真难请啊，叫我们等你老半天。”

马老二嘻嘻一笑，说：“太忙了，忙得冒火。”转身又握着杨玉萍的手说：“杨会计是不是头一次来东丰村？”

杨玉萍点点头，说：“是的。这儿有山有水，风景真好，适合开旅游区。”

马老二笑道：“你还没有婆家吧，那就做东丰村的媳妇吧！”

杨玉萍很大方地说：“好啊，麻烦马村长给我介绍一个。怕的是我这大龄女，没人愿要呢。”

马老二说："我们村啥也缺，就不缺光棍汉！你真来，光棍汉都排着队抢呢！"

几个人都笑起来。

因为相互早就认识，说话也毫不拘谨，扯了一阵闲话，这才说道正题上。

"就是为了那块地来的吧？"马老二说。

"是的。你们村种了我们村的地，三十年了，分文不给，该物归原主了。"

马老二朝田勇伸过去手，说："拿证据来！"

田勇说："还不到拿出来的时候。"

马老二说："没有证据就免谈！太阳也快落山了，就别走了，今晚住下，村里招待你们。咱们认识好几年了，也没有在一起喝过酒，今晚咱们就喝个痛快！"

田勇摇手拒绝，说："任务没完成，哪还有闲心喝酒？刚才我们到田海家去，因为听我们的村长说，当年他和田海签了一个合同，我们想来看一看那份合同。田海媳妇也没找到那份合同，我们怀疑田海媳妇信不着我们，我想叫你去做做她的工作，如果合同确实丢失了，那就认了，如果合同没有丢，叫她拿出来，我们已经答应给她三千元的奖金。"

马老二脸色陡地变了，猛地一拍办公桌，愤怒地说："田村长，你真有钱啊，不过一张纸，能值三千块吗？她要是真的没丢那份合同，我去说一句话，她会顺溜交给我！因为我是她姐夫，哪有小姨子不听姐夫的？"

田勇后悔道："我哪知道你和她有这么近的亲戚？看在你我多年相识的情分上，你给把事办了吧！我们也会给你奖金的。"

"好说，好说，这事包在我身上了！"马老二说。

十二　美梦难圆

当马老二听吕淑梅说岗子村竟然花三千元买她家那份合同，惊得冒出一身冷汗。他想，那份合同一旦落到田勇手里，那块地的归属就变了。尽管他还不知道合同的内容，但他相信，谁把那份合同拿到手，谁就掌握了一切。否则，他与天顺公司的土地合同，将会变成一张废纸，落个分文不得，鸡飞蛋打，因此，为了把那份合同弄到手，他认为花去五十万也值得。

就在田勇回到岗子村的三天后，马老二给田勇打去电话，他告诉田勇，吕淑梅地挖三尺，也没有找到那份合同，如果执意要回那块山泉地，叫他们寻找其他证据。他在电话上一再强调，他是东丰村的村长，为了东丰村村民和集体的利益，他决不会把那块地退给岗子村的。即便打官司，他也愿奉陪到底。

听了马老二在电话上说的话，田勇十分失望。如今。那份仅有的证明那块地是岗子村的合同已经丢失了，想寻找另外的证据是何等容易？

他去了老村长家里。

老村长杨兆坤，就是三十年前带着岗子村第一生产队社员在野猪岭下烧玉米秸子引起山火的那个杨队长。后来，他担任了岗子村的村长，由于年纪大，身体多病，如今除了吃闲饭就是抱药罐，用他的话说，是人老无用了。当他听了田勇的诉说，气得胡子翘上了天，说："会不会是马老二和那个寡妇女人耍什么鬼心眼，把合同藏起来，骗咱们？那份合同对于咱们岗子村来说，比黄金还值钱啊！"

田勇说："马村长不会搞阴谋鬼计的。"

老村长说："明天你和杨会计再去找那个寡妇女人，和那个女人说，她敢隐藏合同不交出来就去告她。"

田勇摇手说："使不得，使不得，办什么事都要商量着办，好事多磨么！我想今天去乡政府，把这件事叫赵乡长知道，看看政府对这个问题怎么处理。"

"给乡长打个电话，何必去乡政府？"

"有些事在电话上说不明白的，还是去吧！"

"对！夜长梦多，越快越好。"

当天上午，田勇去了乡政府。赵乡长名叫赵庆生，五十岁年纪。当了多年的乡民政助理，好容易熬上个乡长。当他听了田勇的汇报，笑道："你来晚了，昨天马村长为这事来乡政府和我说了。小田，我有点不明白呀，你们村把地扔了三十年了，被东丰村捡起来种了，这三十年来，你们就没有人想把地要回吗？"

田勇一脸愁容，说："一言难尽啊！那块地离我们村十五里远，在东丰村管辖范围内，我们耕种不方便，又因为那年起了把火，村民们对种那块地失去了信心，所以一直就扔下。都把那块地忘了。"

"怎么现在又想起那块地来呢？"

“这不是因为深化改革，农民转型嘛，这一转型，把大伙转醒了。岗子村人多地少，土地单薄，靠种地的确没有出路。我们村有个老头，今年七十多了，名叫黄月来。那块地原先是他爹开垦起来的，他了解那块地的地理位置。他建议村集体在那建个旅游点，搞旅游开发，一定挣大钱。真要搞好了，一年能收个几十万。如今的人有了钱，都喜欢旅游，找个风景好的地方休闲。这不，开了个村民大会，大伙都同意呢！”

赵乡长哈哈大笑，笑毕，说：“好主意，好主意，的确是一项农民致富的好门路。可惜你们晚做了一步，那块地被天顺公司从马村长手里租去了。你就是有一万个规划，也没有用啊！”

田勇不语了。心想，赵乡长怎么老为马村长争理呢？

“乡长，你说该怎么处理？难道我们村永远丢失了那块土地了吗？”田勇不甘心地问。

“你们把那块地扔了快半个世纪了，按说你们村得受到荒废土地的惩罚，政府没有追究你们的责任，就便宜了你们，你们根本没有理由要那块土地！回去马上召开个会，吸取教训，不要再犯这种错误。告诉村民们都死了这个心吧。”

田勇后悔来找赵乡长，他认为赵乡长说的不在理。

田勇回到岗子村，把赵乡长的话对老村长讲了。老村长十分恼火，说：“他是帮马老二说话哪！选乡长时，马老二偷着给赵庆生拉了不少选票，他和马村长交情很深。乡里不说公道话，明天你去县城找李县长，李县长是我老伴的一个远房侄儿，我给他写封信，他不会不帮忙。”

岗子村是大村，有近千户人家。去县城的班车有好几趟。田勇是个急性人，要办的事如果办不成，急得走坐不安。当天下午田勇坐车来到县城。分管农业的副县长李仲良，热情地接待了这个年轻的村长，和颜悦色地说：

“我认识你，前些日子我还到你们村去检查春耕生产的工作，你是岗子村的村长，名叫田勇，对吧？”

田勇接过李仲良递过来的一杯水，说：“是的。老村长叫我来找你，他还给你写了一封信。”

李仲良把信放在桌子上，说：“有什么事，你就直接说吧！能解决的我解决，不能解决的我想办法，一定帮你们解决，不过必须是为群众的利益，个人的事我可无能为力！”说罢，笑了起来。

田勇说：“是大伙的事。”

当李仲良听了田勇诉说，并要在野猪岭下开旅游区，立时满面放光，十分高兴，以洪亮的声音说：“田村长，你这个想法很好啊！路子很对呀！你们利用那块依山靠河的叫什么山泉地搞旅游开发，这是农民转型发展的具体表现，值得大力提倡。明天召开县常委扩大会议，我把你们岗子村的转型规划在会上提出来，把你们村当成一个重点扶持对象，以点带面，向全县推广。如果成功了，再组织乡村干部到你们村开个现场会议，你把你们村如何转型搞旅游所得到的经验做个介绍，你看可以吗？”

田勇听李仲良这么一说，心里却毛慌了。他说：“县长，我们还没真正干呢，只是一个规划，没有什么经验。要圆这个梦，也还很难啊！”

李仲良轻轻点点头，说：“没有经验不可怕，可以在实干中总结经验，没有好山好水好的自然环境，开发不了旅游事业。野猪岭那个地方我去边，有山有河，关键的是地里有个山泉，冬暖夏凉，常流不断。前几天东丰村有个叫罗志明的大学生，对那山泉水做了化验。他来找我，叫我想办法为他解决一部分资金，要在那里建个矿泉水厂和一个烧酒铺。我答应帮他的忙。不过，今天听说你们村要在那搞旅游开发，先公后私，罗志明的梦就圆不了啦！”

田勇说：“我们的梦也很难圆，李县长，我的话还没说完呢！”

李仲良说：“你慢慢说给我听，你们是不是遇到什么困难了？”

当李仲良听了田勇从头到尾的诉说后，沉思良久，才说：“关键是老村长和田海签的合同丢失了，如果能找到合同，也许解决问题好办一些。”

“可不，都丢失了。”

李仲良又沉思片刻，说：“现在你们岗子村的土地台账上还有那块名叫山泉地的地吗？”

“土地台账有，三垧三亩三分地，写得很明白。”

“只在土地台账上有，也不能证明地是你们村的。你说那块地是老黄头开起来的，后来被庄财主霸了去。土改时又分给了老黄头。如果现在有政府发给老黄头的土地契约，或者有老黄头入合作社时，交给合作社土地的证据，就可以证明那块地的确是你们村的。”

田勇犯愁地摇了一下头皮，说：“都过去那么多年的事了，老黄头死了变成土，恐怕那些证据早就没有了。他的后代人也不可能保存那些东西。”

李仲良说：“即便有那些证据，也不能说道理就在你们那一边。你们把地扔了三十年，如果在这三十年内，每年都曾有人向东丰村的村政府，或者向田海家现在活着的人，索取那块土地，他们拒绝退地。你们才真正有理有据，最后叫法院处理，法院也有理由判决土地归你们。如果这三十年来，没有人去东丰村要地，等于你们自动放弃，官司打到哪，你们也赢不了！”

田勇不知说什么好了，因为这是他从来没有想到的事。他也没有听人说，这三十年来，有人去东丰村索取那块土地。这么看来，那块地永远归东丰村所有了。

田勇顿时觉得头上泼了一盆冷水，周身一阵阵冰凉。他的心也凉透了。

十三　有理说不清

田勇回到岗子村，把去县城见李副县长的经过向老村长做了如实汇报。老村长听了，说：“土地改革到现在有几十年了，老黄头的骨头也烂成了土，他的后人哪会去保存那块地的地契呢！有咱们村的地账证明，不行吗？”

田勇说：“那只是单方证明，如果在这三十年来，咱们村的人不断去东丰村讨要那块地，说明咱们一直没有放弃那块地的地权，只是这么多年来，咱们村没有人为了那块地，去东丰村索要，这证明咱们主动放弃了那块地的地权，现在想再要不是那么容易。”

“这么说，那块地要回的希望没有了？”

“不大。”

老村长自责道：“唉，责任在我身上，我不该因为那块地相距咱村太远，那年又因为着了一把火，把地扔了。虽然后来承包给田海，但现在合同丢失，真是秀才遇到了兵，有理说不清，我有罪啊！”

田勇说：“谁也没想到事情会发展到现在这个样子。去找黄大成问问，兴许他爷爷当年土改时领到的地契还有呢！”

老村长说：“不会有了。过几天我亲自去东丰村，去找田海的女人谈谈，我不太相信她丢失了合同。能找到她那一份合同，要回那块地的希望就有一大半。”

田勇问：“合同写的什么，你还记得吗？”

老村长思索着说：“我只记得上边写着，只许耕种，不许他转让卖地，每年向咱村交二百元的承包费。”

“三垧三亩三分地，交二百元承包费，也太少了。”

“那时认为地不种了，得一分是一分。”

“田海每年交了吗？”

“可能只交了两年，就没再交。由于相隔太远，去东丰村也不方便，会计懒得为二百块钱走十几里，便也就渐渐把那块地的承包费忘掉了。其实也怨我，没把二百块钱当回事。要不是现在上边号召农业转型，农民也要搞旅游开发，谁也不会想到那块地。”

就在这时，外边响起一阵喧闹声，那声音愈来愈大。老村长说：“你去看看，外边吵嚷什么，我怎么听见有人在喊我的名字。”

田勇来到外边，只见院外围着十几个人，一个四十多岁的妇女拉着一个年纪与她相仿的男人。那男人用力想挣脱那个妇女的手，那妇女紧紧地抓着那男的胳膊，一边苦苦地哀求：“小孩他爹，你别来闹事啊！咱们回家吧，咱爹知道你来闹事，会气死的。”

那男人喷着唾沫星子，大声说：“这不叫闹事，我要讨个说法！杨兆坤不是个东西，把岗子村的地卖给了东丰村，叫他出来说，他拿了东丰村多少回扣！他要不说明白，我和他不罢休。”

那妇女越发急了，死死拉着那男人的手腕，愤愤地说：“你这么闹他们会报警的！”

那男的额头立时暴出青筋，叫道：“我不怕！脑袋掉了不就碗口大的疤吗，杨兆坤，你给我出来！你向大伙坦白，你卖地图了多少黑心钱，我老祖宗开垦地，你凭什么给卖了？”

田勇一看，那汉子是黄月来的儿子黄大成，听到他的一番不干不净的叫骂声，田勇已经明白了，他急忙上前挡着要冲进院的黄大成，怒声喝道：“黄大成，你不要无理取闹！不管对谁有意见向政府反映，怎么能上门闹事呢！”

黄大成吐口唾沫，一双怒眼盯向田勇，嚷道：“驴粪蛋子踩一脚——你也不是好饼，你当村长三年了，为什么不去东丰村把我们家那块地要回来？”

田勇说：“没有证据是要不回来的。”

“地是我爷爷开起来的，我爷爷就是证据。”

“我们大伙承认那块地是你爷爷一镐头一镐头刨起来，地已经归了集体，那就是集体的，与你爷爷没有任何关系。我们也没有不要那块地，现在正在找证据。”

“叫杨兆坤去把地要回来，是他扔的地，他要是要不回来，和他不算完！”

老村长扶着拐出了屋。他患有严重的风湿腿疼病，走路离不了拐。他面容十分憔悴，目视门外的几十个人，有气无力地说：

“大伙把失去那块地的责任推到我身上，我没有半点意见，我应该负全部责任！我对不起岗子村的父老兄弟姐妹，我是个有罪的人。请大伙放心，只要我有一口气，我就是爬也爬到东丰村，去老田家要地。因为当时是我代表咱村政府，向田海签的合同！前几天，田勇和我女儿去了东丰村，我相信，那块地我们会要回来的，因为那块地的确是黄大成爷爷刨起来的，咱们有理啊！”

有人议论着：

“老村长说得对，地是老黄头开垦的，咱们有理。”

“这事也不能怨老村长。前任会计也有责任，他没有把合同保存好，要是咱们村那份合同没丢，那块地就要回来了。”

“说得对，是前任会计的责任，叫他负责。”

岗子村的前任会计名叫赵平会，如今快七十岁了，他当会计四十多年，目视几个村干部上上下下，真可谓三朝元老了。如果不是年纪大，身体多病，他还不会下岗。他所以能在任这么长久，是因为他掌握一条至死不变的原则——凡是公家的东西分文不沾，凡是他人的礼品拒收门外。岗子村的大小干部换了又换，就连老村长也三起三落，今年当村长，明年又下台，后年又选上。可不管谁当村干部，想从赵平会管理的账面上贪污一分钱，比登天还难，他对任何人都是事务长打爹——公事公办。村屯账目，日清月结，当众月月公布，深得大伙拥护，因此，他这才“稳坐钓鱼台”，任风吹浪打，在村里一直干会计。美中不足的是没有保存好那份村政府与田海签的合同，有人把责任推到他身上，只能说那是天意。

原来几十年前，村委会办公室由于年深日久，屋脊瓦破，土壁裂缝，正当村里准备发动大伙自力更生盖三间砖瓦办公室时，一场大雨，下了两天两夜，山洪扑向村庄，办公室土墙瓦解，房屋倒塌，洪水进屋，屋内的三个账柜被洪水冲走一个。而那份村政府与田海签订的合同，正放在被洪水冲走的账柜里。虽然大雨过后，人们从水库里捞到账柜，但柜里的所有账薄、合同书全被大水泡成了纸浆。这本是天灾并非人祸，可是村里有人却把矛头指向赵平会，说是他工作失职，大雨天不在办公室值班，却在家搂着老婆孩子。尽管赵平会说明那天晚上不是他的值班日，却没有人相信他的话，人们认为保存的账柜是会计的职责。因此，这个重大责任事故就一直压在赵平会的头上，永远也说不清了。

老村长认为大水冲走账柜与会计毫无关系，他多次向人们解释，但是有的人却不相信。现在听到有人又提出这件事，他有点儿恼火，冲人们大声说：“因为那块地你们可以说是我的责任，但决不允许因为那份合同的丢失，说赵会计半个不好，往他头上扣屎盆子！那不是他的责任，是我杨兆坤当干部失职，发洪水时缺乏警惕性，才使咱们集体受了重大损失。那是天灾，和赵会计毫无关系，你们怎么老和他过意不去？难道那天晚上叫赵会计睡在办公室，让洪水把他冲走，房屋倒塌把他砸死，你们就满意了吗？”

说到这里，老村长把目光投向黄大成，厉声说：“那年的洪水是几百年没有过的，你家那年屋内没进水，房子也没塌，土改时政府发给你爷爷的那张土地契约，你保存到现在了吗？”

这意外的话使黄大成一时回答不出来，说：“你咋问这个呢？”

老村长说：“你爷爷经手的那张地契，十分重要，它证明野猪岭下那块地是你老祖宗的，是咱岗子村的。为什么你没有把那份地契保存下来？是你爷爷活着丢失了，还是你和你爹现在丢失了？你还在有脸说三道四，你自己没做好，就没脸说别人！”

黄大成被老村长问住了，气得扭头就走，一边说：“老祖宗的东西我没有丢，老子这就回去拿地契叫你们看！”

十四　寡妇门前有来人

当时，黄大成说回家拿老地契给老村长看，不过说气话罢了。黄大成从记事起就没有见过地契，也没有听父母说起。都过去几十年的事了，村干部换了一个又一个，他们家的房屋也是拆了又盖，盖起又拆，就是有老古董也折腾没了，何况一张巴掌大的老黄纸呢！但是，他还是要叫父亲回答，爷爷留下的那个地契，真的丢失了吗？

黄大成的父亲名叫黄月来，七十多的人，眼不花耳不聋，脸如红枣，说话洪亮，百多斤重的麻袋猫腰能扔到自己背上，走十里不气喘。人们都怀疑他吃了山参，喝了天上的神水了。其实，他自己也知道他所以身体这么强壮，是老祖宗的遗传基因。也许父亲曾经常住山泉地，那个山泉水滋养了父亲，他便也沾光了。只可惜老伴去世的早，给他打击不小。有人劝他寻个“做饭的”，他怕后娶的女人对待儿女有三心二意，打消了这个念头。几十年来，他既是孩子的父亲，也是孩子的母亲。如今姑娘嫁人了，儿子也娶妻成家了，孙子也抱上了，他觉得生活很美好。只是美中不足，一想到野猪岭下那块老祖宗开垦起来的土地记在东丰村的账本上，心里就如猫咬般，难受极了。每年他都要去那儿喝几口山泉水，望着那块已经被人耕种的土地，流下酸苦的泪水，痛哭一阵儿。今天，他正要去野猪岭，十二岁的孙子石头气喘吁吁跑进屋，喊道：

“爷爷，爷爷，不好了，我爸和人打架了！你快去看看吧！”

黄月来一愣，问：“和谁打架？”

石头说：“和一个老头，我爸骂那老头不是东西，爷爷，他为什么不是东西？”

黄月来登时脸如铁青，他哪有心回答孙子向他提出的问题，急急忙忙往外走。刚出了院门，黄大成和他媳妇刘玉香朝这边走来。黄月来急不可待地问：“大成，你和谁打架了？”

黄大成气得噘着嘴不回答，刘玉香说：“和老村长。拉他也不回来，气死我了。”

黄月来问：“为啥事？”

刘玉香说：“狗咬耗子多管闲事呗！他去找老村长说理，叫他把野猪岭那块山泉地要回来，又说老村长不是东西，胡说八道的，把老村长气得不轻。”

黄月来忍无可忍，朝黄大成脸上咣咣打了两个耳光，骂道：“兔崽子，你他妈的是个糊涂虫！这是你管的事吗？就是把那块地要回来，村里能分给你吗？你也是四十多岁的人了，有儿有女，怎么还没丢孩子脾气，出去给我闯祸，你这个混蛋！”

黄大成捂着麻辣辣疼的脸，不服气地说：“去找他们说理有什么不对的？是老村长当村长时把那块地扔了，他有责任！他有罪！”

“你胡说！”黄月来扬手又要打儿子，被刘玉香挡住。刘玉香说："爸，别为他生气了，咱们有话回家说，在大街上吵吵，叫外人看见笑话。"

黄月来一直余气不消。进屋后，他还是指着儿子又吵又叫，埋怨儿子多管闲事，说："岗子村上千口人，没有人为那块地去找村干部，去埋怨杨兆坤，就是你，羊群里跑出一个骆驼——显你个大，是不是？"

黄大成毫不服气，争辩道："那是我爷爷开的地，老村长说不要就不要了，给了东丰村，这算什么事？"

"后来他又与田海签了合同！"

"说签合同，谁信？把合同拿出来，叫大伙看一看！他本来没签合同，是哄骗大伙！"

"杨兆坤不是那种人，你别胡说八道！"

"我就是不相信。过几天我去东丰村找田海问问，他要说没有签合同，我就告老村长个失职之罪，叫他赔偿这几十年来失去那块地的一切损失！"

黄月来越发来了气，说："大成，你要气死我啊！"

黄月来一阵剧烈地咳嗽。黄大成慌了，忙说："爸，我不惹你生气，我不去东丰村找田海了，我听你的，你叫我干啥我干啥，我再也不去找老村长闹了。爸，有件事我问你，我爷爷在土改时领到的地契，是不是真没有了？"

黄月来咳嗽过后，说："都多少年了，早就丢了。咋的，你怎么突然问起地契了？"

"田勇说，只要咱家有土改时的分地证明，也有希望把那块要回来。"

"现在来说，地契对那块地一点用也没有了，重要的是老村长和田海签的合同。田海死了多年，地又被东丰村集体收回，承包给马村长。唉，咱们想要回那块地，难啊！”

这天夜里，爷儿俩都没有睡好觉，他们都为那块地失眠了。奇怪的是，爷儿俩都梦见一个白胡子老头，那老头就是黄大成的爷爷，老黄头。

第二天吃早饭的时候，黄大成不见父亲，问媳妇：“咱爸呢？”

刘玉香说：“天不亮就走了，说是去城里看个朋友。我叫他吃饭后走，他说赶客车来不及了。”

黄大成说：“咱爸去城里，我去东丰村，找那个田海问问，他是不是真的和老村长签合同了。”

“咋个咱爸说，田海死了，你还去干啥？”

“田海死了，他媳妇没死，找他媳妇去。”

刘玉香见丈夫执意要去，也不再阻拦，她想，叫丈夫去问个明白也好，也免得他整天为这事儿和老村长吵吵闹闹的，家里日子也过得不安宁。

十五里弯弯曲曲的山路，对于黄大成来说，行走不是那么艰难。不到两个小时，来到了东丰村。他先去山泉地转了一圈，趴在山泉边痛饮了又凉又甜的山泉水，西望矗立在蓝天下的龙虎对头砬子山，南望雄伟的密林遍布的野猪岭，东有三剑峰，冰化雪消汹涌澎湃的大玛河如月牙儿绕着山泉地向东流去。黄大成顿时感到如进仙境一般，来到了另一个世界上。他不由得长长地吁了一口气，自语道：“在这里过一天，胜过在岗子村过十年！人们都说上有天堂，下有苏杭，怕是那些地方也不如这里好啊！”

直到中午，黄大成才恋恋不舍地离开山泉地。他向人打听田海家的住处，进了院，正要推门进屋，只听到屋里传出一个男人的声音：“弟妹，你就别太忙乎了，有现成的饭吃几口就行了。”

接着，又听到一个女人的声音：“大哥，今儿个说什么也得包饺子给你吃！你每次来都买那么多东西，真叫我过意不去！以后来千万别再买东西，老叫你破费，我心里过意不去！”

那男的说：“不就几袋奶粉几个罐头嘛，都不是值钱东西。以后你需要什么，只管吭个声，我一定给你办到。”

那女的说：“大哥你这人心眼儿真好！”

那男的说：“你这么夸我，我觉得坐不住了……”

黄大成惊呆了，他没有听错，那男的说话声调和他的父亲的声调一模一样。难道是父亲在这个寡妇女人家吗？然而，这个念头马上一掠而过，他相信自己听邪了耳朵，他轻步走到窗下，从窗口朝里边一望，登时惊得要掉了魂，果然是他的父亲！只见父亲坐在炕沿上，正在津津有味地嗑瓜子呢！

黄大成慌了神，面对所发生的一切，三十六计——走为上策，还是暂时离开这里吧！他蹑手蹑脚地走出小院，然后头也不敢回，一直奔村外去了。

他又来到了那块山泉地。他坐在山泉边，心想，父亲为什么也来田家呢？是父亲看上了那个寡妇女人呢，还是那个寡妇女人勾引父亲？他苦苦地思索着，怎么也想不明白。一直到太阳西去，黄大成估计父亲已经离开那个寡妇女人家，这才又来到田家小院。

吕淑梅打量着黄大成，说：“你找谁？”

黄大成说：“你男人名叫田海，是吧？”

“是呀！你是谁？”

“我姓黄，叫黄大成，是岗子村的。有件事来找你问一问。”

吕淑梅说：“有话到屋说吧！”

进屋后，黄大成直截了当地说：“我们村的老村长，名叫杨兆坤，他说几十年前和你丈夫签了个种地合同，真有这回事吗？”

吕淑梅说：“是有这么回事。是我和我丈夫结婚的那年签的。”

“那合同还有吗？”

“年久日长，不拿当回事，丢了。”

“听说那块山泉地被别人承包了，真有这回事？”

“是叫马村长承包了。人家有权有势，我们家没钱没势，想承包也承包不了。你是岗子村的啥干部？”

“啥干部也不是，是村民。”

“那你来打听这些干啥？”

“婶子，不瞒你说，那块山泉地是我爷爷开垦起来的，老祖宗的地丢了，我们这晚辈心里不好受啊！死了怎么面见列祖列宗？”

吕淑梅笑了，说：“你这傻孩子，如今的地是集体的，那还有什么祖宗不祖宗的？今儿个头午来了一个老头，和你说的一样，说什么老祖宗的地。他年年来向我要地，每次来都给我买一大包礼品，弄得我怪不好意思。不知道的还以为他来向我求婚呢！”

黄大成恍然大悟，不由得“啊”了一声。心里嘀咕：原来老爹口是心非啊！他反对儿子多管闲事，他自己却管起闲事来了。但是，父亲也知道地已经转包给马村长，他为什么不去向马村长要地，反倒来向这个寡妇女人讨要？莫非是父亲看上了这个女人，有意借要地的幌子常来接近这个女人，讨得这个女人对他的好感?

“大婶，那老头也知道那块山泉地转包给别人，与你们家不发生任何关系，他咋老来找你哪?”黄大成问。

吕淑梅羞红了脸，说:“我也不知道为什么。每次来我都告诉他，叫他去找马村长，他不听，说什么打酒的向提瓶的要钱，弄得我也没有办法！”

黄大成糊涂起来，是父亲为地而来，还是为了这个寡妇女人?

“大概是老爹看上了这个女人，故意以来要地做幌子，来讨好这个女人吧！”黄大成心里想。

十五　许愿

一连几天，马老二吃不好睡不宁。他被吕淑梅手里的那份合同书愁住了。他几次去找吕淑梅索取那份合同书，无奈吕淑梅宁死也不改口，坚持一手交钱一手交合同。如果天顺公司的五百万元到手，为了那份合同，他认为付给吕淑梅五十万元完全值得。倘若吕淑梅手中的那份合同书落到岗子村田勇的手中，他马老二就是鸡飞蛋打，竹篮打水一场空了。他相信，在这个世界上金钱是万能的，神仙做不到的事钱也能做到。吕淑梅守寡多年，儿子急需钱娶媳妇，不会不为金钱动心。只是那孙胖子十分狡猾，只签协议不签正式合同，这让马老二心中很不踏实，他骂孙胖子是个胖猴，骂吕淑梅死心眼儿。

"他妈个蛋的，小姨子不相信姐夫，还有人可信吗？"他心里说。

尽管对吕淑梅有天大的不满，马老二还是不得不又一次推开吕淑梅家院门。

"妹子，喂猪哪！"

吕淑梅往猪槽里添满了食，很不悦地望着站在面前的马老二，说：“前儿个我和你说了，咱们一手钱一手货，拿钱了吗？”

马老二嘿嘿一笑，说：“姐夫能差小姨子的钱嘛，有你姐姐担保，姐夫现在不给你，以后一定分文不少给你。”

“你说的以后是啥时候？”

“也不过三五天，孙经理会和我签正式合同，把钱送来的。”

“那就三五天你再来吧！”吕淑梅转身进了屋。

马老二跟着进了屋，哀求道：“妹子，我求求你，把合同给我吧！你知道，那份合同对我是多少重要。我宁可失去老婆和孩子，也不能失去那份合同啊！那合同就是我的命根子。”

吕淑梅怒视马老二，说：“叫你这么说，我姐姐还不比那份合同重要？”

“不是，我是说和你姐姐一样重要。没有合同，孙经理就不敢租那块山泉地。你把合同拿出来，叫孙经理看一眼，行不行？”

“不行！不拿钱别想！”吕淑梅声调干脆。

马老二扑腾跪在地上，几乎要哭的样子，说：“妹子，你不把合同拿出来，你姐夫我就跪在这里不起来！”

吕淑梅惊呆了，她怎么也没有想到马老二会给她下跪。她急忙上前拉着马老二的胳膊，说：“姐夫，你别这样，你怎么能给我下跪呢！你这是损我的寿啊！”

“你不拿出合同，姐夫永远也不起来。”

吕淑梅拉马老二不起来，又听他这么一说，越发慌了神，不知如何是好。

马老二忽然哭泣起来，他满目泪水，悲声悲调地说：“妹子，现在只有你能救我了，你要不救我，姐夫只有死路一条。我和孙经理签了协议，如果不把你保存的那份合同拿出来，姐夫要负全部责任，包赔孙经理的一切损失！难道叫你姐夫和你姐姐流浪街头，过苦日子，当叫花子吗？”

“这……”

“姐夫答应事成后给你五十万，事情办不成，你一块也得不到。大愣也不小了，还没有媳妇，我那大福也得娶媳妇，咱们都用钱！为了咱们两个家，你没有必要死死地藏着那个合同。再说夜长梦多，万一孙经理变了卦，打消买那块山泉地的念头，你那个合同就是一张废纸，没有一点用。妹子，这个机会你千万不能错过。姐夫现在就给你打个五十万元的欠条，有我写的欠款证明，妹子，你该放心了吧！”

“这……”吕淑梅犹豫着。

马老二马上爬起来，从衣兜里摸出一支油笔和一个笔记本。他打开笔记本，撕下页纸，正要写时，田大愣一步闯进来，叫道：“妈，不见兔子不撒鹰，大姨夫骗你哪！他把合同书拿走了，到时候他不给你钱，你能要他的命吗？”

儿子的话立时把吕淑梅点醒了。她想，儿子说得不是没有道理，姐夫的为人，她是知道的。他需要你了，你管他叫三孙子他也欢喜；他不需要你了，你管他叫老祖宗他也翻脸，和日本鬼子一个性儿，比狼还恶，比狐狸也刁。她这么一想，便把欠条递给马老二，说：“还是一手钱一手货吧！那样做公平。”

马老二气破了肚子。他恨田大愣这个愣头青，此时出现在他的面前。其实田大愣早就在门外站着，一直偷听他们说的话。尽管马老二对田大愣一百个不满，他还是皮笑肉不笑，对大愣说：“你这孩子，咋就信不着你姨夫呢！你姨夫还想叫你担任村会计，当我的秘书呢！你不想当吗？”

田大愣何曾不想当会计，过去，有生产队的时候，会计有半个队长的权利，如今虽然村屯账目没有生产队那么繁琐，但村中的收入支出也非小数，会计就是一个管家婆，管好了，费用减少，管得不好，村民负担大。会计虽然挣钱不多，却也是半个官儿，能当半个家。别看只记几个洋码数，好汉子不愿干，赖汉子还干不了。如今啥都用电脑，文化水平不高，还不行哪！田大愣没考上大学，一肚子文化水装在肚子里用不到地方，正犯愁呢！听马老二这么一说，顿时心花怒放，几乎要高兴地蹦起来，说：“姨夫，你真要叫我当会计吗？”

马老二说：“姨夫说了算，想用谁就用谁。老会计马上就退休了，我想叫你接他的班。”

田大愣兴奋得要发疯了，说：“什么时候叫我接班？”

马老二说：“你妈现在把合同书交给我，明天就叫你去接老会计的账！这事你姨夫说了就算！”

田大愣信了，说：“妈，快把合同拿出来！我想当会计！”

吕淑梅毕竟是上了年纪的人，村里的好多大事她也经历了不少。她压根儿不相信马老二说的话。因为村会计都是在群众的选举中产生的，只有一肚子文化，没有得到群众的拥护，是当不上会计的。马老二所说的他有权决定会计的任免，那是骗人的。田大愣在学堂念了十几年的书，对于村里干部任免的章程，几乎一窍不通，便也就把马老二的话当作猪食槽上磕一脚——认石（食）了。

“愣儿，你当不了会计，那是个得罪人的活儿。”吕淑梅不愿当面揭穿马老二的谎言。

田大愣噘起了嘴，说：“我要当，我要当，我一定当会计。”

吕淑梅一见儿子来了脾气，便对马老二说："他姨夫，你怎么能向孩子许下这种愿呢？谁当不当会计，是你一个人说了算的吗？"

马老二胸有成竹地拍一下胸膛，说："当然我说了算！"

吕淑梅毫不示弱地说："那行，你现在去把老会计撤了，马上去叫大愣去接管村财务账，我就把合同书给你。"

"一言为定吗？"

"一言为定。"

"那好，现在我就去撤老会计的职！叫你儿子去当会计。"

吕淑梅惊得不轻，心想，自己不过这么说说，难住马老二，哪想到他却当真事儿去办。难道她儿子真的能当上村会计吗？

十六　傅开花的愤怒

马老二说到做到。当时马上掏出手机拨通了赵乡长的手机号。手机里传出赵乡长的声音："马村长有什么事？"

马老二对着手机说："赵乡长，有件事情向你汇报。经过村委会研究我们想把刘会计撤下来，换个年轻人接他的班。"

手机里赵乡长的声音："还不到村干部选举的时候，怎么就想换会计？"

"刘会计年纪大了，早就向我提出了辞职，由于一时没找到合适的人才，没有答应他的要求，现在我们通过村委会研究，决定让田大愣担任村会计。"

"是不是得经过群众投票？"

"因为这是突发事件，还不到选举时期，让一个具有高中文化的青年担任会计，不违背规定，赵乡长，您说是不是？"

"既然是村委会研究决定，那就按你们研究的办法去做吧！"

"谢谢乡长的关怀和支持。"

马老二挂了手机，笑嘻嘻地说："妹子，你听到了吧！乡长已经批准让大愣当会计。”

吕淑梅说：“你们也没开村委会研究啊？”

马老二说：“村委会上也是我说了算，那四个委员全都听我的，只不过走走形式。今晚开村委会，明天叫大愣去接老会计的班。”

果然，当天晚上，在马老二的主持之下，召开了东丰村的村委会会议，当马老二提出叫田大愣当村会计的事后，其他四个委员一齐举手通过。

这些日子，东丰村的老会计刘昌河生活得十分不舒服，从打孙胖子来到东丰村，与马老二签订了购买山泉地的协议，他觉不宁、饭不想、走路直打晃，一下子老了许多。其实他还不到六十岁，对于在农村长大的人来说，还是正当年，可他也许长期坐办公室的缘故，没有一点生气，倒像七十多岁的老头子。常常唉声叹气地自言自语道：“我做亏心事了。”

老会计的老伴名叫傅芝开，叫顺了嘴成了“裤子开”，她觉得这名不太雅观，自己改名叫傅开花。如今也快六十的人了，也乐意人们叫她这个名字，觉得自己越活越年轻。这几天她见老头儿老叹气觉得纳闷，问他：“柱他爹，我也没少你吃的，也没少你喝的，你老叹气干啥？”

老会计长长地叹了口气，说：“我做损了！”

傅开花一听，吓了一大跳惊呼起来：“我的妈呀，你做什么损了，杀人了还是放火了？”

老会计烦躁地说：“孩他妈你就别问了，我这心里呀，扎上针了啊！”

傅开花越发慌了，追问道：“老头子，快告诉我，你到底干了些啥呀，不会犯王法坐大牢吧？”

老会计抱着头，坐在炕上，不管老伴怎么追问，什么话也不说。

傅开花见老头子不肯如实告诉她，不由得勃然大怒，从炕上摸起一把扫炕笤帚，指着老会计的头，威胁道：“你说不说，不说我叫你屁股开花！”

老会计不吭声。

傅开花又问：“说不说？”

老会计仍然无动于衷。

傅开花扬起笤帚，朝老会计屁股狠狠打去，一边说：“我叫你屁股开花！屁眼子朝天！”

老会计见老伴真打，下手又那么狠，于是连忙说：“柱他妈，别打了，我说还不行吗？”

“快说！”傅开花显得有点喘粗气。

老会计支支吾吾地说：“我把村政府保存的那份马村长和罗百万签的转包合同书烧了。”

傅开花听老头子了说，刚要消失的怒火一下子又升上了头顶，她惊呼道：“我的天哪，你怎么还敢干这种事，那是违法的，要坐牢的！”

“坐牢是不会的，只是把罗百万一家人坑苦了，这几天我这心里如刺了把刀，柱他妈，你说我该咋办呀？”

“别无办法，去坦白交代，向罗百万说去。”

“说不得，说不得，是马村长叫我烧的，那样做把马村长得罪了，我这会计也做不成了。”

“做不成会计，也得去对罗百万说。我的老祖宗啊，你怎么干出这种伤天害理的事，你就不怕有报应，天打雷劈死你吗？”

老会计满面愁云，说：“马村长的话，我不敢不听啊！现在去和罗百万说，是马村长叫我烧的合同，马村长拒不承认，那不是打不着狐狸反惹一身骚，自己往屎坑里跳吗？”

傅开花哑了言，她仔细一想，觉得老头子说的也有道理。

她扶着炕沿颤颤抖抖地说：“你……你怎么能做这种事呢！这要传了出去，咱们还有脸做人吗？马老二真狠毒，他怎么逼你干这种事呢？快去和马老二说，把会计辞了吧！”

老会计说：“马老二巴着我辞职，正合了他的心意。我不这不那，干吗辞职呢！”

“你做了丧良心的事，怎么有脸干下去，你不去辞我去辞，刀抹脖子也不干了。”

傅开花正要朝外走，桌子上的电话机铃声响了。傅开花抓起耳机，没好气地问：“是谁呀，不管人家忙闲，来什么电话！”

耳机里想起马村长的话音：“嫂子，我是马老二。会计大哥在家吗？你叫他来村部，我有事找他。”

傅开花说：“有啥事和我说，我给他做主。”

耳机里马村长的话音：“这事只能叫他来，你来办不了。”

傅开花想再说什么，对方挂断了电话，她气得把电话一扔，冲老头儿喊：“马老二叫你去村部，什么大不了的事，在电话上还不说！老娘是会计的老婆，瞒不了会计就瞒不了我！去问问是狗事还是猫事，回来和我说！”

老会计无精打采地去了。没多大会儿，就又回来了。

“怎么这么快回来了？”傅开花问。

老会计满面愁容，唉声叹气，一声不响地坐在炕沿上，点上了一支烟。

“你戒了烟，咋又抽上了？”傅开花夺过老头儿手里的烟卷儿。

老会计双手抱着头。

“咋不说话？叫屁憋住了？”

“村委会研究，撤了我的会计职务。”

傅开花似乎早在预料之中说：“你也是村委会委员，开村委会咋不叫你参加？”

“可能是因为研究撤销我的会计职务的事，不便于我在场。”

“他们为什么撤你，得有个原因吧！”

“说是年龄大了，把位子让给年轻人。”

傅开花火了，嚷道：“你还不到六十，比你年纪大的干部多得是呢！就因为你年纪大，不是理由，一定还有其他原因，我去找马老二，叫他说明白，他为什么撤你。村长不同意，谁也不敢撤你，都是他搞的鬼，你为他付出的少吗？当会计三十多年，都听他的，他说东你不敢说西，像条狗围着他的屁股转，要是咱自己提出辞职，咱没怨言，没有征得你同意，他先撤了你的职，就是无理，是目中无人！咱坚决不同意，想想这么多年来，你给他在村集体账上报销了那么多的钱款，你什么也没得到，落了个‘卸磨杀驴’。不辞，坚决不辞，刀抹脖子也不辞！”

老会计胆怯望望窗外说：“说话那么大声音干啥？怕外人听不到吗？”

“就是为的叫外人听见，我还想敲锣打鼓可村宣传呢！柱他爹儿，这事我处理，你就听我的。”

“刚才你不还是支持我辞去会计职务，怎么现在变卦了？”

“刚才是刚才，现在是现在。对待他们，现在和过去能一样吗？”

老会计心里想：老婆说的也有道理，可是和马村长斗，那不等于鸡蛋往石头上碰，有自己的好么？

十七　两个女人都不傻

傅开花头顶一个“火盆”，气呼呼出了院门，直奔村委会办公室，他要亲自去问问马老二，自己老头不贪不占，也没有不要个老脸去寻花问柳找女人，凭什么撤了他的会计职务。如果马老二不能回答到她满意，他绝不让老头把公章和账柜钥匙交出来。

来到大街上，真巧，和马老二走了个对面，傅开花强忍怒火，直截了当地说：“马村长，我这正要去找你，在这遇上你了，我问你，凭什么撤俺老头的会计？”

马老二笑道：“我就是为这事去你家，你那个老头儿上了年纪，来脾气了，我刚把村委会研究的事向他说完，他抬腿就走了。”

“你们开村委会不通知他，背后撤他的会计，这不欺负人吗？他是被你们气的！”

“他只知其一，不知其二，不是我们要撤他的会计，是乡政府的决定。”

“怎么会是乡政府的决定呢，不是你们几个人研究决定的吗？”

马老二哈哈大笑，说：“撤换村会计是件大事，就是不需要群众选举，也得由村民代表小组决定，我马老二的权力再大，也不敢决定这件事啊，是乡政府决定调老会计去乡敬老院当会计。”

傅开花锁起眉头半信半疑地说：“马村长，你不是糊弄我吧？”

马老二一本正经地说：“我对谁撒谎，也不敢对嫂子不说实话，昨天接到赵乡长的电话，他说敬老院缺少一个管伙食账目的有经验的会计，乡政府研究决定调老会计去。每月工资三千块，六十五退休，退休后月月开工资，我觉得这是件大好事，这才决定把老会计的职务换给别人。如果嫂子不同意大哥去敬老院工作，现在我给赵乡长挂个电话，叫他另找别人。”

傅开花慌了，对于马老二说的话她不敢不相信是实话，可是一想到这个撒谎出名的马老二——他可以说公鸡下蛋，母猪生骡子，也不可能把无影的事安在赵乡长身上，或许确有此事吧！想到这里，傅开花便说：“你不骗我？”

马老二突然恼火地说：“你是不是叫谁骗怕了？我敢拿这样的事骗人吗？你信不着可以给赵乡长打电话。”

马老二从兜里掏出手机，递给傅开花，傅开花接过了手机，又推给了马老二说：“你打！”

马老二很不情愿地拨通了赵乡长的手机号，然后把手机递给傅开花说：“你和乡长说吧！”

傅开花接过手机，对着手机说：“你是赵乡长吗？”听到耳机里传出赵乡长的声音，傅开花说：“乡长我问你个事，乡政府调俺老头去乡政府敬老院当会计，真的吗？”

手机里的人问："你是谁？"

"我是东丰村老会计的老婆，名叫傅开花。"

"是的，是的，乡政府决定调你丈夫来乡敬老院当会计，确有此事。"

"每月多少工资？"

"两千到三千，外有奖金。"

"退休也开支？"

"退休也有待遇，当然你们不同意，我们就另外找会计。乡政府认为，因为老会计有会计工作经验，为村集体做了很大贡献，这也是照顾老干部么！"

傅开花把手机递给马老二，她说："我回家和老头子合计合计再定吧！"

马老二说："行与不行，尽早给个信儿，别误了敬老院那边的大事。"

傅开花边走边想，偌大的一个县城，有文化的人多着哪，乡政府为什么偏偏调个快六十的老头儿去敬老院当会计呢？老头子既不是退役的老兵，也不是省市劳动模范，同时自已家也没有当县长、市长的大官做靠山，调他去敬老院工作，实在是叫人琢磨不透的事，难道这是马村长和赵乡长的调虎离山计，待老头子交了账柜钥匙后便一撸到底，回家抱孙子了？

"不见兔子不撒鹰！得长个心眼儿，别叫马老二玩弄了。"傅开花心里说。

马老二望着傅开花远去的身影心里骂道："这臭老婆子真刁，孙悟空有七十二变，你比孙悟空就是少身毛！"

他朝吕淑梅处走去。

自从吕淑梅听马老二说叫他儿子担任村会计，心里十分高兴。她想马老二舍不得五十万，只要叫他儿子当上村会计，也是十分合算的。她想，村会计虽然一年拿不到多少工资，可那权力也仅仅次于村长。过去有句顺口溜：得罪了队长干累活，得罪了保管员掐秤砣，得罪了会计笔尖戳。如今虽然村民都各家过各家的日子，但是村会计的职责范围也还是不小：婚姻嫁娶，红白喜事，写礼账，开证明，签合同，孩子报户口，粮食补贴，种地补助，贫困户上报，低保的落实，医务药费的报销，土地受灾的补贴等等，一大揽子事都要经会计的手。吕淑梅想如果儿子当上村会计，娶个媳妇也十有八九能成，她也就离抱孙子不远了。

吕淑梅正沉浸在欢喜之中，马老二来到他家。吕淑梅忙问："老会计交账了？"

马老二故意不回答，点上一支烟，吸了几口，反问："你说呢？"

吕淑梅笑道："我也不是神仙，我哪知道呢！我说他姨夫，你可别逗我，我这一个寡妇女人，就怕上当受骗。"

马老二把仅抽了两口的烟卷扔掉，一本正经地说："事情已经定拍，报乡政府赵乡长也批准了，明天叫大愣去村部接老会计的账。"

吕淑梅有几分疑虑，说："不开大会叫大伙通过，能行吗？"

马老二眼一瞪，说："有什么不行的？村委会开会研究决定的，乡政府批准的那就是合法的。妹子，现在该把合同书拿出来了吧！"

吕淑梅心想，儿子还没有真正把会计账接到手，马老二却急于要合同。如果现在给了他，万一一夜之间有了变化，自己岂不吃大亏了？人都常说，不见兔子不撒鹰，我得留个心眼儿，便说："当初咱俩说好了，你给五十万，我给你合同，一手钱一手货，如今你叫大愣当村会计，也得等大愣把会计账接到手了，拿着村政府的大印，我才把合同给你。要不，你也别想拿去！"

马老二急了，说："妹子，你咋信不着你姐夫呢！我可是你的亲姐夫啊！"

"你就是我的亲爹，我也这么办。等大愣真当上会计，不用你来，我亲自把合同给你送去！"

马老二心想这女人和傅开花一样，也刁得很。他沉思片刻用恳求的语气说："妹子，我今天来不拿走合同，你让我看一眼行吧，你说你有合同，万一你没有，故意骗我，真叫大愣当上会计，你拿不出合同，那不把我坑了吗？我这个村长咋向群众交代！"

吕淑梅说："你信就信，不信拉倒，你想看合同，没门！"

十八　烧合同

马老二在吕淑梅家碰了一鼻子灰，心里很恼火，可是他又不敢对这个寡妇女人大发雷霆，想到那份合同对于他的重要性，也只有忍气吞声，心里却骂道："臭婊子，叫你一辈子找不到汉子，寡到底！"

回到家里，见媳妇正在炒菜，马老二便从饭柜里拿出一瓶"北大荒"，打开瓶盖咕噜噜喝了一口酒，呯一声把酒瓶往饭桌一放，骂道："臭老婊子，叫你一辈子守寡，永远找不到野汉子！"

吕淑云听丈夫如此叫骂，便已经明白气从何来，忐忑不安地小声问："是不是她小姨又惹你生气了？"

马老二说："除了她，谁还敢！一点儿不支持我的工作，她还想叫她儿子当会计呢，当个屁！"

吕淑云小心翼翼地说："别为她生气了，她就是那种人，不就叫她交出那份合同吗？吃完饭我找她去！"

马老二认为媳妇去找她妹妹，成功的希望也不大。吕淑梅不给他长脸，还能在乎她姐姐吗？但是他还是抱有一线希望说："你去和她直说，如果她不交出合同，我打电话叫派出所来人收拾她，在集体需要她交出合同时，她拒而不交，隐藏合同是违法的。"

吕淑云慌忙说："他爹，千万别给派出所打电话，我一定劝他姨交出合同，不管怎么说，她是大福他小姨，是我亲妹妹，别弄恼了，成了仇敌，多不好！"

马老二发狠地说："兔子急了也咬人，她不念亲情，我还给她留什么脸面？"

吃过饭，吕淑云匆匆忙忙来到了妹妹家，把马老二说的话对妹妹一五一十地说了，吕淑梅听了顿时气得青了脸说："他不是叫派出所来人吗？我就在家等着，看他们能咋的我！"

吕淑云劝道："我的好妹妹，你也别太犟了，犟大了是吃亏的，其实你姐夫所以这么做，全是为了我和孩子，那块山泉地能卖那么高的价钱，不容易啊！你不拿出合同，那个孙老板就不签正式合同，我也听你姐夫说，只要你拿出合同，给你五十万。那是五十万啊，你得挣几辈子！有那五十万，大愣就不愁没有媳妇，你咋这么糊涂呢？"

吕淑梅说："我和姐夫说了，一手给钱一手给合同，他不同意。"

"眼下那孙老板只给五万现金，其余的钱还没给啊！"

"那就别来向我要合同。"

"唉，你这是难为你姐夫啊！"

吕淑梅很不满地说："我姐夫是什么样的人我不知道吗？合同到他手，他又变卦了，我到哪儿说理去？"

"这……"吕淑梅似乎觉得妹妹说的有道理，过了一会便说："听说叫大愣当会计，你咋也不同意？"

“不是我不同意，只是嘴上说叫大愣当会计，不叫大愣接账，他那是叫大愣当会计吗？我对姐夫说，啥时叫大愣接了会计账，啥时候交合同！姐姐，你说我这么做不对吗？”

吕淑云不说话。她觉得道理在妹妹这边。她无可奈何地说：“这件事你自己做主吧，姐姐也不能逼你，我是担心你姐夫叫派出所的人来，那就不好了。”

吕淑梅理直气壮地说：“那有什么不好，我一不偷二不抢三不偷汉子，谁我也不怕！合同是我们的，我有权利保存，也有权利保密！想以势压人，找我这个寡妇女人毛病，妄想！”

“你呀，死了爹哭了妈，犟驴一个！”吕淑云说完回家了。

吕淑云走后，吕淑梅独自坐在炕上，她看着窗外布满浓云的天空，心里如十五个桶打水——七上八下。尽管她嘴上说不怕，心里却想，万一马老二真打电话叫派出所来人，不管怎么说，在人们的眼里，等于自己犯了法。要不，派出所的人怎么能来找到她家？如果法律上真有一条写着，私藏合同属于违犯法律，自己是把合同交出来还是不交？如若不交出来，会不会被派出所的人抓走？这事儿也许儿子能明白，儿子毕竟读了十三年的书，这法律上的事也许知道个大概。当儿子从地里回来，她问儿子：“愣儿你念了不少年书，考大学只差一分，想是学习也不是下等。妈问你个事儿，你说妈没把那份合同拿出来给你姨夫，算不算犯法？”

田大愣想了想说：“也犯法也不犯法。”

“怎么也犯法也不犯法？”

“我大姨夫要是为了集体和国家的利益叫你把合同拿出来，如果不拿出来，国家和集体都受到损失，你拒不交出来，那是犯法的。但是大姨夫几次来叫你交合同，为的是他个人得到五百万，属于私事，你有权利不交出来，也不犯法。”

吕淑梅又问：“要是你大姨夫叫派出所的人来要合同，我不给他们，行不行？”

田大愣又想了一会儿说：“如果派出所的人来，是代表国家公安机关，那就不是小事了，怕是不交出来不行吧！”

“我不交，他们会怎么样？”

“你不交，是不行的。”

“妈宁死也不交呢？”

“就怕把你当抗法分子，拘留你十五天。他们有这个权利。”

吕淑梅立时如霜打的茄子般蔫了，有气无力地说：“妈明白了！”

晚饭没有吃，吕淑梅就躺下了。翻来覆去一夜没有睡得觉。天刚蒙蒙亮，吕淑梅叫醒了儿子，把一个缝紧的红布包递给儿子，说：“你马上坐去县城的早班客车，把这个红布包给你姐夫。刚才我给你姐夫打了电话，他会告诉你怎么办。事情办完后，今天中午必须搭车返回来。”

田大愣问：“这红包里包的是什么？”

吕淑梅说：“你别问了，见到你姐夫，你就知道了。见不到你姐夫，不许你拆这个红包。”

田大愣不满地说：“啥了不起，还神神秘秘的。”

“别啰嗦了，车要发了，快走吧！一个点就到城里了，到你姐夫家吃饭。”

田大愣走后，吕淑梅焦急地盼着儿子归来。没有把儿子盼回来，却把大山派出所的两个警察盼来了。与他们一同来的还有乡长赵庆生，跟在他们后边的是马老二，还有老会计刘昌河。赵庆生走上前来，握着吕淑梅的手，十分热情地说：“大嫂，你还认识我吗？去年我到你家吃过饭，你做的小豆腐可好吃了，把我肚子好个撑！今天中午不走了，还得吃你做的小豆腐！”

吕淑梅当然不会忘记，那是去年秋天，一场大风刮倒将要成熟的玉米大豆，粮食大减产，赵庆生代表乡政府来东丰村做村民受灾的调查。马老二知道赵庆生喜欢吃小豆腐。小豆腐是青菜和磨成的豆浆上锅煮沸而成，吃起来既新鲜可口，又是农村的家常便饭，不在“大吃大喝”之类。虽是家常便饭，做出来的口味不同。吕淑梅是村里做小豆腐好吃出了名的，因此，马老二便叫吕淑梅专为赵乡长做了一顿小豆腐饭，也的确把赵乡长撑得不轻。现在，吕淑梅听赵庆生这么一说，一颗紧张而又沉重的心立时松弛了不少，便也笑道：“欢迎你来！”

赵庆生也真是狡猾，便说：“既然欢迎我来，那就开门见山地对你说吧！我在百忙之中，和乡派出所的两个同志来东丰村，主要解决一件事——来说服你把你丈夫和岗子村签的承包山泉地的合同书献出来，老嫂子，你可不能打我赵庆生的脸啊！”说完，哈哈大笑起来。

吕淑梅深知他们今天来到她家为的什么，开始还有些不知所措，如今听赵庆生一说，反倒镇静了许多。她笑容满面地说：“不就一份合同嘛，怎么还如大敌当前，赵乡长把警察也带来了？是怕我拒绝不交，还是因为我犯了什么事？”赵庆生连忙说：“嫂子误会了，他们是来执行别的任务，顺道过来看望你。你丈夫去世多年，你把两个孩子拉扯大，真不容易。他们很敬佩你，所以就来了。”

吕淑梅立时收敛笑容，冷冷地说：“别说好听的，直说吧，我要不交合同，你们打算怎么办，是抓我坐牢还是罚款处理我？”

赵庆生仍然笑道：“一不叫你坐牢，二不罚款，交与不交，是你的权利，我们只是来做你的思想工作，嫂子，你别误会。”

马老二说：“妹子，赵乡长在百忙之中来看你，你得给赵乡长留个脸呀！”

老会计说：“可不，别叫乡长下不了台。”

只是那两个警察，面容严肃，如两个门神，站在门口一动不动。

也许吕淑梅相信赵乡长的话，她转怒为喜说：“不就是一张合同纸吗？我给你们，你们等着，待会儿我儿子就拿回来了。”

“合同不在家吗？”马老二忙问。

吕淑梅说：“在县城我姑爷那里，我料到你们今天来，今天一早打发我儿子去城里取去了，估计也快回来了。”

屋里的人忍不住心里大喜，一个个脸上露出笑容。

赵庆生回头对马老二说：“我说嘛，嫂子不是个糊涂人，我说的没错吧！”

马老二连声说：“不错，不错，乡长看问题比我们看得准！”

老会计把大拇指伸向赵庆生，说：“高呀，实在是高啊！”

赵庆生向马老二下了命令：“出去通知我的司机，开车接她儿子去。”

马老二如梦初醒，说：“对，开车接去，还是乡长想得周到，我咋没有想到呢！”

马老二正出屋，田大愣一下闯了进来，把那个红布包递给母亲，说：“妈，合同书在布里包着。”

吕淑梅接过红布包，紧紧地攥在手中，对屋里的人说：“这份合同一直在我姑爷那里保存着，现在我叫我儿子去城里拿回来了。这份合同是当年岗子村的村长杨兆坤代表岗子村和我男人田海签的，上边有岗子村村政府的大印，也有会计的签字，还有杨兆坤和我男人的手印和签字。我男人活着时对我讲，当时杨兆坤怕我男人反悔，叫东丰村的老会计也在上边签了个名。现在我把合同叫老会计看看，这是不是当年他经手的一份合同，他要说是，你们就把合同拿去，他要说这份合同是假的，那你们去岗子村找那个叫杨兆坤的去吧！老会计，你过来。”

老会计走到吕淑梅跟前，从她手上接过合同，仔细从头到尾看了一遍，几乎惊呼起来：“是真的，是真的，这上边我的名是我签的，是我的手印！”

吕淑梅问：“老会计，你看明白，是真的吗？”

“是真的，完全是真的。”

“不是假的？”

“不是假的。”

“你可看准了？”

“看准了，一点也不差。”

只见吕淑梅猛地伸出两手，从老会计手中夺过合同，老会计还没明白怎么回事，但见吕淑梅把那份合同书扔进灶坑里。灶坑里正燃烧着熊熊烈火，刹那间，那合同书化为灰烬无影无踪了。

屋里的人大惊。都麻木地站在那里，不知如何是好。

吕淑梅望着屋里的人，幸灾乐祸地说：“这回好了，没有合同了，你们想怎么着就怎么着吧！”

十九　难选的村会计

当时，屋里的人一见吕淑梅烧了合同书，都惊得不轻，谁也没想到吕淑梅竟有如此胆量，干出这种事来。最为惊慌的是老会计，因为吕淑梅是从他手中夺走的，他似乎感到自己有推卸不掉的责任，心慌意乱，登时额头冒出冷汗，不知如何是好，只是口吃般地说："这……这……这……怎么烧了呢？"

最气愤的是马老二，他万万没有想到他这个小姨子，面对乡长和警察，竟然干出这种胆大包天的大事。他立时脸上露出凶色，冲吕淑梅大叫起来："你胆敢烧毁合同，真是大胆了，你不知道你这样做是犯罪吗？"

吕淑梅满不在乎，说："我犯什么罪了？合同书是我丈夫的，我是田海的媳妇，他不在了，我有权利处理这个合同。马村长，你少来吓唬我，别看我识不几个大字，可我还懂一点法律！你要认为我犯了什么法，就给我定罪吧！现在派出所的人就在这里，叫他们把我抓走！"

马老二说："你以为不敢吗？抓走与不抓走，就一句话！"

吕淑梅毫不示弱："那你抓我走吧！我现在就跟他们走！"

一见吕淑梅口气如此强硬，马老二越发来了气，求救似的问赵庆生：“乡长，你看，这事怎么办？你说了算。”

赵庆生惊异之后脸色变得十分平静，他认为吕淑梅烧了合同书，证明田海与岗子村的合同终止了，那么，证明那块山泉地与田海以及岗子村之间没有合同关系了，对于马老二来说，是一件大好的事情。

在他们回到村委会办公室后，赵庆生才对马老二说：“前几天，岗子村田勇又给我打电话，因为他们村与田海签的合同已经丢失，想叫我来做你的工作，把地退给他们。既然田海这边没有合同了，无凭无证，你把地租给天顺公司，也就没有后患之忧了。”

马老二醒悟道：“乡长说得对，我咋没想到呢！”

老会计一直提心吊胆，害怕因为自己的一时失误被乡长和马老二训个不轻，现在听他们一说，也就如心上去一块压上的石头，立时轻松了不少，伸出了大拇指，说：“还是乡长高明，高我们一头！我们咋就没想到呢？”

赵庆生毫不客气地批评老会计：“老刘，不是我批评你，你今天给我们添了大麻烦，打乱了我们的原定计划。本来我们要亲眼看一看那份合同内容，做到心中有数，由于你的麻痹大意，使我们不能按原计划进行，你要负主要责任啊！”

老会计慌忙点头哈腰地说：“我有罪，我该死，乡长如何处罚我，我完全接受。”

赵庆生说：“经马村长的推荐，乡政府已经决定你去乡敬老院当会计，月工资两到三千，工作不累，包吃包住，两年以后转为国家正式乡镇干部，退休和干部一样待遇。我看你明天去上任吧！”

这件完全使老会计意料不到的事，使他一时不知说什么好了。

马老二催老会计："还不快谢谢赵乡长？愣啥呀！"

老会计这才如梦初醒，又一次点头哈腰地说："多谢乡长的栽培，滴水之恩，涌泉相报！"

赵庆生有点不耐烦地说："少说空话，多办实事，你回家吧！"

老会计走了，赵庆生厌恶地朝老会计背后吐了口吐沫，说："今天的事叫他给耽误了。看他那个样子我就不舒服，我说马村长，你怎么能用这种人当会计呢？"

马老二笑道："你看他不好，我看他不错。如果不是他年纪大，我还想叫他再干几年呢！"

赵庆生说："吐故纳新。还是叫年轻人干吧！"

马老二说："会计的工作，好汉子不愿干，赖汉子还干不了。再说了，要是换个会计不听我领导，和我对着干，我这村长工作还能干好吗？为这事我正犯愁呢！"

"你在电话上说准备叫你外甥当会计，是不是吕淑梅的儿子？"

"我压根儿没想叫他儿子干！只是为了要那份合同。现在用不着她了，也就不叫她儿子当会计。"

"打算叫谁？"

"原打算叫罗志明，他是大学毕业生，在家待了半年也没工作。这几年我发现那小子不是当会计的材料，老鸡蛋里挑骨头，好弄事儿，听说他要开油条铺，那就叫他卖油条去吧！我想了又想，既找不到合适的，还是叫老会计继续干吧！"

"是你要求把老会计调走，怎么现在又变卦了？"

“这个嘛……事情有变化嘛！”

赵庆生十分不满，说：“为了你，我把原来敬老院的会计辞了，乡政府也开会研究，决定叫老会计去敬老院，你现在又不想叫老会计去，这事由不了你。东丰村的会计必须换，到底换谁你自己可以决定，当然也必须群众同意。只要有具体当会计的条件，男女不限，但必须要年轻，不能超过四十岁！今天我不走了，今晚召开村委会，就决定这件事。”

马老二心里暗暗叫苦。为了得到吕淑梅手里的合同，他才想出了骗吕淑梅叫她儿子当会计的花招，如今的吕淑梅对他无用了，也就无必要撤换会计了。可是，万万没想到，乡政府却真给老会计安排了个地方。乡政府已经决定了的事，怎么能说变就变？看来，也只有按照赵乡长的意见，选举新会计了。

晚上，村委会会议在马老二家召开，除了老会计外，其余的几名村委会委员都参加了。有民兵连长郭有有，妇女主任刘玲玲，副村长刘四。当马老二按照乡政府的指示，把调老会计去乡敬老院，东丰村需要一个有文化的年轻人当会计的事情讲完后，却没有一个人说话。

赵庆生感到奇怪，望着参加会议的人说：“怎么都不发表自己的意见？”

刘四说：“这事听马村长和乡政府的，你们叫谁当会计，我都没意见。”

郭有有说：“我也没意见。”

刘玲玲说：“我也同意。”

赵庆生问刘玲玲：“你同意谁？”

刘玲玲说：“马村长同意谁，我就同意谁。”

“我也这个意见，听马村长的。”

“我也是。”

赵庆生似乎明白了什么，故意说：“马村长，原来你是阎王爷呀！你比阎王爷还阎王！”

马老二嘻嘻笑着，说：“乡长真能逗！”回头冲刘四怒道：“你们别都装老好人！会计是管钱的，当家的，别把败家子选上！叫一条臭鱼坏了一锅汤！”

刘四说：“就叫罗志明当吧，他是大学生，文化水平高。”

郭有有看看马老二，刘玲玲也望着马老二的脸，二人都不表态。

马老二连连摇头，说：“文化水平高不一定能当会计，上级要求得有会计证，他没有会计证。”

其实，罗志明有没有会计证，马老二根本不知道，他只是在扒瞎罢了。他已经下了狠心决不会让罗志明当村会计。他从罗志明这几天的表现看得出，罗志明不是他理想中的所谓合格会计。

刘四说：“不能只要求必须有会计证，现在有不少人的大学毕业文凭是假的，会计证也能造假。关键的是看一个人的品德，见钱眼开，把大伙的钱往自己兜里装，那才叫一条臭鱼坏了一锅汤呢！”

马老二的脸变青了。他仿佛听出刘四言语中是指向他，冷冰冰地说：“刘四，你这话是什么意思？”

刘四如吃了豹子胆，提高嗓门说：“我没有别的意思，我个人的意见是叫罗志明当会计！”

马老二说：“我反对。”

刘四问：“你不同意罗志明，那么你同意谁？”

马老二想了一会，转脸对赵庆生说：“还叫老会计干吧！

他既当敬老院会计，也兼着东丰村的会计！”

刘四几乎要蹦起来，大叫：“我不同意。青河屯去年换了会计。那个村的会计不是任命的，也不是选出来的，是考出来的，咱们也来考！凡是具有初中以上文化水平的人，都来考试，考文化知识，考会计知识，谁考得好，就叫谁来当会计！这叫公平竞争，谁也休想走后门！”

二十　哥俩争爱

自从罗志明去马家给罗秀英退了婚，罗秀英脸上的笑容有了，干活儿也有劲儿了，在大街见到人也抬起头来了，也喜欢穿着打扮了，脸上也抹香粉儿了，见人也爱多说话了，完全变成另一个人，好像她不是原来那个罗秀英，假的罗秀英走了，又来个真的。

对于罗秀英的异常变化，罗志明看在眼里，喜在心上，他一再告诉妹妹：自己的婚姻自己做主，谁的话也不要听，只要你看上的人不管那男的家里有没有钱，他心地善良，吃苦能干，爱你一辈子，哥哥就一百个满意。罗秀英连连点头。

只有罗百万对于女儿的大转变弄不明白是怎么回事儿，他说："孩子，这几天你咋那么开心呢？有说有笑的，以前你不这样呀！"

罗秀英红了脸，很不好意思地说："爸，这几天我老做好梦，梦见捡元宝，梦见咱家炕柜里钱老多了！发大财了。"

罗百万长长地叹了口气，说："唉，傻孩子，要是做梦能成真，爸就老去做美梦了，还干什么活呢！钱是用汗珠子换来的，庄稼人不掉汗珠子，哪来的钱？唉，以后掉汗珠子也换不来钱了。”

“为啥？”

“没有地了，有汗珠子也没地方落呀！山泉地没有了，你的亲也退了，这往后干净利索了，一家人喝西北风去吧！”

罗秀英垂下了头，她那脸上的笑容一下子被风吹没了。

这一夜，罗秀英没有入梦。不说做美梦，就是连个噩梦也没有做到。大瞪着俩眼一直到天亮。她懒洋洋地爬起来，下地忙着做早饭。她的脸如浓云密布阴沉沉的，仿佛要下雨。

饭后，罗百万到吕淑梅家去了，说是去帮她家粉猪饲料。罗志明又去城里张罗学炸油条，得三两天才能回来。罗秀英喂了猪，撒开鸡窝门，扫了院子挑了水，觉得精疲力竭，进屋刚坐在炕沿上，田大愣来了。

田大愣这几天常来和罗秀英唠嗑儿，以前也常来，似乎还怕人看见，偷偷地如做贼一般，现在和以前不一样，大摇大摆地来，正大光明地走。有时还去商店买一斤糖块送给罗秀英，说：“这是喜糖，庆祝你和马大福分手了，从今以后，我有权利爱你了。”罗秀英脸羞得如红布，笑而不答。

今天，田大愣提来了一箱核桃奶，可把罗秀英吓得不轻，她忐忑不安地说：“你咋花钱买这么贵的东西，给谁买的？”

田大愣笑道：“你猜呢？”

“是给我爸吧！”

“你爸不用我关心，有人关心的比我好。”

“给我的？”

“是啊，给你补补身子，你太瘦了，人家减肥你得增肥。”

罗秀英十分不安地说：“你老为我花钱，我心里不安，你家生活条件也不比我们家强，你和你妈挣钱不容易，拿回去给你妈喝吧！”

“我妈不用我惦记，有人关心她比我关心好！”

罗秀英糊涂了，她说：“你刚才说我爸有人关心他，现在又说你妈也有人关心，你这话是啥意思啊？”

田大愣把脸几乎要贴到罗秀英脸上，十分神秘地小声说：“现在还不能告诉你，等梦想成了真，我再和你说吧！你爸有人爱，我妈有人爱，你也有人爱，那个爱的人是我。”

正在这时，门呼啦开了，马大福一步闯进来，叫道：“田大愣，你好大胆！敢爱我的老婆！”

这一声雷鸣般的怒吼声，如在屋里扔个炸弹，把田大愣惊得不轻。但是惊过之后，田大愣又马上恢复了镇静，笑哈哈地迎上马大福，说：“表哥，你说话也得动动脑子，现在罗秀英已经不是你老婆了，她和你退婚了。”

马大福圆睁怒眼，大声说：“我爸说了不算，我没有说退婚，合同上没有我退婚的签字，罗秀英还是我的媳妇，我的婚姻我自己主，任何人无权干涉！”

也许马大福说得有理，田大愣没话对答了。他只是瞪着两只眼睛，一会儿望望马大福，一会儿又看看罗秀英。马大福似胜利者十分傲慢，他猛地把田大愣推到一边，说了一句：“滚开，”然后走到罗秀英面前，说：“我爸说的话是放屁，我不同意退婚，你还是我的！秀英，你说是不是？”

马大福的突然到来，犹如从天上落下个雷公爷，使罗秀英完全意料不到。她只觉得心里咚咚地跳，仿佛是掉进悬崖里，离死亡不远了。听了马大福的话，不知该怎么回答。

马大福一见罗秀英没有回答他的问话，急了眼，又提高嗓门说:“你说你是不是我老婆?你回答呀!”

罗秀英惶惶不安,她害怕看到马大福那一张怒脸,忙把头低下了。

田大愣见罗秀英不回答马大福的追问,便知道现在的罗秀英心里压根儿没有一点儿对马大福的爱,便对马大福大声说:“秀英心里没有你,你干吗逼她爱你?”

也许罗秀英没有给马大福一个满意的回答,使马大福怒火升上心头,便想找个地方发泄出来,于是便回过头来,朝田大愣胸口狠狠打了一拳,一边骂道:“我俩的事用你管了?滚你妈个蛋!”

田大愣挨了一拳,顿觉胸口一阵疼痛难忍。心想,你马大福真不是东西,竟然动手打我。如果我白挨他这一拳,会被罗秀英小视无能,失去脸面。不行!这个脸面一定争回来。想到这里,也不管三七二十一,扬起拳头也朝马大福胸脯捣去。马大福一闪身,田大愣捣了个空,身子不稳,一下子扑到罗秀英怀里。马大福登时红了眼睛,上前一把抓住田大愣的一只耳朵,气冲冲地说:“你小子真不是东西,大白天往我老婆怀里钻,你他妈不想活了。”接着扬起另一只手,朝田大愣脸上打了一巴掌。

尽管田大愣也是个未婚青年,可是和马大福相比,一个是公鸡,一个是野牛。田大愣虽然有个愣劲儿,可他身子瘦细,在学校读书时同学们叫他“瘦人仙”;马大福身强力壮,力大如牛,打架摔跤,无人能比。“瘦人仙”怎么是大野牛的打架对手呢!可是田大愣今天却不信邪儿,仿佛是小鬼要反阎罗殿,或许那一巴掌把他打醒了,硬要和马大福比个高低。当马大福松开抓他耳朵的手后,他怒气冲冲地指着马大福叫道:

“偷着打人，算什么英雄好汉？咱们到院子里爬树去，谁赢了秀英就是谁的老婆！”

罗百万院门口有一棵笔直的白杨树，树干如水桶般粗，有数十米高，枝条伸到蓝天。田大愣虽然力气不如马大福大，可他是爬树上高的能手，多么高的树都能爬上去，多么高也不眼晕。那马大福却没有爬树的本领，站在十米高的桥上，也不敢往下边看，一看就晕倒。田大愣不知马大福有晕高的毛病，他只认为马大福长一身肥肉，一定不能登高，想凭自己登高不眼晕的优势，使马大福退出与他夺爱的战场。哪料到马大福不甘示弱，一定也要和田大愣爬树比个高低。可是来到院门口，一见高耸云天的不见树梢的白杨树，马大福的魂就没了，正在犹豫之时，只见田大愣脱掉鞋，抱着树干，一纵一纵的，如一只猴子般，瞬间爬上了树上端，站在树杈上朝地下喊：“表哥，快上来吧，我在树上边等着你哪！男子汉大丈夫，别叫棵树吓倒呀！”

马大福哪有那个爬树的胆？可是在罗秀英面前，如若不爬树，便被她瞧不起，便也脱了鞋，抱着树往上爬。爬上三米高，却怎么也爬不上去了，他不得不下了树，垂头丧气地说：“秀英，不是我没胆量爬上去，是我身子胖。胖人有福，嫁给我你有享不完的福。”

罗秀英似乎没听见，冲树上喊：“大愣哥，小心，别摔着，快下来吧！大福哥认输了。”

田大愣顺溜溜地下了树，以胜利者姿态洋洋得意地说：“表哥，你输了吧！”

马大福满脸灰色，一言不发。忽然他伸手从裤筒里摸出一把尖刀，瞪着一双发了红的眼睛，冲田大愣叫道：“我没输！

今天你给我说明白，要命，你就马上滚，从今以后，不许你见罗秀英；想要秀英，那就把命留下，老子就送你上西天！”

谁也没有想到马大福裤筒里藏有刀！那是一把杀猪刀，马大福用它杀过无数的猪！田大愣真的愣了，罗秀英也傻了。一时都不知如何是好。

“说，是要命还是要秀英！”马大福持刀逼上田大愣。

田大愣惶惶不安地后退着，连声说：“表哥，你咋这样呢！把刀扔下，听秀英的，叫秀英决定吧！”

马大福转脸恶狠狠地问罗秀英：“大愣叫你决定，你能决定就决定，不能决定就叫这把杀猪刀决定！你说吧！”

罗秀英似乎刚刚从噩梦中惊醒，目视马大福手中的杀猪刀，心里早就哆嗦上了，脸色惨白，想说什么却怎么也说不上话来。

马大福说：“秀英，你不说我替你说！田大愣你听着，罗秀英爱上了我，想活命赶快滚蛋！要不，老子的杀猪刀不讲情面！”

田大愣见马大福满脸怒容持刀朝他走来。

深知他这个表哥惹不得，真惹了他，什么事都能干得出，好汉不吃眼前亏，他转身就跑。马大福便在后边追，一边追一边叫：“他妈的，敢和我争女人，你是不想活了！”

就在这时，罗秀英大声呼叫起来：“马大福，你马上回来，我爱的是你，不是田大愣。”

马大福一下子站住了。与此同时，田大愣也不跑了。他愣怔怔地望着罗秀英，心想，昨儿个她说要嫁给我，怎么现在又变卦了呢？

二十一　罗百万添乱

话说自从罗百万失去山泉地后，如丢了魂儿，晕头转向，走坐不安。他今天去山泉地看看，明天去山泉地瞅瞅。看见鸡打鸡，看见狗打狗。嘴里不住声地叨叨："山泉地是我的，还我山泉地。"

罗秀英一见父亲的精神失态，慌得不知如何是好。她盼着哥哥从城里回来。罗志明一心要开油条铺，只是父亲百般阻拦。罗志明如邪了心般，非要去卖油条。既然父亲不传他炸油条手艺，他也只有进城去向别人请教了。对于哥哥要卖油条，罗秀英一半支持一半反对：只要挣钱，干什么都行；只是太可惜了哥哥的大学文凭，大学生去卖油条，确实不太光彩。父亲含辛茹苦地供他上大学，难道就为的是他去卖油条吗？要知道这活儿谁都能干得了的，她罗秀英也能干！

傍晚，罗志明从城里回来了，罗秀英急忙忙把父亲这几天的精神不正常告诉了他。罗志明心中十分不安，说："咱爸不会得精神病吧！"

罗秀英担忧地说："谁知道呢？用不用送他去县医院看看？"

东丰村离县城远，没有真正的医生，只有一个什么证书也没有的卫生员。而这确实也是件怪事，是村干部不重视呢，还是乡县卫生院领导不知道在地图上还有个东丰村，这就谁也说不明白了。

当罗百万听儿子说送他去县医院，登时大惊失色，颤颤抖抖地说："我不去，我没有病！"

罗志明说："去医院做个检查，我们也放心。"

罗百万哭声哭气地说："儿子，我心里有数，我没有病啊！我想那块山泉地，爹舍不得啊！我和马老二签了三十年承包合同，才种了三年，他怎么就不给种了？合同上没有他随时收回地的权利，是他编造的。"

不管罗百万说什么，也不管有理没有理，罗志明心里明白，空口说的无用，没有确实的证据，去哪打官司也赢不了，何况眼下父亲已经失去了合同，纵是有理，也没有人相信。他也只能承认马老二利用父亲的忠厚老实，如愿达到了目的。而现在罗家的人，也只有有苦往肚子里咽了。

"马老实被人骑，人老实被人欺！咱爸太老实了。"罗志明对妹妹说。

罗秀英连连点头。

第二天早饭后，罗志明正要和父亲一同坐班车去县城。村中大杨树上的大喇叭里传出马老二的话音："全体村民请注意，现在播送一个通知，经乡政府批准，咱们东丰村老会计调乡敬老院工作，新的会计考试选拔。凡具有初中文化水平以上的，年龄不超过四十岁的村民，请在早饭后去村委会办公室参加考试，由赵乡长主持，现场判卷，当场公布考试成绩，成绩最好的担任村会计。"

罗秀英兴奋地说："哥，你和咱爸今天别去城里了，去考会计吧！你是大学生，一定考第一。"

罗百万的一张如树皮般的老脸，露出少有的笑容，说："儿子，这个机会难得啊，听你妹妹的，去考会计吧！当上会计，比你去卖油条强多了。不要小看会计，大小也是个干部啊！"

罗志明何曾不想去考会计。他认为凭他在大学念的财务管理科目，考个农村的会计，可以说不费吹灰之力。只是父亲有病，急需去医院诊治。他对妹妹说："什么事也不如给咱爸治病重要，咱爸的病治不好，我干什么也没劲头，已经决定的事就不要变了。"

罗秀英当然知道哥哥的脾气，他决定的事别人是改不了的，但又说了一句："机会难得啊！"

罗志明说："是我的，别人拿不去，不是我的，我强拿也拿不来。"

其实，罗志明不去考试还有另一个原因。在他毕业回乡的半年多的日子里，听到人们背后议论马老二的闲话不少，有人怀疑他贪污公款；有人说他瞒上欺下。但议论归议论，谁也没有证据。不过，从罗志明这半年的观察发现，马老二并不是一个真正为人民服务的农村好干部，从他撕毁与父亲签的合同就足以证明，此人阴险狡猾。和这种人成天在一起打交道，罗志明不会感到心情舒畅。通向罗马千条路，为什么偏偏成天围着马老二的屁股转，被他呼来唤去呢！

然而罗百万坚决不去医院。他说他没有病。如果儿子一定送他去医院，那他必须考会计。罗志明无可奈何，只得答应父亲的要求。

此时，在村委会办公室里，一件奇怪的事情发生了。马老二通过大喇叭，向全村人播送考会计的通知后，却没有一个人来报名。赵庆生感到奇怪，问马老二："通知播放已经有两个多小时，怎么没有人来报名呢？"

马老二也感到奇怪，说："难道他们都不愿当会计？"

刘四说："也许大伙不理解，我去各家各户通知，顺便向他们解释明白。有人可能以为走形式，叫谁干早定好了，不愿来顶名凑数。"

赵庆生认为刘四说得有理。然而，待刘四逐家逐户通知后，一直到中午，也没有人来报名。人们正在疑虑之时，田大愣来了。他进屋就说："大姨夫，给我写个名吧，我来考会计。"

马老二问："你怎么才来？"

田大愣说："我妈不让我来，说是考中了也选不上我。我是偷着跑来的。"

马老二气愤地说："你那个妈，太不讲理了。回去叫你妈来，他不同意你考也白考。"

田大愣愣了，说："那为啥呀？"

马老二说："不能因为你考会计，使你们母子不团结，你连这点道理不明白吗？白念了十几年书！"

马老二这么说，是不愿叫田大愣参加考试。没想到赵庆生开腔了："我批准了，叫他考吧！"

马老二也就附和道："乡长批准考，你就考吧，到一边坐着，人到齐了，就发考卷。"

所谓考卷，就是赵庆生临时自己出了几道考试题。有政治方面的，有经济学方面的，也有财会知识考题。

田大愣刚在一条板凳上坐下，吕淑梅来了，她上前抓着田大愣的胳膊，用力往外拖，一边气呼呼地说："没出息的东西，不当会计你活不了啦！跟我回家！”

田大愣挣扎着喊：“我不回去，我要考会计。”

“你考不上，考上了也不会叫你当！谁愿当谁当，咱不稀罕！”

吕淑梅说儿子考不上，不是担心儿子文化水平低，是因为吕淑梅看透了马老二压根儿没有叫她儿子当会计的心，真考上了也选不着他，所以就来了。

正在这时，门吱呀一声响，罗百万进来了。只见他敞胸露怀，半趿拉着鞋，进门就喊：“我也考会计来了！”

屋里的人全惊呆了。都把目光投上了罗百万，心里都纳闷，他今儿个怎么来了？

然而，只有马老二心里明白，罗百万今天突然出现在这里，是添乱来了。他小声对刘四说：“快把他撵走，他要闹事。”

刘四坐在板凳上一动不动，尽管他对罗百万说出的话感到吃惊，但在还没有搞清罗百万来的目的之前，就应该让他把戏唱下去。

罗百万忽然跪在赵庆生面前，连连磕着头，说：“我儿子不来考会计，你让我考吧！别看我年纪大，我一定考上。”

赵庆生不认识罗百万，对于他的突然到来，又突然给他下跪，赵庆生认为他这么大年纪来报考会计，可能如范进考举人，屡试不中，由于官迷心窍，也来报考会计。于是上前拉起罗百万，十分和气地说：“老大爷，村里有规定，只允许青年人报考会计，你年纪大，不符合村里规定的考试标准，你还是回家吧。”

罗百万说：“我考，替我儿子考！”

“你儿子是谁？”

“罗志明。”

赵庆生若有所悟，说：“原来你就是罗志明的父亲啊！我认识你儿子，他是个大学生，回乡发展，搞自己的事业，我们欢迎哪！”

看来，赵庆生真以为罗百万来为报考会计，把他当成一个正常的人。马老二急忙把嘴伸到赵庆生耳朵边，小声说：“他今天精神不正常，你得注意，多加小心。”

罗百万听到了马老二对赵庆生的耳语，立时勃然大怒，一下子从地上跳起来，扑上马老二，抓着他的衣襟，如疯子般狂叫起来：“你还我山泉地，你还我山泉地，你编造假合同，撕毁了我的合同，你把我罗百万坑苦了！”

罗百万突如其来的行为，把马老二吓得尿了裤子，现在他完全相信这个罗百万已经变成一个疯魔的人。他惊呼道：“刘村长，快把他拉走！快！他得精神病了。”

刘四也认为罗百万今天的行动十分反常，他上前去拉罗百万，被罗百万推了个趔趄。罗百万忽然又走到赵庆生面前，大喊大叫：“乡长大老爷，你得给我做主啊，我和马老二签了三十年的包地合同，种了才三年，他就要无赖，要回去了。青天大老爷，你得为民伸冤啊！”

现在，赵庆生方才明白，这个罗百万今天为什么来大闹“公堂”。只是他还不明白，是他精神果真失常，还是装疯卖傻，故意来找乡领导伸冤诉苦？

“老大爷，这里是考场，你的冤枉事我们以后处理。我代表乡政府向你保证，我们一定为你还个公道。不论谁触犯了百姓的利益，都要受到法律的惩治，严肃处理。”

罗百万扑腾又给赵庆生跪下了，一边磕头，一边喊：“谢谢青天大老爷！”

二十二 送红包

赵庆生无论如何也没有想到，他来到东丰村，竟然会遇上罗百万给他磕头，又喊他青天大老爷，倘若罗百万真的精神失常，管他叫一万句青天大老爷，磕一百头也没有大不了的事，如若是个精神正常的人，他赵庆生觉得事情严重了。这说明他面临一个马上需要解决的大难题。在罗百万被人们架走后，他问马老二：“罗百万说的是真的吗？”

马老二嘿嘿笑了几声，说：“按照和他签的转包山泉地的合同，已经失效了，合同无用了，就撕了罢！是他精神不正常，不要理他。”

赵庆生感到很窝火，这次来东丰村，不仅没有称心如愿选出新会计，却又被罗百万闹了个不愉快。午饭没吃就回乡政府去了。临走前，他去了山泉地，对马老二说：“怪不得那个孙胖子花五百万租这块地，这儿山清水秀，群山环抱，空气清爽，的确是个好地方。”

马老二说：“也不知什么原因，这方圆五里之内，秋天比其他地方晚下霜一个月。”赵庆生看到山泉地的大榆树，问：

“这棵树有多少年了？”

马老二说：“少说有一千年。”

赵庆生围着树转了一圈，两抱没抱到头，说：“一千年只多不少。难得来一次，马村长，用我的手机，给我照个相吧！”

赵庆生把手机递给马老二，他站在大榆树边，目视山泉地东边的鹰头砬子。马老二看那手机屏幕中，在赵乡长的身后尽显雄伟的龙虎砬子和绿树丛生的野猪岭，不由得连声说：“好，好！”只听咔嚓一声响，赵乡长的身影和秀丽的山林影像全照上了。

在赵乡长上车的时候，马老二把一个红纸包放进赵乡长的皮包里，笑道：“是我马老二的一点小意思，叫孩子买块糖吃！”

赵庆生满脸不悦，说：“下不为例！”

他上了车，朝马老二摆摆手。

马老二看远去的车影，心里说：“钱是大爷啊！”

晌午，罗志明才回到家中。见父亲躺在炕上，妹妹在烧火做饭。他问妹妹：“咱爸病了吗？”

罗秀英不满地说：“咱爸去村部闹事，被刘四和郭有有送回来了，说咱爸精神不好，替你去考试，得送咱爸去医院看看啊！”

罗志明听妹妹一说，惊得不轻。虽然他也怀疑父亲精神不太正常，却还不至于如何严重。如果父亲果真去替他考试，说明父亲的精神病开始往坏处发展了。当务之急，必须给父亲去医院做检查。他说：“下午就去。”

“下午没有去城的班车，明天去吧！”

“打个电话给出租车司机，送咱爸去医院。不马上给父亲检查明白，我不放心。”

罗志明正要给出租车司机打电话，吕淑云来了。罗志明心想，吕淑云很少到他家来，想是今天来一定有事，便问：“婶子来有事吗？”

吕淑云笑道：“婶子没有事。你还不欢迎婶子来吗？”

罗志明笑着说：“婶子误会了，我不是那个意思。因为婶子轻易不来我家，今天来一定有事。”

吕淑云说：“叫你说对了。”说着话，她从衣兜里掏出一个红纸包，递给罗志明。

罗志明接过红纸包，问：“里边包的啥？”

“是一万块钱。”

罗志明吃惊地说：“婶子，你这是啥意思？”

吕淑云说：“你别误会，我不是为大福的婚事来的，既然你已经去退了亲，咱们两家就不是亲戚了。虽说不是亲戚了，也还是好邻居。一个村住着，谁能不用着谁？刚才你叔回去说，你爸精神不正常，需要钱去医院医治，想你们家经济不那么好，他叫我把你退礼的钱送回来，拿去给你爸治病。”

罗志明心里想，去城里给父亲治病，不会是个小数字，眼下他手中也不过几百元，正需要钱啊！只是一想到由于马老二单方面撕毁合同，才使父亲重病在身，这责任应该由马老二负完全责任，他也有理由留下这一万块钱！可是谁又知道马老二搞的什么鬼？他会不会又在妹妹身上打主意，去做他的儿媳妇？想到这里，罗志明毫不犹豫地说：“婶子，我有钱给我爸治病，你把钱拿回去吧！”

吕淑云生气了，说：“这是你大叔和我的一点心意，算我们借给你的，行吧！”

“一分也不要。”罗志明果断地说。

罗百万听到了他们的说话，他冲儿子叫道：“要，要，不要白不要！”说着话，下地去抢过罗志明手里的红纸包，藏在怀里，跳到炕角，猫在那里一动不动，两个眼睛畏惧地盯着吕淑云，仿佛怕她从他手里把红纸包夺走。

罗志明完全没有想到父亲会突然将他手中红纸包夺去。见他蹲在墙角，瞪着一双恐惧的大眼睛，又不敢惹他生气，不得不对吕淑云说：“婶子，你先回家吧，这钱我们不要，晚上叫我妹妹送回去。”

吕淑云拒绝道：“你要那么做，是看不起你婶子！这一万块钱你啥时有啥时还，给你爸治病钱不够，和我吭个声，我会帮你的。”

“谢谢婶子。”

吕淑云走后，罗百万的惊慌神色完全消失。他忽然如梦初醒般，把红纸包递给儿子，说：“咱穷要有志气，不要马老二的钱，把钱送去吧！”

见父亲一时糊涂一时明白，罗志明不由得一阵心酸，眼泪从眼眶里扑簌簌流了下来。他对罗秀英说：“一会儿我和咱爸去城里，你把这一万块钱给马老二家送去吧！”

罗秀英答应着。

罗志明和父亲搭乘出租车去城里后，罗秀英到马老二家去了。正是人们在地里干活的时候，街筒子里行人稀少，家家院中安静，村子死气沉沉的，鸡不叫狗不咬，只有那些老头老太太坐在院门口东扯葫芦西扯瓢，尽享晚年之乐呢！

马老二家的院门没有关闭，但是出于礼貌，罗秀英轻轻敲响了院门。

院门开了，马大福出现在门口。他惊喜地望着罗秀英，咧大了嘴，嘻嘻笑着，说："你来了？"

罗秀英对这个曾经要娶自己的男人，毫无兴趣，尽管他满面笑容地迎接着她。她问："你妈呢？"

"在屋里。"

罗秀英进了院，坐在炕上的吕淑云从窗口看见了罗秀英进了院，急忙下地迎了出去，胖脸堆成一团肉，笑眉笑眼地说："秀英来了，快到屋里坐。"

罗秀英进了屋，便马上从衣兜里掏出那个红纸包，放在炕桌上，说："婶子，这是你送到俺家的一万块钱，给你拿回来了。你点点少不少。"

吕淑云仿佛早就预料到，十分平淡地说："我就知道你们不会要，可你二叔一定叫我送去！不管怎么说，我们心意到了。"

罗秀英说："那我走了。"

吕淑云拉着罗秀英，说："你好不容易到我们家来一次，哪能说走就走呢！婶子还有话和你说，你坐炕沿上，婶子拿糖给你吃！我还有事求你帮忙呢！"

罗秀英问："求我啥事？"

"你先坐着，我这就拿糖去。"

罗秀英听吕淑云说有事求她，便不好意思马上离开这里。她心中纳闷，她有什么事求呢？见吕淑云出了屋，她便坐在炕沿上耐心等待。

马大福进了屋。这个三十岁的汉子，近来对家里人老发脾气，吵着叫着要和罗秀英马上成亲。虽说马老二几次向他解释，罗家已经来退了婚，可他就是吵吵闹闹，几次要去找罗秀英定个结婚日子，今天罗秀英的到来，使他喜出望外，面对这个如花似玉的姑娘，他恨不得一下子把她搂在怀中，亲个够！他走近罗秀英的身边，有点儿气愤地说：“你也不常来看我，真把我忘了？”

“忘了。”

“咋忘了？”

“我爸和我哥不同意。”

“你也不同意？”

“我也不同意。”

马大福脸露出凶色，大声说：“你不同意我同意！”说完，一下子抱住了罗秀英，便在她脸上亲来亲去。

罗秀英吓愣了。马大福的突然举动，使她心慌意乱，一时不知如何是好。在她看到马大福解开自己的腰带，又去解她的腰带，罗秀英这才如梦初醒，明白马大福要和她做什么。她紧紧抓住自己的腰带，大喊：“大福，你不要这样，你不要这样！”

马大福毫不费力地如老鹰抓小鸡一样把罗秀英抱到炕上，脱下罗秀英的裤子。罗秀英苦苦地恳求：“你不要这样，你不要这样，你这是犯法。”

马大福如恶狼一般，把罗秀英压在身下，喘着粗气说：“你是我老婆，和老婆干事不犯法！我不傻，我明白哪！”

罗秀英用出吃奶力气，奋力推马大福。无奈她身弱力小，罗大福如磨盘一样，沉重地压在她的身上，她想动怎么也动不得。

就在这时，吕淑云进了屋，她被眼前发生的事惊呆了，继而喊道：“大福，你咋这样呢！”

话刚了，觉得后屁股一阵难忍的疼痛，回头一看，是马老二站在身后，刚才是他踢了自己一脚。马老二一把抓住吕淑云的胳膊，急忙拉到院里，小声说："叫他们折腾去吧，折腾出孩子才好呢！"

吕淑云忧虑地说："你是在叫儿子犯法呀！"

"两个都没成家，一个情愿，一个不反对，犯个屁法！是她自己送上门来的，不犯法！"

世上的巧事也真多，就在这时，田大愣几步闯进院，他喊："姨夫，还考不考会计了？"

马老二慌忙把田大愣往院外推，一边说："考，考，你快去村部面试，乡长在那儿等你哪！"

田大愣信以为真，转身刚走了几步，听到屋内传出一个女人的呼叫声："救命啊！救命啊！"

田大愣心里打了个愣，心想，怎么屋里有人求救呢？这声音怎么像罗秀英啊？他回头问马老二："是不是罗秀英在叫？她怎么在你家？"

马老二骂道："你小子耳朵邪了，我咋没听到呢？妈的，胡说八道，快滚！"

田大愣被马老二推出院门外，马老二把院门关上，用木棍顶住了。

这时，屋里求救的叫声越来越大。田大愣越想越觉得不对劲，回头撞门没有撞开，便冲着街筒子拼命叫喊起来："马村长杀人了，马村长杀人了！"

田大愣所以这么叫喊，是招引人们都来，把马老二的门撞开，现在，他越发相信，刚才是罗秀英的叫喊声。果然，在家里的那些老头老太太听到田大愣的呼叫，便都向马老二家来了。老会计也闻信跑来。马老二听到院门外人声吵嚷，哪还敢再把门顶住，急忙开了院门。这时，田大愣第一个闯进来，一直奔屋里跑去。进屋一看，只见马大福骑在罗秀英的身上，正在行事呢！田大愣登时气红了脸，朝马大福背上狠狠打了一拳，骂道："不要脸！"

马大福疼得歪到一边，罗秀英趁机爬起来，提上裤子，呜呜哭着跑出屋门。人们这才明白，刚才屋里发生了什么。看那马老二，脸一阵青一阵白，说："是孩子们的事，是孩子们的事，大伙别误会，大伙别误会。"

二十三　争斗

那天，黄大成回到岗子村后，心里像塞上一团棉花，怎么也透不出气来。他走坐不安，脑海中时常浮现出那块山泉地的影子，那块地是那么美。它坐落在密林丛生的野猪岭下，地中有一棵老榆树，树下有一个山泉。泉水清澈透底，喝在肚里又凉又甜。西边的龙虎头砬子，相对东边的鹰头山伸上蓝天，北边的月牙河，河那边的龟头崖，犹如活龟一般。黄大成活了三十年，从没见到那么好的山河美景。他想，爷爷能那么长寿，一定和他常住在那个地方有关。他恨自己，要是早生一百年，能在那里长久居住，也不愧来人世间走一回！可惜父亲搬离山泉地，来到多石少土的岗子村，饱受一世贫寒，至今也没有把日子过好。

同样，黄月来和儿子一样，无声无响地去了东丰村，又无声又响地回到了家。如往常一样，他扫院子扫街，撵鸡喂狗，干一些力所能及的活儿。黄大成见父亲对家中隐瞒了去东丰村的事，他便也佯装什么都不知道，忙着做一些准备耕生的活儿，检查拖拉机的零件，购买子种化肥，买铧子、焊铁捞子等等。

黄大成身在曹营心在汉。他干着活儿，还想着那块山泉地。那块老祖宗用血汗开垦起来的土地，如今被外村人耕种着，他心里真不安宁。他恨透了老村长，毫不负责地把地扔了，被东丰村的人白白种了三十年。

“真是败家子呀！”他时常这样骂老村长。

“爹，东丰村种着的山泉地，是我爷爷用镐头刨起来的，咱得要回来！”这天，黄大成对父亲说。

黄月来为难地说：“泼出去的水，是收不回来的。”

“既然收不回来了，你还常去东丰村干啥？”

黄月来愣怔怔地望着儿子，反问：“你看见我去东丰村了？”

“没有。”

“是听别人说的？”

“是的，有人看见你常去东丰村。”

黄月来十分不满地瞪了儿子一眼，说：“那是有人给我往脸上抹屎！东丰村里也没人和咱有亲戚，我去东丰村干啥？”

黄大成不满地顶父亲一句：“干什么你知道！你年年去东丰村那个寡妇家要地，你以为我不知道吗？”

黄月来尤为惊讶，一时哑了言，停了一会才嚷道：“你小子别胡说八道，再多说一句我堵死你的嘴！”

黄大成噘着嘴，“我没胡说，你年年去找那个寡妇娘们儿要地，你就没想想，现在那块地不归她种了，你去向她要地有用吗？你应该去找马老二，现在地是他承包的”。

黄月来听了儿子一番话，知道自己的秘密已经被儿子发现，看来想隐瞒也隐瞒不了。他害怕儿子把这件事传到外边，说：“就你自己知道吧！千万别对外人说。我想，打酒的向提瓶的要钱，老村长把地包给田海，田海死了，还有他媳妇。和马老二说不着话。”

黄大成说：“叫我说和谁说也无用！地是我爷爷刨的，干脆今年咱家去种，先下手为强，种上地了，他们能怎么着咱？叫他们告咱们去。”

黄月来心想，儿子说的不是没有道理。自己年年去东丰村要地，跑了几十年也没有要回来，倒不如照儿子说的，来个先斩后奏，那样东丰村的人肯定不干，如果事情闹大了，政府就会处理的，到底地应该归哪村所有，就有分晓了。想到这里，便同意地点点头：“就照你说的，今年咱去种那块地。”

俗话说：清明忙种麦，谷雨种大田。离谷雨节气的日子渐渐近了，冰化雪消，大地山岭完全融化，山顶吐绿，河边柳树发芽，迎春花开花，杏树含苞待放，春天真正的开始来到了。每年的这个时候，承包土地多的人家，为防春天雨水大，误了耕种播种，便在不到谷雨之时用拖拉机打好空垄，待小满前后播籽儿。黄大成承包土地不多，无须早打空垄。但他在谷雨那天，却把拖拉机里加足了柴油，挂上了三个犁，对父亲说：“紧早不紧晚，趁现在他们还没有种地，今天就去东丰村，把那块山泉地打上空垄。”

黄月来说：“也好，早扣上垄心里也踏实。我和你一同去。”

黄大成说：“就打空垄，也不点籽儿施肥，你就别去了。”

黄月来说：“也行，早去早回来。”

黄大成开着拖拉机走后不多久，黄月来忽然间想到这事应该叫田勇知道，他是村长，不得到他的同意，哪能自作主张就去呢！见儿子开着拖拉机已经走远，便急忙找田勇去了。

自从那天孙有成见罗百万与马老二为了那块山泉地闹纠

纷，他很怕自己花钱把地弄到手，却又惹出事非，便只与马老二签了个临时性协议，付了五万元定金。这几天，他打听到罗百万与那块山泉地已经毫无关系，便又来到东丰村，想对那块山泉地做进一步调查，以免过后引起一些麻烦，然后再与马老二签一份正式合同，预付一半资金。另一半在他动工修建时全部付清。

今天，与他一同来东丰村的除了秘书李玲外，还有市旅游局的副局长丁进财。丁进财坚持先去看山泉地。三人来到山泉地，只见一个年轻人驾驶着拖拉机，正在犁田打垄呢！孙有成吃了一惊，心想，马老二已经答应这块地出租于他，怎么有人来耕种呢？便走上前拦住拖拉机，十分生气地说："我和马村长已经签了租地合同协议了，这块地归我们天顺公司所有，你怎么来耕种？是马村长叫你来的吗？"

此人就是黄大成。黄大成跳下车，说："我叫黄大成，是岗子村的。这块地是我老祖宗留下的，现在为我们岗子村所有了。"

黄大成的几句话，使孙有成十分惊讶，他似乎有点不相信，说："小伙子，你是不是逗我玩？"

黄大成哈哈大笑，说："我哪有闲工夫逗你玩？快闪一边，别耽误我扣垄，我没工夫和你闲聊。"

黄大成跳上了车，开动了拖拉机。

看见黄大成如此一副认真的面孔，孙有成相信黄大成并非逗弄他。他对李玲急火火地说："快给马村长打电话，叫他马上到这来。"

李玲拨了马老二的手机号。

丁进财感到糊涂，问孙有成道："这是怎么回事？"

孙有成说："我也是一头雾水，等马村长来，一切就全明白了。"

李玲挂了手机，十分失望地说："马村长的手机打不通。"

孙有成说："往他家里打，叫他儿子去找他爸，马上到这来。"

李玲拨通马老二家的座机号。接通后，李玲把手机递给孙有成，"你说吧"！

孙有成接过手机，对着手机大呼："你是马村长的什么人？什么？是他的儿子，怎么搞的，岗子村有人来种地，这块地到底是东丰村的，还是岗子村的？叫你爸来给我说个明白！什么？你爸去城里了？那就叫老会计来！"

孙有成把手机递给李玲，十分失望地说："马村长不在家，你说怎么办？"

李玲说："等老会计来再说吧！"

没多会儿，老会计急慌慌地走来，孙有成迎上老会计，指着山泉地厉声问老会计："今天你给我说明白，这块山泉地是你们东丰村的，还是岗子村的？"

老会计说："早先是岗子村的，现在是我们东丰村的。"

孙有成指着正在耕地的拖拉机，反问老会计："为什么岗子村的人来打空垄？是得到你们允许的吗？"

老会计深感纳闷，说："不知道呀！"

就在这时，马大福扛着大斧头朝这边跑来，他边跑边喊："是哪个王八蛋敢来种我们家的地？看我不劈死他！"

孙有成一看马大福扛着闪亮的大斧头，心里登时紧上了。他真怕这个年轻人一时性急，做出意想不到的祸事，忙对老会计说："快去劝他放下大斧头，有理说理，别动手伤人！"

老会计急忙忙挡着马大福，说：“孩子，咱们可不能动硬的，快把斧子放下。”

马大福瞪着血红的眼睛，叫道：“老子就不怕邪！敢在老子头上动土，那是不想活了。地是我们家的，他凭什么来种！”

老会计说：“你先等我问明白怎么回事再说！”

马大福哪还等老会计去问明白呢！他如一只凶猛的狮子一般，提着大斧头直奔拖拉机走去，一边嚷着：“你是哪个庙的和尚，跑这里来念经？你他妈真大胆了，敢跑来种我们家的地，你是不想活了，是不是？”

黄大成正驾驶着拖拉机打垄呢，见马大福提着大斧头冲他而来，便跳下拖拉机，毫不示弱地迎着走上去，说：“咋的了？这地是我爷爷刨的，我种我爷爷的地还有毛病吗？”

马大福叫道：“你爷爷刨的当个屁！谁来做证？我还说是我爷爷的呢！你是哪个山的兔子，跑我们这里啃草来了，你他妈的不马上滚蛋，我一斧头砍死你！”

黄大成毫不畏惧地把脖子一挺，指着自己的脑门儿对马大福说：“你是有种的，往这儿砍！我黄大成要是眨巴一下眼睛，不是娘养的！”

“砍就砍，你以为老子不敢吗？”

“你砍呀！快砍！”

马大福扬起大斧头。

在场的几个人一见两个人都不甘示弱，又见马大福扬起大斧，都惊得不轻，几乎齐声叫喊：“别动手，别动手！”

只听“咣当”一声，马大福手举的大斧头落下了。众人这才松了口气，原来马大福的大斧落到拖拉机头上，把一个灯头打碎了。马大福似乎不解恨，举起大斧头，又把另一个灯头打破了。

黄大成一见马大福把拖拉机前边的两个灯打破，登时火冒三丈，扑向马大福，朝马大福后背猛地一拳头击去。马大福未有防备，一头扑倒在地上。黄大成趁机骑在马大福背上，抡起拳头，朝他脖颈、背上一顿猛打，马大福只觉得脖子如断了般疼痛难忍，他几次鼓足力气想爬起来。无奈黄大成的身躯如磐石一般，沉重地压在他的身上使他动弹不得。

原来这马大福虽然身大力胖，其实并非黄大成的对手，他来势凶猛，把原来身上的一点力气早用尽了，因此，也只有让大力士般的黄大成任意捶打。

几个人见两个年轻人打在一起，都慌神无主，不知该怎么办。

老会计怕马大福吃了大亏，自己又不敢前去劝说，便对李玲说："你去把他们拉开，万一出了人命，就不好办了。"

还不等李玲上前去拉，黄大成站起来，抓着马大福的耳朵，说："你打破了我的两个车灯，赔我二百块钱，少一分我就把你的耳朵拧下来喂狗！"

马大福耳朵疼得难受，连声说："我赔，我赔，我一定赔！"

黄大成松了手。

马大福站起来立时露出凶相，从裤下筒抽出一把尺长尖刀，冲黄大成胸口刺去。黄大成急忙闪身跳到一边，马大福扑了个空。正当他再想刺向黄大成时，想不到黄大成早有防备，伸出右腿，朝马大福肚子踢去。马大福只觉得肚子如断肠般疼痛，不由得双手捂着肚子，哎呀哎呀地叫唤起来，那手中的尖刀，早已落到地上。黄大成趁机猫腰抓起尖刀，紧握手中，怒视马大福，说："你敢再上来，我就用你的这把刀，把你捅死！"

孙有成和那位丁副局长，早被眼前发生的一切吓呆了。孙有成一见二人动了刀，真怕出了人命，急忙打了报警电话。

马大福一见尖刀在黄大成手中，他从地上拿起大斧头，想和黄大成拼命。愣了一会，却扛着斧头走了，回头扔下了一句话："你小子有种别走！等着我。"

二十四　村长来了

黄大成见马大福扛着大斧头走了，想是他不会回来找他的麻烦，便把尖刀递给老会计，说："把这把尖刀送给那小子，告诉他以后不要拿凶器吓唬人！真要捅死人是要偿命的。"

老会计到现在也没弄明白黄大成为什么抢种这块山泉地，他问："这块地现在是我们东丰村的，你咋来耕种？是你们村干部叫你来种的吗？"

黄大成说："是我自己要来的。因为这块地本来是我们村的，老村长把这块地承包给你们村的田海。田海不在了，叫你们村给收去了。我们正在找证据证明这块地是我们村的。就是没有证据，我们也要来种！因为这块地是我爷爷开的，我不能把老祖宗留下的家业在我手里失去！"

老会计冷笑一声，说："你这也不讲理啊！你们不要的地，被我们捡来了，俗话说，捡来的东西要不得。你们有证据也无用！你拿你老祖宗也不行！现在地都归公了，哪还什么老祖宗不老祖宗！"

黄大成说："不管怎么说，这块地我种定了！村民开大会都通过了，我们村要在这里搞旅游开发。这叫物归原主。”

老会计连连摇头说：“净搅乱！”

孙有成听黄大成这么一说，这才真正明白这个小伙子所以开车来扣垄，醉翁之意不在酒，是要占用这块地，开旅游点呢！他问黄大成：“你们村真想在这搞旅游开发？”

“是啊！”

“是招商引资，还是村民集资开发？”

黄大成指着地那边说：“我们的村长来了，你问他吧！”

原来田勇听黄月来说黄大成开着拖拉机来山泉地打空垄，惊得不轻，急忙骑摩托车来到山泉地，冲黄大成喊：“黄大成，你别在这惹乱子了，赶快把车开回去！”

黄大成跳上车，说：“谁来我也不回去！我种我爷爷的地，谁也无权干涉！”

田勇跳上拖拉机，无比气愤地说：“你也不是小孩子，怎么干糊涂事呢！你抢种别人的土地是违法行为。我命令你，赶快把车开回去！”

“不要这块地了？”

“我没说不要，要通过合法手续要回来，现在还不行！如果你尊重我，承认我是你的村长，你必须听我的，马上开车回家！我也保证，只要我当村长，就一定要把这块地记在岗子村的土地账本上。”

“田村长，有你这话，我就放心了。”

就在这时，马大福带着七八个年轻小伙子，都手拿木棍铁锹，朝山泉地跑来。田勇首先看见了，说：“大成，他们来人了，你赶快开车走。”

黄大成忽地从车上跳下来，毫不示弱地说：“我黄大成就不怕邪！怕狼怕虎，我就不叫黄大成了。”

田勇推着黄大成说：“他们是冲你来的，你赶快走！”

黄大成才不怕呢，他迈着大步，挺着胸脯朝来人走去。

田勇的突然出现，使孙有成十分高兴，他可以向这个岗子村的村长面对面提出一些他想知道的事，却没有想到马大福竟然回村叫来了七八个帮手。看来一场恶战即将发生，孙有成十分不安地对丁副局长说：“没想到今天会发生这种事，叫咱们遇上了。”

丁进财说：“我认为这是坏事变好事，地权不明确，乱事就多，明确了地权，一切都好办了。”

孙有成笑道：“局长言之有理，言之有理。”

李玲焦虑地说：“我已经报警了，怎么派出所的人还没来呢？”

孙有成说：“乡政府到这几十里，接到电话来也得半个多小时。刀子不长眼，咱们离他们远一点吧！”

孙有成自己先躲在一棵大树后边，其他几个也都躲在树后，远远地望着来人，等待着即将发生的一场恶斗。

马大福抱着复仇之心，回村叫来了同村的七八个年轻人。他们来到山泉地，见地里有一台拖拉机，不由得都红了眼。有人叫呼道：真他妈的不要脸，欺负到家门口来了！

有人叫呼：“把拖拉机砸了！”

“打死那个狗娘养的！”

“今天就让他知道知道厉害！”

……

田大愣也来了。他听马大福说岗子村有人来种山泉地，便想来看个明白。他见黄大成十分面熟，猛然间想起那天在他家见过这人一面，就对马大福说：“我认识他，他叫黄大成，去过我家。你等我问明白咋回事再说。”

马大福哪还等田大愣去问，他恨不得一棍子把黄大成打死，以解先前被踢一脚之恨，呼叫道：“哥们，都给我上！打死我偿命！”

那七八个人听说岗子村的人来抢山泉地，都来了气。虽然眼下地为马老二承包，与别人不沾边儿，可是他们都认为山泉地终究是东丰村的，不能被外村人耕种。来到一看，只是两个人，却都赤手空拳，也不带什么凶器，并无斗架之意。

田勇一见来了这么多人，他怕黄大成先动了手，用自己身子把黄大成挡在后边，满面笑容地对来人说：“我先自己报个名，我叫田勇，是岗子村的村长，我身后这个小伙子名叫黄大成，是我的村民！我知道是黄大成来扣这块地，惹得你们都不满。你们先别火，听我把话说完。”

说到这里，马大福叫道：“别听这小子胡说，给我动手！”

可是谁也没有动手，都在等田勇把话说完。

田勇继续说：“这块地在三十年前是我们岗子村的。由于相隔我们岗子村太远，耕种不方便，就承包给你们村田海。那是个永久合同，只要政策不变，就由田海耕种，每年向我们村交二百元。可是双方都没有履行合同，地被你们村收为集体所有。现在我们村村民一致要求通过合法手续办理这件事。黄大成没有得到村政府的批准，私自来耕种土地是违法的，我们会对他严肃处理。现在这块地权仍然为你们东丰村所有，千万不要一时冲动，做出违反法律的严重后果，那后悔就晚了。”

“原来是这么回事呀！”

“走，回家吧！”

有几个人扔下木棍。

马大福却还不服气地说："哥儿几个，别听兔子叫，给我上！"

有人悄悄溜了。

马大福见没人听他的，便举着铁锹朝黄大成头上拍，被田大愣一下子推到一边，田大愣怒道："大福，你想去坐牢啊！"

马大福叫道："老子不怕坐牢！"

马大福举着铁锹又要往上冲，又被田大愣挡住了。这时，不知谁叫起来："公安局来人了！"

此时，一辆警车在山泉地边停下了。那七八个被马大福叫喊来的人立时四面散去，霎时不见了踪影。马大福也慌了神，扔下铁锹跑了。这时，那几个躲在树后"坐山观虎斗"的人，也陆续从树后闪出身来。孙有成对田勇说："多亏你来，要不，就出人命了。"

田勇轻蔑地望了望孙有成，没有说话。

二十五　翻脸不认罪

罗志明和父亲来到县医院，经过医师检查，罗百万患有严重精神分裂症，需要住院治疗。罗志明想到妹妹一人在家，实在放心不下，且手中钱紧，当时让医师给父亲开了几副中药，便匆匆忙又搭出租车回到东丰村。到家时已是掌灯时分，只见妹妹蹲在门口，两眼哭得核桃一般，便问："妹妹，你怎么了？"

罗秀英哭得更凶了。不管罗志明如何追问，罗秀英却不回答。罗志明想是妹妹有难言之语，便也不再追问下去。

罗百万仿佛是一个木偶。从城里回来，不说一句话，上炕就睡了。罗志明做好饭菜，见妹妹饭水不进，自己也没有食欲了。就在这时，吕淑梅来了。她进屋见罗百万躺在炕上，问罗志明道："刚才听刘四媳妇说，你去城里给你爸治病了，你爸得的什么病？"

"大夫说，是严重的精神分裂症，不能再叫我爸精神受刺激。"

"那病难治啊！"

“是的。给他抓了几副中药。婶子，来有事吧？”

吕淑梅看了罗秀英一眼，然后叹了口气，说：“也不知道秀英和你说没说，我担心秀英想不开，这不，就过来看看。一见秀英挺好的，我也就放心了。”

听了吕淑梅的话，罗志明心神不安，问：“婶子，快告诉我，秀英怎么了？”

吕淑梅说：“是大愣回家和我说的，大福那孩子干了糊涂事，你知道了别生气。千不该万不该，马老二纵容他儿子糟蹋秀英，是缺德呀！”

罗志明马上明白了，他问：“是马村长叫你来说合的吧？”

“是我大姐。大姐很悔恨，觉得对不起秀英，她要买东西来看看秀英，真要来了，你千万别和她打起来呀！”

“婶子，你说这事我们该咋办？就一了百了吗？”罗志明强忍怒火说。

“这事传出去，对秀英也不好。不过这是你们家的事，你们自己决定，婶子不多言。当然了，这件事要发生在我身上，我是决不会便宜他们的！大福糊涂，我那个姐夫不糊涂吧，他竟然支持他儿子胡作非为，我听大愣一说，气得牙根儿疼，作孽呀！”

临走，吕淑梅说：“你爹得的病，都是因为大福他爹收回了山泉地，你爹憋气窝火的！也就是你爹老实，换别人早和大福他爹翻脸了。现如今你爹病成那个样，也得人照顾。你有什么活儿忙不过来，告诉婶子，我来帮你忙活忙活！”

这天夜里，罗志明怎么也睡不着。他在想，妹妹被马家人欺负了，不能就这样算完。他心里越发难受起来，几次爬起来，望着窗外黑洞洞的夜晚，恨不得长翅膀飞到马老二家里，替妹妹报仇雪恨。天刚蒙蒙亮，罗志明就起来了。罗秀英说：“哥，你可别为我去找马老二，他是村长，咱惹不起他。啥也不怨，怨我命不好。”

罗志明说：“妹妹，这件事就不用你说了，哥自有主张，不能叫马大福白白欺负了你。”

昨晚罗百万从城里回来，便倒在炕上睡了，吕淑梅来他家和罗志明说的什么，他一概不知道。现在听到儿子和女儿说的话，一骨碌从炕上爬起来问：“志明，你们说的什么，马老二孩子怎么秀英了？”

罗志明说：“爸，没你的事儿，你也别打听了。”

罗百万来了犟脾气，说：“为什么不让我打听？志明，和爹说，到底发生了什么事？”

罗志明边思索边说：“马老二想叫我妹妹还嫁给他儿子，我和我妹妹都不同意。”

罗百万信以为真，忽然哈哈大笑，说：“给地就给人，不给地不给人，我去和马老二说。”

罗志明慌了神，急忙挡住要往外走的父亲，说：“妹妹的事，妹妹自己做主，你就不要管了。”

罗百万瞪大了怒眼，吼叫起来：“我的女儿我为什么不管？我得管到底。”

罗志明心里明白，已经精神不正常的父亲，一旦去了马家，一定会做出使人意料不到的事情。他用力把父亲拉回屋里，命令般说：“你给我老实待在家里！一会儿秀英给你煎好药，你喝了去睡觉！哪也不许去！”

罗百万很顺从地上了炕，在炕上躺下了。

罗志明一再叮嘱妹妹，照顾好父亲，千万别让他出门。罗志明早饭没吃，便到马老二家去了。

此时，在马老二家里。吕淑云在看电视，马老二在院子里伸胳膊直腰，在打什么太极拳。他从院门口望见罗志明朝他家走来，急忙迎了出去，满脸笑容，十分热情地说："志明，我有事正想去找你，正好你来了。"

罗志明问："啥事？"

"到屋说。"

二人进了屋，马老二搬条板凳让罗志明坐下，然后递给他一支烟，点着后说："赵乡长昨天就回乡政府了，他有个意见，想叫你担任东丰村的村会计，经过村委会研究，也全同意赵乡长的意见。志明，你就干吧！"

罗志明深感意外，说："我也没有参加考试，让参加考试的人当村会计吧！"

马老二气呼呼说："也不知什么原因，咱村有三十多个具有初中文化程度以上的人，都没来报名，只有一个田大愣来了。真出乎我的意料啊！"

"就叫田大愣当吧，他高中文化，满能干好！"

"他就是大学文化，我也不能叫他干，我是他姨夫，外甥给姨夫当秘书，那不都成我们自己家的了？还是你干最好。如今我们两家也不是儿女亲家了，外人也说不了闲话。"

"不干，不干！"

"那你要干啥？"

"开油条铺，炸油条卖大果子！"

马老二笑道："大学生炸油条卖大果子，可惜你十几年喝的墨水了！世上三百六十行，你咋想干那个呢！要是炸油条能炸出万元户，不都炸油条了？岗子村有个姓朱的老头儿，炸了一辈子油条，穷得连老婆也没娶上，你也不打算娶老婆了？”

罗志明说：“我调查过了，他是老法儿炸油条，一天炸不了十斤面，我靠科学技术炸油条，在各村和县城开几个连锁店，也和各个商店签订销售合同。保证一天卖出一千斤面的油条大果子，还能不发大财吗？”

马老二连连摇头，说：“是梦想，梦想实现不了，就是做梦！我认为你还是当村会计好，风吹不着雨淋不着，一年补助好几万，比干什么都强！你先别说不干，回去好好想想，再来告诉我。”

其实，赵乡长压根儿就没有说叫罗志明当村会计的事，是马老二在罗志明出现在他家门口时马上想出的一番谎言，他想用这谎言温暖罗志明的心，使他无脸面提出来那件事。罗志明仿佛当真相信了马老二的话，便就向马老二说明他拒绝当会计的理由，然后言归正转，罗志明说：“马村长，你可能也知道我今天来你家做什么。昨天我妹妹来送钱，在你家发生了一件不光彩的事，你是知道的吧？”

马老二脸一下子变得苍白，却佯装不知，问：“你说的什么事？”

“我妹妹被大福强暴了。这件事全村人都知道，你怎么会不知道？”

马老二苦笑一声，说：“我没在家也没有人对我说，你不说我哪知道呢？”

罗志明实在忍不住了，把半截烟头扔掉，腾地站起来，冲马老二喊起来：“你不要装傻！发生那件事时，你在家，没有你的纵容，马大福没有胆子干那种事，光天化日之下竟然做出这种事，就不怕天打雷把你击死！就不怕你们坐牢！事情既然已经发生了，你说该怎么办？”

马老二耐心听完罗志明的一番诉说，不由得轻松地微微一笑，说：“志明，有什么事说什么事，不要发火嘛！我来问你，你说我和你大婶支持大福胡作非为，强暴你妹妹，谁来做证？你说大福强暴秀英，谁看见了？而且他们两人有婚约在，是合法夫妻，只是还没拜堂成婚是了。”

罗志明指着马老二的脸说：“马村长，你欺人太甚！你撕毁了我父亲的合同，伪造了个假合同，你以为我不知道吗？可是我没有找你的麻烦，也没有去上边告你！我总认为当干部也实在不容易，只要你心中还想着大伙，为群众办好事，我罗家吃亏就吃亏了。没想到你自己犯法，又纵容你儿子犯法，你真不是个东西！你不是叫我去告你吗？那我就去告你！别以为我们怕你！”

马老二说：“我就巴着你去法院告我，我在家等着！有种的告到省里，老子也不怕！”

马老二呼的一声，把院门关上了。

二十六　伪证

大山乡派出所所长名叫袁金三，有四十二三岁年纪，身高腰圆，黑眉虎眼，说话嘹亮。这天上午，他拨通了马老二的手机号。

“是马村长吗？我是袁金三，你老小子怎么搞的，头几天你儿子聚众和岗子村黄大成打架，从轻处理了他们，事情刚了，罗志明又打来电话，说你纵容你儿子强奸了他妹妹，真有这事吗？”

电话耳机里传出马老二的话音：“确有此事。既然罗志明告了我，你们就来处理吧！我就料到那小子不会善罢甘休的。”

“你的意思是……”

“公事公办，不能因为我是村长，就网开一面。不过你们也得来做调查，不能只听罗志明胡说八道。”

“我们要向赵乡长做个报告，看看赵乡长有什么意见。民不告官不究，既然有人告你，也不能不去处理啊！”

“我说了，公事公办，在法律面前人人平等嘛！”

袁金三撂下电话，对身边的民警王永亮说：“因为此案牵连到马村长，必须得到乡党委的同意，我们才能去东丰村处理这个案子，我这就给赵乡长挂个电话，只要赵乡长不反对，你和我马上去东丰村。”

很快，赵乡长在电话里告诉袁金三说，不论谁的职务大小，只要触犯法律，就要按律而断，依法处理，决不徇私舞弊！有了赵乡长的指示，袁金三便和王永亮驾车直奔东丰村。当车开进东丰村村委会办公室大院门口时，马老二在那里等候多时了。他上前握过袁金三和王永亮的手，笑道：“知道你们今天来，因为是处理有关我儿子的案子，今天中午我就不请你们去我家吃了，我已经吩咐食堂大师傅老王，中午为你们多炒几个菜，买两瓶小烧，如果打算住下，我再另行安排。”

袁金三连忙摇手说：“不喝酒，简单吃点就行了。马村长，你和你儿子到底怎么回事，能不能先告诉我们，我们心中有数。”

马老二说：“不，还是你们先去找告我的人做个调查。如果你们先调查我，我能说我有罪吗？当然了，不能只听一面之词，也要听听群众的反映，当时发生事情的时候，老会计也在场，你们也可以去向他做个调查嘛！”

袁金三认为马村长说得也有道理，便说：“我们不知罗志明家住哪，你领我们去吧！”

马老二说：“罗志明告的是我和我儿子，我不能领你们去！他会认为官官相护！他家住在村西头，门口有棵大杨树。罗志明的手机号我有，要不，给他打个电话叫他来办公室？”

袁金三沉思半刻，说：“我们还是到他家去吧！”

袁金三和王永亮到罗志明家去了，办公室里只有老会计和马老二。马老二朝窗外望了一阵，回头对老会计轻声说：“刚才我和派出所老袁他们说的话你也听见了。昨天在我家发生的事情，你也亲眼看见了，你要如实向派出所的人反映，证实田大愣是胡说八道，是他想把罗秀英搞到手，故意给我儿子脸上抹黑，给我们爷儿俩栽赃，扣屎盆子，只要你如实做证，就不怕罗志明告我爷儿俩。”

老会计连连点头说：“村长放心，我不是糊涂人，哪头重哪头轻，我心里明白哪！”

马老二说：“你现在仍然是东丰村会计，就是去敬老院当会计，你仍然兼任东丰村会计的职务，只要我当村长，你这会计职务就掉不了！”

老会计感动得流下老泪，说：“村长是个好人，我伺候你十几年，还没有伺候够，我想再伺候你二十年，一直伺候到我进了棺材板啊！”

“难得一片忠心，我在职，就有你的好处，只要你听从领导。”

“我听你的，你叫干啥我干啥！请村长一百个放心！”

不多时，袁金三和王永亮回到了村委会办公室。袁金三脸色阴沉可怕，如凶神一般，冲马老二大发脾气。

“马村长，你怎么能这样呢！你为了让那块山泉地重新回到你的手中，租给天顺公司，竟然未得到罗百万的同意，撕毁了他与你签的合同，使罗百万精神失常。罗志明去你家退了婚，你儿子却趁罗秀英去你家送钱之机，差点强暴了罗秀英。你不但不予以制止，反倒关上院门，任凭你儿子胡作非为，你还配当一个村长吗！”

马老二也不恼，心平气和地说：“袁所长，你不能听一面之词呀！告状的能往自己脸上抹灰吗？要听群众的。当时发生事情时，老会计也在那里，叫老会计说说吧！”

不等袁金三表态，老会计就滔滔不绝地说了起来。

“我说袁同志，你听我说。昨天我到村长家办事，目睹了发生的一切。原来田大愣看上了罗秀英，和马村长的儿子马大福争老婆呢！罗秀英早在三年前应许给了马大福，因为年纪小，一直没结婚，但是已经订了婚，在农村是虽然没登记，只要订了婚，婚事就成了，女方就是男方的人。田大愣一见秀英和大福成了婚，对马大福恨之入骨，去马村长家找大福闹事。正巧昨天罗秀英去马村长家，两个小伙子就为了一个女人大打出手，都抢罗秀英，田大愣没有抢到罗秀英，就跑到街上叫喊，说什么马家杀人了。马村长为防田大愣再去他家闹事，这才关上了大门。我说的句句属实，没有半句谎言。若有半句谎言，天打五雷轰！”

袁金三说：“老会计，不要发誓。我只问你一句话，当时发生事情时，你在马村长家吗？”

老会计十分认真地说：“在啊！我亲眼看见田大愣和马大福夺罗秀英，把罗秀英的裤子撕破了。吓得罗秀英又哭又叫，提着裤子跑了。”

袁金三对王永亮说：“刚才老会计说的话都记下了吗？叫他签字画押！”

老会计心里打颤，脸色有点儿变，颤颤抖抖地说：“咋还叫我签字画押呢？”

王永亮说：“因为你是证人嘛！”

老会计哆嗦着手，在供词纸上写上了自己的名字，然后按了手印。

袁金三对马老二说：“仅凭老会计的证言，还不能证明你与你儿子无罪。你还能提供什么证据？”

马老二把手伸进衣兜，摸出一张纸，递给袁金三说：“这就是最好的证据！”

袁金三接过一看，是一张印有村政府大印和几个经手人的手印和签字的合同书，他把纸上写的字从头到尾看了一遍，说：“这是杨白劳卖喜儿的一张卖身契啊！马村长，你的胆也真大，当今社会，你怎么能做出这种事来！”

马老二满不在乎地说：“有钱难买愿意，他愿意我愿意，有什么不可以？”

袁金三说：“你马上给罗志明打个电话，叫他到这里来。”

马老二拨通了罗志明的手机号。

罗志明来到村委会办公室，不等他坐在板凳上，王永亮把一份证言材料递给他，说：“这是我们刚才录的证言，你看看吧！”

罗志明接过证言材料，翻看了一遍，不由得把目光投向老会计，愤怒地说：“这是你打的证言？”

老会计有几分心慌，支支吾吾地说：“是……是我说的。”

“证言上说马大福强暴我妹妹的时候，你就在马村长家？”

“是的，是的。”

罗志明怒吼一声：“满嘴胡言！你一个快六十的人，怎么昧着良心胡说八道？你不知道伪造证言，也是犯法吗？你伪造证言，马村长给你多少好处？”

老会计求救般望望马老二，然后对袁金三说：“袁所长，我没伪造啊，我说的是真的，请所长调查，铁证如山。”

罗志明说：“不调查也不行，马上把田大愣叫来，叫他说，到底是怎么回事。”

袁金山说："如果你还对我们调查的结果怀疑，请你看一看这份合同。这份合同书很重要。它证明罗秀英是马大福的媳妇，即使老会计的证言不可信，这合同上的白纸黑字和公章不会是假的吧？马大福对罗秀英的爱，怎么会是强奸呢？"

罗志明接过合同书一看，不由得一愣。继而，他把目光投向马老二，说："这份合同你还留着？"

马老二幸灾乐祸般说："我为什么不留？这是咱们两家做亲戚的证据嘛，也是罗秀英做我儿媳妇的证明，铁证如山，我要永远保存下来！"

罗志明的两手剧烈地哆嗦起来。

二十七　签名

罗志明看到袁金三递给他的合同书，既吃惊又愤怒。那天，马老二当众公布罗百万与他签的转包土地的合同书，他满认为马老二过后会因为这份合同没有存在的价值而烧毁，却没想到马老二不但没有烧毁，今天却又拿出来，为儿子开脱罪恶。不由得一股怒火升上头顶，立时把合同书撕了个粉碎，怒气冲冲地说："欺人太甚，太不像话。"

马老二和袁金三都对罗志明的举动十分惊讶。袁金三惊呆之后，愤怒地指着罗志明，大声说："你小子胆子也真大，敢把证据撕毁，你知道这是犯罪行为吗？"

罗志明说："知道。但你也要调查明白，合同你也看了，这是一份违法合同，以我妹妹的婚姻换取那块山泉地的承包权，难道这是法律允许的吗？这和电影《白毛女》的故事，杨白劳被黄世仁逼得卖女儿，又有什么不同？那是为了欠下的地租，这是为了包地，性质一样！"

"这……这……"

马老二胸有成竹，淡淡一笑，说："罗志明，你以为撕了合同书，就天下太平了吗？我早就防备你这一手，早就多复印了几份，我这里还有哪！”

马老二伸手从衣兜里又掏出一份合同书，递给袁金三。

袁金三把合同书紧紧攥在手中，似乎怕罗志明又抢去一般，急忙放进文件夹里，对罗志明说：“我带回去好好研究研究这份合同书再做处理，你今天太放肆了，目无法纪，我们是要对你严肃处理的。”

罗志明余气未消，很不服气地说：“我在家等着你们的处理结果！”

袁金三气得嘴能拴住一头驴！心想，你小子，有你哭的那一天。他转身对在做记录的民警王永亮说：“叫罗志明签个名。”

王永亮把一份证言材料递给罗志明说：“这是刚才老会计和马村长的证言记录，全都记在这上边，你签个名吧！”

罗志明说：“是他俩的证言，为什么叫我签名？”

王永亮说：“也有你刚才的表述。”

罗志明十分不悦，说：“我表述了什么？认为马大福无罪吗？还是我妹妹应该嫁给马大福？”

王永亮说：“这上边记述了你刚才说的话，不关马大福有罪无罪的事。”

罗志明果断地说：“不签，不签！不把处理结果公正真实地公布出来，我是不会签名的。”说完，转身走了。

罗志明怀着一颗沉重的心回到家中，看见父亲躺在炕上，打着呼噜睡得很香。这几天父亲一直就是这样，一会儿死一般睡，一会儿又自言自语说些胡话。现在，他目视父亲的那张枯黄的没有血色的老脸，怎么也想不明白，三年前父亲怎么能为了那块山泉地，和马老二签那样的合同呢？难道他就没有想到，他这样做会给自己的女儿带来多大的灾难！就因为一块地把女儿许给马大福，这与让女儿嫁给一只野狼有什么区别？

“爸呀，你真糊涂啊！”罗志明自语着。

罗秀英挑着水桶进了屋。她放下水扁担，看见罗志明脸上流着泪珠，十分不安，说：“哥，你咋哭了？”

罗志明这才知道自己眼圈里往外流泪。他擦了一下脸，强作笑容地说：“哥没有哭。”

“派出所的人叫你去说的啥？他们是不是帮马家人说话？”

“没有，没有，派出所的人办事公道，妹妹，你放心，哥一定给你讨个公平！”

罗秀英伤心地流下眼泪，说：“啥公平不公平的，事情已经发生了，讨回个公平有什么用？你不该为我的事操心，咱爸得那种病，咱得先给咱爸治病啊！”

罗志明气呼呼地说：“要不是咱们有个糊涂爸，你能受人欺吗？为了一块地，等你到了结婚年龄，就嫁给马大福。真不明白，当时咱爸咋想的呢！他怎么签这种合同？难道当时咱爸鬼迷心窍，还是喝了马老二的迷魂汤，就百依百顺，把你往火坑里扔啊！妹妹，当时签那份合同时，你不知道吗？咱爸就没和你商量？”

罗秀英：“什么事都是咱爸和马老二商议的，我一点儿也不知道。签完合同后的第二天，咱爸才和我说，大福看上了我，要我去做他的媳妇，那年我才十七岁，认为结婚还得三四年，也没当回事儿。”

“你没当回事儿，老马家的人却当回事儿，到今天不承认你退了婚。马老二自以为有那份合同做证，把马大福对你的无理说成合法的，派出所的人还真相信了。这事儿没有完，我就不相信偌大的一个世界，就没有一个说理的地方？”

罗秀英慌忙说：“哥，千万别再为我的事操劳了，吃亏就吃亏吧！咱家没势力，斗不过马家呀！你大学毕业半年了，也没个好工作，不能因为我误了你的前程！再说，咱爸也是为了这个家，才不得不那么做。”

“妹妹，你太老实了。你只想为了别人，不想为自己的事，那样不行啊！我不是不理解咱爸的难处。为了这个家，他把腰累弯了，也是为了我，才不得不把你许配给马大福，哥对不起你和咱爸！哥有罪啊！”

罗志明说着话，抱头哭了起来。

罗秀英慌了，说：“哥，你别哭，你咋哭了呢！你这么一哭，我心里也难受！”说着话，也流下了眼泪。

门“咣当”一声响，田大愣如从天上掉下来一般，一下子闯进来，大声喊叫起来：“志明哥，我妈叫你快到我家去，我家来人了。”

罗志明问：“谁来了？”

田大愣说：“是个女的，我也不认识，逼我妈签字呢！我妈拿不定主意，叫你去给拿个主意！”

罗志明心里犯了疑，那女的是谁？为什么事逼吕淑梅签字？会不会与妹妹被马大福强暴的案件有关？他对妹妹说：“你哪也别去。咱爸醒后千万别让他出去，我一会儿就回来。”

罗秀英答应着。

罗志明来到吕淑梅家中，进屋一看，不由得愣了一下，原来那个女人就是岗子村的女会计杨玉萍，因为他们前几天见过面，罗志明不由得笑了，说：“我以为是乡里派来的乡干部，原来是你呀！”

杨玉萍微微一笑，说：“你怎么来了，是这小伙子把你叫来的吧？”

田大愣一瞪眼，说：“是我叫来的，咋的，你还有意见吗？”

杨玉萍忙说：“没意见，没意见，你做得对。”

田大愣仍然不服气地噘起了嘴。

吕淑梅见儿子叫来了罗志明，无比兴奋，说：“志明，你说怎么办，这位女同志非要我签字，你说我签还是不签？”

不等罗志明问个明白，杨玉萍马上对罗志明解释道：“志明，是这么回事，野猪岭下那块山泉地，本就是我们岗子村的，前些日子我和田村长来大婶家要那份田海和我们村签的土地承包合同，大婶说丢失了。为了有证据证明那块山泉地的确是我们村的，经过村委会研究，决定派我和田村长来东丰村分头挨门挨户打证言，刚才来大婶家，我把来的目的对大婶讲了，可能大婶怕上当受骗，拿不定主意，这才叫他儿子搬来了你这个‘救兵’。你既然来了，就帮我做做她的工作吧！”

田大愣开了腔：“不签，不签，就是不签！要签了，那不成‘卖国贼’了吗？”

杨玉萍笑出了声，对田大愣说：“小伙子咋这么说呢！岗子村和东丰村是一个乡，咱们同是大山乡人，咋说卖国呢！”

田大愣说：“那也不好！谁愿签谁签，妈，咱家不签！别叫人说咱胳膊肘向外拐，背后骂咱。”

吕淑梅求救般望着罗志明，问：“你是文化水平高的人，见过大世界，你说这个名我该签不签？”

罗志明没有马上回答。他想，田大愣说的也不是没有道理。一个外村人，为了外村人的利益，来东丰村叫村民签字画押，一旦签了字，说明眼下属于东丰村的那块山泉地，就会为外村人所有。这种事是谁也不愿做的。尽管也不过是为了证明那山泉地三十年前确实为岗子村所有。面对吕淑梅的求助和杨玉萍期许的目光，罗志明不知该说什么了。

杨玉萍认为这家女主人的儿子搬来了“救兵”，罗志明一定不会同意女主人签字。不过她还是尽力说服这个与她只有一面之交的来人，说：“志明，你劝劝这位大婶，叫她签吧！签了字也不等于是我们村的，只是证明一下那块山泉地在三十年前是岗子村的，后来承包给田海。就打这么个证言，我看没什么吧？”

罗志明说：“你叫岗子村的村民打证言，不一样有法律效力吗？”

杨玉萍说：“那是两回事。自家人的证言远不如别人的证言更有说服力！”

“听你这么说，以后要以此为证与东丰村打官司了？”

“没有这个意图，什么事都是商议着办。岗子村的人绝不会为了一块地与东丰村的人打起来的，我敢保证，绝对不会的。”

杨玉萍说到这里，把一张签名纸递给罗志明，然后说：“你看看就知道了。”

罗志明接过签字纸，只见纸上写着：“为证实三十年前山泉地原为岗子村所有，特请东丰村村民签名作证。”下边已经有东丰村几个村民的签名。罗志明把签名纸递给杨玉萍，回头对吕淑梅说：“婶子，只是证明三十年前那块地是岗子村的，签名吧！”

正在这时，马大福一步闯进来，他挡住杨玉萍，瞪着发红的眼睛，如凶神般大声呼叫：“不签，不签，谁敢签名，老子就宰了谁！”

二十八　行凶

马大福的突然出现，和他那种凶神般的面孔，把屋内的人全吓傻了，真是“一鸟进林，百鸟不语”。只有罗志明毫无惊恐之色，他心里明白，马大福的到来，一定是与其父马老二有直接关系。否则，这签名画押之事，与他马大福有什么关系呢！他走到马大福面前，说：“你不能这样呀！这名字签与不签，是婶子自己的权利，你怎么来拦阻她呢！再说了，这签名的事与你毫无关系，你这不是多管闲事吗？”

马大福吐着唾沫星子叫道：“怎么能与我没有关系？山泉地是我们家承包的，岗子村凭什么来签名要地？这件事我管定了，谁敢签名，我打断他的人腿换狗腿！”

马大福并非说大话恫吓人，他的确敢对伤害他利益的任何人下狠手。要不，人们怎么会管他叫小霸王呢！吕淑梅想到这些事，又想到昨日儿子的多管闲事，害怕大福来报复儿子，急忙把儿子拉到一边，小声说：“别多说话。”

田大愣故意往马大福跟前走了一步，说：“谁还怕谁啊！”马大福不理会田大愣，因为今天他是奉父亲的命令，来把岗子村的这个女会计撵走，于是对杨玉萍说：“话不多说了，你是明白人，知道我来干什么！你现在马上离开东丰村，不走也可以，把签名的纸单交出来！”

杨玉萍吃惊地问：“为什么叫我交出签名单，是谁的指示？你是什么人，是村干部吗？”

马大福拍着胸膛说：“我是东丰村的村民马大福，我爹就是马村长！我奉村长指示，来撵你走！”

“我如果不走呢？”

“那我就不客气了。”

“我为岗子村村民办事，来东丰村找村民签字，是乡政府允许的，你没有权力撵我走！”

“你真不走？”

“坚决不走。”

忽然间，马大福从怀里掏出一把闪着光亮的杀猪刀，逼向杨玉萍，恶声说：“老子今天叫你知道大爷我的厉害！”

杨玉萍万万没有想到，马大福竟然怀揣尖刀而来，登时脸色大变，急忙后退几步，说：“你不要胡来！你这样做是犯法的！”

马大福如一只饿狼一般，红着眼睛说：“大爷我前几天已经犯了法，今天就再犯一次！不就坐牢吗？有什么了不起的！”

罗志明一见马大福亮出尖刀，立时慌了手脚。他真怕这个“黑地痞”做出意想不到的事，又见马大福手握尖刀向杨玉萍逼去，急忙上前，挡住马大福，厉声说：“马大福，你不要胡来！”

马大福早已经红了眼，杨玉萍的坚定语气使他一肚子气，恨不得一刀将她刺死。在罗志明闪身挡马大福时，马大福手里的杀猪刀已经向杨玉萍伸去。这一刀没刺着杨玉萍，却刺中了罗志明的肋部。只听见罗志明啊呀一声，双手捂住胸肋。

屋里的人全被眼前突然发生的事情惊呆了。马大福没想到刺向杨玉萍的杀猪刀刺在罗志明身上。他心里一阵惊慌，却还怒气冲冲地叫道："谁敢去签字，我就刺死谁！"

没有人理他。人们把目光盯向了罗志明，当他们看见从罗志明胸口流出的血湿了衣衫，便都慌了，不知如何是好。罗志明却装出满不在乎的样子，说："没事儿，离心还远着哪！马大福，你真狠啊！"

杨玉萍没想到马大福会向她捅刀子，如果不是罗志明上前用身体的阻拦，这一刀定会刺在自己身上。她一见尖刀刺在罗志明身上，惊得周身冒汗，如电击一般麻木地站在那里，继而一下子扑到罗志明身上，几乎要哭了，说："志明，你……你……赶紧去医院吧！"

随即掏出手机，拨通了县医院的急救中心的电话号码。

吕淑梅面对眼前发生的一切，又惊又怕，连声说："这可咋办，这可咋办！志明，不要紧吧！"

罗志明刹那间脸色变得十分苍白，他想在杨玉萍的搀扶下站起来，却怎么也站不起来，他对杨玉萍说："我没事儿，你快走吧！"

杨玉萍哇的一声哭了。他把罗志明紧紧抱在怀里，说："我哪也不去，马上救护车就来了，我送你去县医院！"

罗志明张了张嘴，想说什么没有说出来。看样子，他实在没有力气了。

在事情发生后，田大愣就跑去叫村卫生员去了。没一会儿，卫生员来把罗志明的伤口临时包扎了一番，止住了血。只等救护车的到来。

然而谁也没有想到，在人们的一阵忙乱中，马大福溜走了。当人们想到应该把凶手捉捕归案时，马大福早就从这里消失得无影无踪。

马大福没有逃走。在事情发生之后，虽然心中也一阵惊慌，然而却又无事一般，趁人们都没有注意他，大摇大摆地出了田家小院，一直回家去了。见到母亲后，便把他如何刺杨玉萍不成，误伤罗志明的事，向母亲一五一十地说了。

吕淑梅听了儿子的诉说，顿时嚎啕大哭，说："儿呀，你惹祸了，你爸也没有叫你去杀人，你怎么去杀人呀！"

马大福理直气壮地说："是那个女会计惹我生气，气得我才掏出刀子。妈，你不用怕，罗志明死不了。"

吕淑云不放心，急急忙忙来到妹妹家中。此时，县城医院的救护车已经把罗志明带走，吕淑梅如吓掉了魂儿，一个劲儿地打哆嗦，走坐不安，不住地说："志明不会有生命危险吧！不会吧！"

吕淑云一进屋，吕淑梅登时火冒三丈，冲姐姐大发雷霆："你怎么养那么个东西，娇生惯养的，如今惹下了大祸，看你们怎么办！"

吕淑云担心地问："不会出人命吧？"

吕淑梅说："谁也说不定啊，就等大愣打电话来。"

"大愣去城里了？"

"和岗子村那个女会计一同去了。你说大福这孩子，怎么能拿杀猪刀捅人呢！他去刺那个女会计，没想到志明上前一挡，把志明捅了。当然，捅谁也不行，可大福他……唉，这孩子，咋越学越坏呢！自古道：杀人偿命。志明真要有个好歹，大福得去坐大牢，你说这孩子！"

吕淑云听妹妹这么一说，哪还坐得住，急匆匆回到家中，见马大福正在收拾衣服包裹。她问："你这要到哪？"

"我杀了人，公安局会抓我，我去外边躲几天。"

吕淑云惊呼起来："躲不得，躲不得啊，躲了和尚躲不了庙，快去公安局自首去吧！出路只有这一条啊！"

马大福翻弄着眼皮，怒目母亲："罗志明还没死，我投什么案！他死了再说！"

"你不去自首不行啊！去自首了，政府会宽大处理。"

"我不图宽大处理，我要自由！进了大牢等于狗进了狗圈，一辈子没有自由！我活一天自由一天，决不去自首！"

吕淑云哭泣起来。她摸起桌上的电话，给丈夫打了个电话。

没大会儿，马老二回来了。吕淑云急忙把儿子作案的事对丈夫诉说，刚说了一句，马老二不耐烦地摇摇手，粗声吼叫起来："别说了，我全知道了。大福，你打算怎么着，是去投案自首，还是到外边暂时躲避几天？"

马大福说："去外边躲避几天。"

吕淑云对丈夫说："快叫儿子去自首吧！"

马老二点上一支烟，抽了几口，又马上把烟卷扔掉，说："我看你去躲避几天也好。你等我的电话，如果罗志明死了，你就永远别回来了，去大鲁市，那里有我的一个朋友，他会帮你的。如果罗志明没有生命危险，你就回来吧！我走走关系，上下打点打点，也不过罚几千块钱，拘留你十天半月的，也不会长期坐牢的。"

马大福扑腾跪在地上，几乎要哭了，说："爸，我听你的！"

马老二感到一阵心酸，也流下了眼泪。喃喃自语道："你这孩子，我也没叫你去杀人，你怎么拿刀子捅人呢！唉！如今爹就是有七十二般变化，有通天本领，也救不了你了。"

二十九 针锋相对

马老二送儿子逃走后，心中并不安宁。他既担忧儿子被人抓住，又害怕儿子在外边受苦。儿子初次离开父母，去异乡能生活得了吗？尽管那儿有他的一个十分要好的朋友，在家千日好，可出门时时难啊！

马老二只喝了两杯“北大荒”就躺在炕上。这时，手机响了。马老二掏出手机，也不看来电显示，不耐烦地问：“是谁？深更半夜来啥电话？”

手机里响起袁金三的声音：“我说马村长，你是怎么搞的？刚才有人打来电话举报，说你儿子行凶杀人，叫我们去东丰村抓人。真有这事吗？”

马老二立时口气大变，温和的声音十分微弱：“是的，我儿子把罗志明捅了，是我刚刚听说的。到底为了什么我也不清楚，这不，我等儿子回来问个明白，到现在也没回来，我打发人找去了。”

“你儿子傻吗？他不知道杀人要偿命吗？罗志明生命有没有危险？”

“我哪知道呢！我已经派人去县医院护理去了。请袁所长放心，我决不包庇儿子，等他回来，我叫他马上去自首，争取政府对他宽大处理。罗志明在医院的一切费用，我全部负担！只要有一线希望，就一定把他救活！”

“这就对了。马村长，你是聪明人，对你儿子伤人的事，不要给我们出难题啊！多余的话就不说了，你自己看着办吧！”

“明白，明白，我全明白！”

马老二挂了手机，心里说，我马老二当然明白，你们不就叫我给你们送个大礼吗？只要花钱能免灾，我马老二不心疼钱！三万五万的还拿得出！

吕淑云听丈夫说要给派出所送五万元，心疼得要死，说：“他爹，儿子逃走了，还送那么多钱干吗呀？”

马老二说：“你不懂。你以为儿子逃走，就天下太平了？没那么容易。有钱能使鬼推磨，只要五万块钱能把袁所长的嘴堵住，大福在外边就能平安，否则，通缉令发往全国各地，大福就是钻耗子洞，也能挖出来的。”

吕淑云边哭边说：“我的大福呀，你咋干糊涂事呢！我的命怎么这么不好啊！”

马老二一声吼：“我还没有死，死了你再哭！”

这天夜里，两口子都没有入睡，儿子的离家，把他们的心搅碎了。他们担心，这辈子很难见到儿子。

第二天一早，一个三十多岁的年轻人站在马老二的院门口，拍着院门叫喊：“马村长，开门！”

吕淑云拉开院门，望着门外的来人，说：“你是不是岗子村的田村长？”

门外人说：“是的。昨天我来你家找马村长签字，马村长不给签。今天我不是为签字来的，是来找马村长办别的事。”

吕淑云说：“他一夜没睡，才刚睡着，先别惊动他，叫他睡一会儿吧！”

屋里，传出马老二的说话声：“叫田村长进来吧！”

田勇进了屋，不等他在板凳上坐下，马老二开了腔：“你不要说了，我知道你今天来找我干什么。昨晚我在电话上对袁所长说了，罗志明的医疗费及住院费我马老二全部负担！如果他死了，我拿我儿子的命抵偿！”

田勇说：“如果罗志明当真死了，给予你儿子如何处理，不是你我说了算的，有国家法律。今天我来找你，是想叫你掏出万儿八千的，给罗志明送去。杨会计把村集体的三千元用上了，医生说三千元不够，到底还需要多少，医生也说不准。”

马老二一声冷笑，说：“你一个外村人，怎么对罗志明的事这么关心？”

田勇说：“按理说，罗志明和马大福都是东丰村人，东丰村的村民出了事，由东丰村政府处理，我一个岗子村的村长，是无权处理的。只是我想，罗志明受伤，是为制止你儿子的野蛮无理的行为而又为了保护杨会计不受伤，所以我有责任过问这件事。昨天晚上我去县医院，罗志明受伤很重，还没有脱离生命危险。今天我到你们村，也是向田大婶了解一下当时事情发生的经过，同时是来劝你儿子去投案自首。”

马老二一阵冷笑，说：“为了那块地，你可以去动员每一个村民签字，但是我儿子投案自首的事，恐怕与你无关系吧！”

田勇说：“是与我无关系，我只是一个建议！听不听，是你们的事。”

马老二顿时变了脸，说：“我们家的事，你休来管！狗咬耗子，多管闲事！如果不是你们来东丰村搞什么签名签字的，我儿子能去杀人吗？他是为了东丰村村民的利益打抱不平！”

田勇一时无语，他完全被马村长的话语惊呆了。他几乎不相信，这一番话是从一个村长口里说出来的。

“马村长，你刚才喝酒了吧？”

“我刚从被窝里爬出来，没有喝酒，我脑子不糊涂。”

“你刚才说的是糊涂话！不是一个村长应该说的！”

“村长咋的了，就该死吗？如果你们不是为了那块地，什么事也不会发生！三十年前被你们扔掉了的地，我们捡起来耕种有错吗？现在你们看见那块地值钱了，有利用价值了，又变着法子想把地要回去，又派车来种，又来打证言，你把招全使尽了，今天我实话对你说，只要我马老二是村长，口里有一口气，你们休想得逞！你就是打官司到省里，我马老二也不怕！我马老二手里有和东丰村村政府签的承包山泉地五十年的合同书，也有转包给罗百万的合同书，现在又和天顺公司签的一份出租土地的协议书，证据俱全，公章签名都有，你们难不倒我！”

田勇也有点动怒了，说：“我和你说了，我今天是来劝你儿子去投案自首！不是为那块山泉地。”

“我儿子犯了法，我会告诉他怎么做。”

“他现在在哪里？”

“他在哪里，我还要告诉你吗？你真是狗咬耗子，多管闲事！现在你马上离开这里。”

“你这是胡搅蛮缠！不讲道理！亏你还当个村长！”

“我当村长咋的了，吃你的喝你的了？”

马老二说到这里，从桌上抓起一个玻璃杯，朝田勇头上扔去，又一边叫道：“给我滚！”

田勇一闪头，玻璃杯飞到田勇身后吕淑云的头上，只听“呯”的一声，玻璃杯在吕淑云的头上碎了八瓣儿，吕淑云的头顿时冒出鲜血。吕淑云立时感到头一阵麻木，继而就疼痛难忍。她双手捂着头，冲马老二叫喊起来：“他爹，你这是干啥呀！”

马老二一见玻璃杯没打着田勇，却打着自己的老婆，越发来了怒气，从灶门口摸起一把铁铲子，朝田勇扑来。本来田勇见玻璃杯打在吕淑云的头上，正要去帮她包扎伤口，却见马老二提着铁铲子朝他而来，急忙迎上前去，去夺马老二手中的铁铲子，一边叫道：“快去救你媳妇，她脑袋出血了。”

此时，失去理智的马老二哪还管什么老婆不老婆，他双手紧握铁铲子，不让田勇夺去，一心要让田勇脑袋开花，方才出了心里之气。田勇毕竟是年轻人，他终于从马老二手里夺下铁铲子，把铁铲子扔到院子里。回头对马老二说：“大婶的头破了，你要是有一点良心，赶快送大婶去卫生所吧！”

马老二如疯狗般狂叫起来：“你给我滚！”

三十　深夜来人

当天下午，罗志明被救护车拉到县城医院，经过了紧张抢救，虽然没有生命危险，然而却需要在医院长期医治，观察伤口的发展。当时，罗志明身上只有三百块钱，田大愣兜里分文没有，幸亏杨玉萍手提包里有村集体的三千元现金。事到如今，也不管是集体的还是个人的，也不管违法不违法，人命关天，杨玉萍也只能违反财务制度，用这三千块钱交了罗志明的住院费和医药费。在田勇赶到医院时，他知道了罗志明家庭经济的困难和医治罗志明的伤口仅仅这三千元是不够的，这才来到马老二家，希望马老二带钱去医院看望罗志明，却想不到马老二如此不讲理，并且误伤了自己的老伴，使田勇十分失望。他看到吕淑云经过村卫生员的包扎，头伤不怎么严重，便回到县医院，他打算在医院照顾罗志明些日子，先叫杨玉萍回东丰村，继续完成还没有做完的签名工作。无奈杨玉萍坚决要伺候到罗志明出院，田勇也不好强求。

田大愣也回去了。本来，按照他母亲的心意，叫他在医院伺候罗志明到出院，只是杨玉萍时刻不离罗志明的身边，他觉得自己在这里也帮不上忙，回到家中，母亲十分不高兴，说：“你咋回来了呢，我说是叫你在那伺候志明啊！”

田大愣说：“杨会计照顾志明，比我照顾得好。”

吕淑梅说：“杨会计是外村人，和志明也无亲无故的，咋能老叫她伺候，你明天回县城吧！”

田大愣说：“志明也愿叫杨玉萍伺候他，他对他爸不放心，叫我回来帮他妹妹照顾他爸。”

吕淑梅想了想，说：“志明惦记着他爸啊！他爸精神不正常，是得好好看护好，这几天你啥也别干，去看护你罗大伯！别叫他到处乱走，志明住院的事暂时不让他知道。”

“知道了。”田大愣不满意母亲的絮叨。

罗秀英知道哥哥被马大福刺伤住院的事，她没有对父亲提起，很怕加重父亲的病情。

田大愣来帮她照顾父亲，使她十分感动，说：“真不好意思麻烦你，你家里活那么多，回去忙自己的吧！再说了，我哥不在家，你……”

田大愣猜得出罗秀英后边的话要说什么，便打断她的话说：“我都不怕说闲话，你怕什么呢！人正不怕影子斜。”

从此以后，田大愣白天帮罗秀英喂猪喂鸡，劈柴挑水，干这干那，夜晚就住在罗志明家中。罗家是三间土屋，往日，东一间土炕上住着罗志明父子，西一间土炕睡着罗秀英。田大愣和罗百万夜晚睡在一个炕上，这样风平浪静般过了几日，虽然罗百万向罗秀英几次打听罗志明的去向，罗秀英哄骗父亲，说哥哥去城里租房，张罗着开果子铺，罗百万倒也真的相信了，只是一连串地说：“大学生开果子铺，丢人！掉价！”

自从罗志明住院后，吕淑梅心里惶恐不安。一连几天，她的眼前老出现马大福那凶神般的面孔，使她夜晚不能入睡。田大愣怕母亲一个人在家发生意外之事，这天晚上，他没有去罗家去照看罗百万，叫来卫生员给母亲打了一针安神药，见母亲睡着了，便也躺在炕上睡了。

田大愣一连几天对罗百万的照顾，使得罗秀英觉得身上轻松了许多，心中盼着田大愣能常来她家。这天晚上，不见田大愣的身影，心中不免有点着急，几次去院门口张望。直到夜里十一点以后，也不见田大愣到来，便来到父亲睡觉的东间屋，一直看到父亲睡了，这才到西间屋，铺上褥被，挡上窗帘，关上房门，上炕睡了。睡梦中，听到耳边好像有说话声，她睁眼一看屋里黑洞洞的，什么也看不见。疲倦的身体，使她又迷迷糊糊地睡着了。刚进入梦乡，似乎又听到板门吱呀响了一声，她又睁开眼，看屋里仍然一团黑，伸手不见五指，什么声音也没有。她又昏沉沉地睡着了。

其实，罗秀英并没有听错，有三个蒙面人越墙跳进来，他们撬开屋门，蹑手蹑脚地奔东间屋去了。

罗百万睡得很死，他的粗犷的呼噜声，说明他完全进入了梦乡。进屋的一个男人打亮了手电，手电光照到罗百万的脸上。一个男人十分沮丧地说："走错屋了。"

不知这男人的说话声，还是那一道明亮的手电筒光，把罗百万惊醒了。他忽地爬起来，望着黑暗中的三个蒙面人，十分惶恐地说："你们是什么人？想干什么？"

一个蒙面男人亮出尖刀说："不许说话，再说一句宰了你！"

罗百万望着被手电筒映亮的尖刀，顿时身上冒出冷汗，他想大声叫喊，嗓子里如堵上了什么，怎么也喊不出来。

一个蒙面人说：“叫这老儿打开电灯。”

另一个蒙面男人说：“不要打灯，你在这看着这老头儿，我们俩到西间屋去找那个姑娘！”

罗百万听他们一说，终于明白这几个蒙面人今夜闯入他家想做什么了。不知是从哪来的力量和勇气，他朝西间屋大呼：“秀英，来贼了！快从窗户逃跑呀！”

罗百万的叫声刚了，那蒙面人朝罗百万脸上狠狠地拍了三巴掌，然后朝罗百万胸口捣了两拳，骂道：“老东西，不想活了！”

罗百万觉得头晕眼花，墙动炕转。这时，那蒙面人从地上摸起罗百万的一只胶鞋，朝他头上狠狠地抽去。罗百万一下子倒在炕上，昏了过去。

此时，睡在西间屋的罗秀英，被父亲的呼叫声惊醒了。刚从炕上爬起来，两个蒙面男人进了屋。一个蒙面男人亮起了手电筒，照着罗秀英的仅穿紫红内衣的身躯，罗秀英急忙拉过被子遮着自己的身子，怒声说：“你们想干什么？”

一个蒙面男人说：“穿着衣服跟我们走，要是不听我们的，那就别想活！”

罗秀英心中立时突突起来，她强忍心中的恐慌和不安，说：“你们是什么人？我与你们无冤无仇，为啥要害我？你们要我跟你们到哪去？”

蒙面人说：“少啰嗦！不穿衣服我们就这么把你绑走！”

看来，想逃过这一劫，恐怕不可能了。罗秀英想到这些，便不得不穿上衣服。她下了地，对他们说：“我可以跟你们走，但不能伤害我爸，你们能办到吗？”

蒙面人说：“你放心，我们要的是你，不是你爸。”

罗秀英说：“让我去见爸爸一面，可以吗？”

蒙面人口气生硬，说：“不行！”接着对身后那个蒙面人说：“还不快动手，你小子愣着干什么。”

那个一直没说话的蒙面人，上前把罗秀英按倒在地，将她反绑后，又在罗秀英口里塞上一团棉花，两个蒙面人架着罗秀英朝门外走去。

罗秀英没有叫喊，其实她想叫喊也叫喊不出来，她想挣扎，却也没有挣扎，她知道想在这三个蒙面人手里逃走，那是万万不可能的。她很顺从地在那三个蒙面人的指挥之下，朝门外走去。

就在这时，昏迷的罗百万醒过来了，他摸到拉灯绳，拉亮了电灯。顿时，屋内一片明亮，他看到三个蒙面人正架着口塞棉花被反绑着的女儿朝外走，急忙喊：“放开我的女儿，放开我的女儿！”

一个蒙面人从门后摸起一把铁锹，扬起来朝罗百万腿上猛地打去，一边骂道：“老东西，死去呀！”

罗百万只觉得左腿如断了一般，一阵疼痛难忍，一下子瘫倒在地上，怎么也爬不起来。他抓着地上的土，哭喊着：“放开我的女儿，放开我的女儿！”

一个蒙面人转身走来，朝罗百万头上狠狠踢了一脚。罗百万又一次昏了过去。

三十一　难破的绑架案

也不知是什么时候，罗百万醒过来了。迷糊中想起刚才发生的事情，心中登时紧张和不安。他大声呼喊：“秀英，秀英！”

没有秀英的回答声。

罗百万心碎了，嚎啕大哭起来。

罗百万不能没有女儿。他知道，在这个世界上他能在困难和不幸中生活下去，就是因为他有个宝贝女儿。女儿是他的心头肉，是他生活的希望！当他每天拖着劳累和饥饿身躯回到家中，看到女儿的样子，便把一切的疲劳和饥饿全忘记了。好像女儿就是女神，能使人解除心中一切烦恼，也能使人忘记贫困和饥饿。他感谢去世的老伴，在她活着时为他留下一个可爱的女儿。女儿是母亲的小棉袄，也是父亲的遮雨衣。可是他觉得对不住女儿，欠女儿的太多太多！

他没有给女儿带来幸福。为了这个家，女儿十岁就开始干活，为了她哥哥上大学，她只上了三年学。她兜里从来没有钱，三元钱的一瓶雪花膏能用一年！三九天常常穿着单鞋，在雪地里捡柴，冻得脚肿手青，却不掉一滴眼泪，脸上总是挂着笑。常常最后吃他们剩下的饭菜，有时饿肚子去碾米推磨，却从不喊苦喊累。衣服破了不嫌，衣服旧了不要新的。

如今女儿却被绑匪绑走了，罗百万的心越发难受起来。他要救女儿，他不能让女儿遭受别人的凌辱，他要去告诉人们，叫他们快去救救他的女儿。

他艰难地朝院门外爬去，一边呼叫着："快来人啊，我女儿被人绑架了！"

今天的夜晚，似乎故意与罗百万作对。天上一片片浓云遮住了星群，大街上没有夜行人。那些惯于深夜打麻将的人，不知为什么，都不见了踪影。狗也不叫了，猫头鹰也不笑了，好像世界已经毁灭了。

罗百万也不知道什么时候才爬出院外，但他觉得时间十分漫长。现在，他多么希望有人出现在他的面前，哪怕是一个小孩，或者一只小猫，然而什么也没有。他不明白，一连几天都来他家的田大愣，今夜怎么没有来呢！

田大愣家与罗百万家相隔不过一百米，同一条街巷，相隔一户姓丁的人家。这姓丁的人家在几年前进城了，如今房屋空荡，成了鸟雀的天堂。罗百万实在无力往前爬去，那条左腿疼得他额头冒汗水，他知道那条腿可能被他们打断了。此时此刻，他对儿子仇恨起来，心里骂道："早不去进城晚不去进城，偏偏这几天去城，开什么油条铺！现在你妹妹没了，叫你和谁炸油条去！"

罗百万想到痛骂儿子也不能救回女儿，他不得不咬紧牙关，双手抓着土地，朝前一下一下地爬去，在他身后的地上，留下了一道拖过的痕迹。

他终于爬到了田大愣的家门口，此时东方发白，公鸡打鸣，不知谁家的狗，也汪汪叫起来了。

罗百万疲倦地伸出手，使出周身力气，拍了拍院门，他想叫喊田大愣的名字，却怎么也喊不出来，就昏过去了。

今天夜里，吕淑梅有一种意外的感受，总也睡不着，睡着了又老做噩梦。天刚亮，他把田大愣叫醒，说：“今夜里老做些不好的梦，梦见秀英和她爹都跳河了，又梦见你爹也来了，叫我去那边给他做饭。”

田大愣说：“那天马大福用刀捅志明的事，你老也忘不了，大脑受了刺激，所以老做些不好的梦。”

吕淑梅觉得儿子说得不无道理，从打那天在她家发生罗志明受伤之事，她的确心神一直不得安宁，虽然吃了药也打了针，并不怎么感到好转。

正在这时，院外响起吕淑云的叫呼声：“妹妹，快开门！快开门！”

吕淑梅听出是姐姐的叫喊声，心想，一大早姐姐来她家一定有急事，忙对大愣说：“你大姨来了，快去开院门！”

由于母亲与马家的关系不是太好，田大愣也不喜欢他这个大姨，他赌气噘嘴说：“一大早来干啥呀！净折腾人！”一边嘟哝着出去了。

其实，从马大福逃走后，吕淑云和她妹妹一样，夜不入眠，失神落魄，夜晚梦见马大福被人抓着扔到海里去了。她把梦对马老二一说，被马老二一顿臭骂，骂她不做好梦，咒儿子死。吕淑云心里又窝火又忧愁，就来找妹妹诉说，来妹妹家一看，只见院门口躺着罗百万，这才又惊又慌地叫门。

田大愣开门一看，只见门外躺着一动不动的罗百万，不由得大为惊慌，连忙向吕淑云说：“他怎么了？”

吕淑云颇为惊异，说：“我也不知道怎么回事，我还纳闷呢，这个罗老头怎么在你家门口躺着呢！”

田大愣见罗百万还喘气，放心了不少，便蹲下喊：“大伯，大伯，罗大伯！”

罗百万渐渐苏醒了，他一把抓住田大愣的手，呜呜地哭了起来，边哭边说：“你昨晚怎么不到大伯家去呀！快救救秀英，她被土匪绑……”

田大愣惊得“啊”了一声，抬腿就要往罗家跑，说：“土匪在你家吗？”

罗百万泣不成声：“早就被绑走了，你打电话给志明，叫他快去救他妹妹，他……他怎么去城里还没回来……”

田大愣急忙掏出手机，拨了罗志明的手机号，忽然想起罗志明受伤住院的事，忙又挂了手机。

这时，吕淑梅也跑了出来，当她知道罗百万家一夜发生的事，急忙对儿子说：“你这傻孩子，快给公安局打电话呀！叫他们赶紧抓绑匪！”

田大愣慌忙拨通了报警电话，把夜晚罗秀英被土匪绑架的事对公安局的人说了。在田大愣知道罗百万左腿被绑匪打断，不能行走，需要马上送医院医治后，他犯了愁，对母亲说：“妈，你说咋整呀！我想去找秀英，大伯急需去医院，得先给大伯治腿。大伯家也得人照顾，咱家你也离不了我，你说该怎么办啊！”

吕淑梅说：“家里的事不用你管了，送你大伯去医院吧！抓绑匪的事有公安局，你大伯的腿不好，你也先别回来。”

吕淑云也十分可怜罗百万，如今他儿子受伤住院，女儿被人绑走，他自己腿又被绑匪打断，叹息道："唉，爷儿俩都进了医院，这日子还咋过呀！"

罗百万腿受伤耳朵没伤，他听吕淑云一说，以为是不怀好意咒他，说："大福他妈，你咋这么说话？你巴着我们爷儿俩都住院啊！"

罗百万这么一说，吕淑云这才明白罗志明住院的事，罗百万还一无所知，见吕淑梅朝她直瞪眼，便明白了，忙改口说："他大伯，是我一时糊涂，胡说八道，你别当回事，算我没说，放了个屁。"

吕淑云一直等田大愣和罗百万去了县医院，便急忙回到家中，把罗百万家夜晚发生的一切不幸对丈夫说了。

马老二也深感惊讶，说："老罗家今年运气不好啊！"

吕淑云问："他爹，绑架秀英的土匪能是谁？不会是咱村和罗家有仇的人干的吧？"

马老二说："现在和罗家有仇的，只有我马老二，你怀疑是我马老二干的？"

吕淑云用试探的口气说："不会是大福吧？"

马老二陡地变了脸色，怒视吕淑云，说："放你妈的屁，好话不说，丧门星！"

吕淑云十分委屈地说："我不过是瞎胡猜，你看你……"

马老二一声吼："猜也不行！以后再多言多语，我撕破你的嘴。"

吕淑云不吱声了。

其实，马老二在吕淑云回来告诉他罗家发生的事情后，他马上想到了他的儿子。开始，他担心罗志明的生命危险，使儿子也走上不归之路。如今听说罗志明脱离了生命危险，他便认为儿子不用如老鼠一般东躲西藏了。儿子不过受个打架斗殴的处罚，大不了拘留半个月，罚个千儿八百的，负担罗志明的一切住院费罢了。他正要向儿子通电话说明这一切，却忽然发生了罗秀英被绑架的事，他不能不考虑这事与儿子有没有关系了。

他拨通了马大福的手机，“是大福吗？你现在在哪里？”马老二对着手机小声说。

手机里传出马大福的轻微的话语声：“爸，我在你要我去的地方。”

“到哪了？”

“已经过玉门关了。”

车过玉门关，说明离大鲁市不远了。远离东丰村已有五千多公里。马老二想到昨夜晚罗家发生的事，便认为此事与儿子毫无关系，不由得心里长吁大口气，说：“过几天你就回来吧！罗志明没有生命危险。”

“既然出来了，就不回去了，我要在外边闯出个新世界。”

“昨晚罗秀英被人绑架了。”

“她绑不绑，和我无关系了。世上的女人千千万，只要有钱，我看上那个，就能娶那个！”

“大福，说得对，在外边好好干，别给老子丢脸！”

“爸，放心吧！儿子决不给老爸丢脸！”

马老二挂了手机。他觉得背上像卸了一块大石头，轻松多了。他对媳妇说：“咱儿子快到大鲁市了，罗家发生的事与大福毫无关系。”

吕淑云心里松了口气，说：“可吓死我了，我真怕这事与咱儿子有关。”

手机又响了。马老二接了手机，看了看来电显示的手机号码，立时热情地说：“是袁所长啊！是不是为了罗秀英被绑架的事，向我了解情况啊？”

“马村长，叫你说对了，你这个村长怎么当的？这才几天，怎么老出事儿，给我老袁脸上抹黑灰！罗志明被刺的事，我被县领导训得不轻，如今他妹妹又被人绑架，叫我还怎么在大山乡工作下去？马村长，这事儿与你儿子有没有关系？”

“袁所长，不瞒你说，我儿子畏罪潜逃我并不知道。昨天他给我打电话，他说坐火车已经到了南京，南京离咱这远隔万里哪！他就是条龙，也不会飞回来，难道会把罗秀英绑到南京去？我敢打保票，罗秀英的被绑与我儿子毫无关系！现在我又给他打电话，就联系不上了。”

“你儿子伤了罗志明，你让他赶紧回来公安局投案，否则被公安局通缉，对他更不利。我们马上去东丰村，对罗秀英被绑架的事做个深入调查，为防止作案人乘车逃走，公安局已经在全县各条通往外地的公路口布置了检查哨所。你也得号召你的村民，有所行动啊！”

“一定的，一定的！我等着你到我家来，咱们好好干几杯！”马老二说。

“案子破不了，我哪还有闲心喝酒啊！马村长，这个案子很难破啊！你一定要协助我们破这个案！局领导说，有功者奖励十万元。你要把局领导的决定告诉全体村民！”

“是的，是的，我这就通知村民！”

三十二　二十万太少

这几天，马老二的日子过得并不平静。他焦急地盼望着孙有成来东丰村与他签订正式的土地合同，到如今也不见踪影。岗子村来人在山泉地打垄，田勇和杨会计为了那块地，两次来东丰村又签字又求证，这本来使他十分厌烦。而不争气的儿子，聚众与岗子村的黄大成闹事，虽然只是被派出所给了严重警告，然而持刀伤人的事故，却又如何能一了百了？在儿子逃走后，罗秀英被人绑架以及罗百万腿伤住院，会不会与儿子有关系，马老二却也有所怀疑，尽管儿子在电话上说与他毫无关系，谁敢肯定儿子不是在撒谎？他希望伴随时光渐渐消逝，儿子的案件便会烟消云散，有钱能使鬼推磨，只要有了钱，没有办不成的事。他盼着孙有成的到来，盼着那五百万元到他手中。

这天，他终于把孙有成盼来了，当孙有成的小轿车在马老二的院门口一出现，马老二立即迎了上去，满面春光地说：“孙经理，盼星星盼月亮，终于把你盼来了。”

孙有成握着马老二的手，皮笑肉不笑地说：“忙得很哪！想去岗子村，顺便先过来看看你。”

马老二一愣，问：“去岗子村干啥？”

孙有成说：“做个调查嘛！”

马老二似乎明白了什么。他没有说什么，进屋后吩咐女人安上地桌，沏上龙井茶，桌上放上几盘瓜子、糖块。这才对孙有成说：“孙经理，你是不是那天来看到岗子村的人在山泉地扣垅，就不想和我签正式合同，是不是？”

孙有成哭咧咧地说：“我说马村长，不是不想和你签，是不敢签哪！那天要不是我和李秘书亲眼看见岗子村的人和东丰村的人要打起来，我哪知道山泉地还有那么多故事！这幸亏没有和你签正式合同，真要签了，那不麻烦大了？现在，那块地到底是你们东丰村的，还是岗子村的，一定得明明白白，要不，白送给我孙有成也不敢要！”

马老二以坚定的语气说：“那地本来就是东丰村的，岗子村的人听说那块地值钱了，就红眼了。我们村的土地台账上有那块地的地名，你若不信，你去问问老会计，先看看台账！”

孙有成说：“不看了，不看了，最好是你和岗子村的村长，当着我的面，把话说明白，那块山泉地到底是哪个村的，都给我签字画押作证，只有那样，我才敢在那儿搞旅游开发。”

马老二十分不悦，认为孙有成故意刁难他，或者是对先前做出的买地承诺有所后悔，便说：“你真不想承包那块地，那就算了吧！五万元定金退给你！”

孙有成慌忙地说：“别啊，别啊，我没说变卦呀！我是说那块地权究竟是谁的？我不能花钱承包一块无凭无证的土地，之后和人去打官司。”

马老二说：“孙经理，你的意思是……”

“今天咱们一起去岗子村找田勇，当面说清，那块地是怎么回事，我们心中也有数。”

马老二连连摇头，说：“不去，不去！我儿子因伤人逃走，公安局正在调查，我得配合公安局的人做这方面的工作，没时间跟你去岗子村，你们去吧！”

真是无巧不成书。正在这时，门外响起田勇的喊声：“马村长在家吗？”

马老二发愣地瞪着眼睛，孙有成惊得脸上露出笑容，说：“说曹操曹操就到，李秘书，出去看看是不是田村长来了？”

马老二烦躁地说：“不必去看了，是他！”

田勇一进屋，孙有成就上前握着田勇的手，笑得鼻子开了花，说：“咱俩第二次见面了，第一次是在山泉地里，幸亏你去，平息了那场争斗，要不，得出人命！我们都是胆小鬼，胆小鬼是上不了战场的！上战场打仗全靠你们哪！”

田勇说：“过奖了，我没有你说得那么勇敢。”他想尽快把手从孙有成手中抽出，无奈孙有成握得他的手很紧。

孙有成指着李玲说：“他叫李玲，是我的秘书。”

李玲上前握着田勇的手，说：“你好，你好！”

田勇的到来，使得马老二深感意外，他也习惯性地拉着田勇的手，说：“是什么风把岗子村的大村长吹到我家来了？不会又是来叫我签字吧！”

田勇坐下后说：“我来要钱！”

“要什么钱？”马老二有点儿奇怪。

“你儿子把罗志明刺伤了，志明现在还在院里，你答应负责一切医疗费用，至今也没有送去一块钱，要不是杨会计自己又垫付了两千块，罗志明能脱离生命危险吗？你这么做，不应该啊！我这是第二次来为罗志明要钱啊！”

马老二立时哭丧着脸说："这几天家里净出乱事，我心情不好，儿子失踪，至今下落不明。我马老二说过的话一定办到！"

田勇说："你不会是只许个愿不烧香吧！罗志明在医院七八天了，你一分钱也没送去！今天我是来取钱的，大夫说，罗志明还须住一个月院，大概还需医疗费五千元，如果你再不掏钱，那就依法办事了。"

马老二笑着说："好说，好说，不就五千块钱吗？一会儿叫老伴给你，你先别急，先办别的事。"

说到这里，转脸对孙有成说："你不是说要到岗子村找田村长对证那块山泉地吗？正好他来了，那就对证吧！"

田勇的突然到来，对于孙有成来说，真是喜从天降，好似神仙已经安排好的，一帆风顺成就他的事业。他从兜里掏出一盒"大中华"，抽支递给田勇，见田勇摇手拒绝，笑道："烟酒不分家，抽一支，抽一支！"

田勇说："我的确不抽烟，我喜欢吃！"伸手上桌上抓一个糖块，放在嘴里，边吃边说："有什么话说吧！"

孙有成把天顺公司计划租用那块山泉地建造旅游区的计划对田勇一五一十地说了，最后说："那天在山泉地发生了打斗的事件，惊动了民警，所以也没来得及把我们公司的规划向你诉说，今天打算去岗子村拜访你，正巧你来了。"

田勇十分认真地听了孙有成的一番诉说之后，嘿嘿地笑了，说："孙经理，不瞒你说，对于那块山泉地应该为哪个村所有，我说了不算，得听群众的。你可以到岗子村去，去问问每一个村民，听听他们的意见，如果村民们都说，那块地是东丰村的，你就和东丰村签合同，建旅游区，如果说是岗子村的，你建不建旅游区，可不是你说了算的，因为我们村也打算在山泉地建一个村集体的旅游开发区！”

孙有成大为吃惊，他怀疑地说：“岗子村虽然大，但也是个穷村，你们建旅游区谈何容易，那要很多钱啊！”

“钱难不住我们，村民自筹资金，搞股份制，政府解决部分贷款。”

“我可以投资吗？”

“当然欢迎你投资，可那是以后的事，眼前还办不到。”

孙有成脸拉长了。

马老二听田勇一说，心想，这小子野心还不小呢。搞村集体的旅游区那不是做梦吗？便对孙有成说：“田村长做到的我们也能做到，我也搞个村集体旅游区，欢迎你来投资！”

孙有成不耐烦了，说：“那块地权究竟是哪个村的还不搞明白，叫我投资谁呀！”

马老二说：“田村长，我看这样吧，你也别说地是你的，我也不说是我的，由乡政府处理决定吧！”

孙有成第一个赞同，说：“对，叫乡政府评判，判给谁就是谁的。”

田勇说：“这是咱们两个村的事，乡政府也不了解情况，也得下来调查。为了一块地惊官动府的，村民们会笑话咱们当村长的无能，还是咱两个村商议着解决吧！不在万不得已的情况下不要惊动乡里，还是自己解决好啊！不能为了一块地伤了咱们两个村村民的感情啊！和为贵嘛！”

马老二认为凭他和赵乡长的私人关系，乡政府绝不会判那块山泉地为岗子村所有。他说：“田村长，还是叫乡政府解决吧！乡政府处理最公道，就这么定了，今上午别走了，你和孙经理难得相识，咱们一块儿喝几杯！”

孙有成说："好啊！酒逢知己千杯少，能和田村长一块喝酒，荣幸啊！"

酒过三巡，孙有成说出去解手，他捅了田勇一下，并朝田勇递了个眼色，田勇明白了，跟孙有成来到厕所。笑道："孙经理有什么怕人的话约我到这里说？"

孙有成小声说："你认为乡政府能将山泉地处理给你们村吗？"

"我说不准。"

"如果处理给你们村，你能把山泉地出租给我，我保证送你二十万元的操心费，我孙有成说到做到，不会骗你的。"

田勇思考了半刻，一本正经地说："二十万太少了。"

"你要多少？"

田勇伸出三个指头。

"三十万？"

田勇摇摇头

"两个三十万？"

田勇又摇摇头。

"你说出来，多少？"

"三千万，少一分也不干！"

孙有成气得涨红了脸，气呼呼地说："没诚心，你这种人真少见！"

他扭头走出厕所。

三十三　点名的广播

孙有成和田勇的交易没有成功，便也无心情与田勇喝酒碰杯，自斟自饮，满脸不愉快。那田勇本来就没瞧得上孙有成，见孙有成向他行贿，也越发厌恶他，觉得和这种人在一起喝酒很没意思，又因为急于给罗志明送钱，在马老二拿给他五千元后，便匆匆忙忙去了医院。

吕淑云见丈夫给了田勇那么多钱，心疼坏了，说："他要多少，你怎么就给多少呀！"马老二说："要叫派出所来人要，拿的还得多！就这五千块，多一分也不给了。"

马老二对于这方面要如何处理，他毫不糊涂。他深深明白，罗志明的受伤责任全在儿子身上，如果五千元能使罗志明走出医院，那也是他马老二的福气！真要惊动了派出所，那就不是五千块了。眼下，他急需办的是与天顺公司签那份正式合同。只要合同能签成，什么五千八千的，那都是小菜一碟。

孙有成很不走运！他本来是抱着个大欢喜，想当着马老二和田勇的面，确定那块山泉地应归何方，却没有想到目的没有达到，却又被田勇泼了他头上一盆凉水，那就是一旦山泉地为岗子村所有，他孙有成想开发难上加难，由于心情不好，多喝了几杯酒，醉倒在马老二家的炕上。

虽然马老二有把握认为乡政府不会将山泉地处理给岗子村，为确保万无一失，他想到了孙有成。在孙有成酒醒之后，便对他说："我提出由乡政府处理，我也不敢保证我们东丰村会赢，万一乡政府把地判给了岗子村，你想占有山泉地一寸土地也难，你和赵乡长、刘副乡长都是要好的朋友，你得去活动活动。"

孙有成说："我不担心乡政府处理对我不利，我担心那个田勇，听说田勇来你们村，走门串户地签字画押，证明那块山泉地是岗子村的。这一手厉害啊！"

"他来也白来，没有人给他签字，什么事都是先下手为强，你赶快给乡长打个电话，别叫田勇那小子抢了先告了状，坏了你的好事。"

孙有成拨通了赵乡长的电话。

"是赵乡长吗？我是孙有成，有这么个事，你请费心帮忙……"

一会儿，孙有成挂了手机，无比兴奋地说："赵乡长说，叫咱们高枕无忧，安心睡大觉，天塌下来他顶着。"

马老二大喜。

刚过半个点，马老二的手机响了，马老二一看来电显示，是赵乡长的手机号，急忙说："赵乡长，您好，有啥事？"

手机里传出了赵乡长的话音："马村长，刚才田勇到乡政府来。他要求乡政府马上处理山泉地的地权问题。我准备今天晚上开乡政府会议，专门研究这个问题。我相信，那块地不会有什么变动。只是田勇交给了乡政府一份东丰村村民签字画押的复印件，证明那块山泉地确实是岗子村的，你们东丰村在这复印件上有六十户人家签名啊！我说马村长，这到底怎么回事，他们不维护自己村的利益，怎么为岗子村的人说话？”

马老二立时气得脑袋要炸，他说道：“赵乡长放心，我一定开大会严肃处理这些‘叛徒’！他娘的，真还反了呢！”

孙有成也不理解，说：“这些人怎么胳膊肘往外拐？是不是脑袋进水了？”

“不是进水了，是进尿了。”

“不可思议，不可思议！”

“看我怎么收拾他们！我就不信治不服他们！”

“你打算怎么处理签字的这些人？”

“开大会，点名广播批评！”

孙有成笑了，说：“光批评就完了？”

“你说该怎么办？”

“先开个村委会。我个人认为，罚款！查查谁签了名，每人罚一千块。”

“就这么办。”

饭后，马老二果然把几个村委会委员和几个村民代表叫到村委会办公室，把部分村民签字的事与参加会议的人讲了。他最后说：“岗子村村长把咱们告到了乡政府，说咱们村霸占他们村的地，乡政府不判给他们村，他们就去法院告咱们！今天晚上叫你们来，都发表意见，看这事该怎么办。”

郭有有气愤地说：“岗子村凭什么要那块地？是他们扔了不要了，叫咱们捡起来了，不给他们！乡政府处理也白处理！”

刘玲玲说：“我同意有有的意见，不给，坚决不给！”

刘四问马老二：“赵乡长是什么意见，没和你说吗？”

马老二说："凭我和他的私人关系，他不会帮岗子村说话的，不过赵乡长在电话上说，因为田勇到咱村取证言，咱村有六十户的人家都给签字画押，证明是岗子村的地。赵乡长一见那张签名名单，就觉得这件事很难办，怎么东丰村的村民为岗子村打证言呢！"

郭有有一听，立时要跳起来，叫道："是哪个王八蛋签了名，查出来，罚钱！"

刘玲玲说："查明白，开大会点名！"

刘四沉思半天，说："叫我说，罚钱、点名都不好，最好知道是谁签了名叫来问问为什么签的，兴许有的人签了名，糊里糊涂的不知道怎么回事呢！"

郭有有说："是谁签的不会承认的。"

刘四问马老二："赵乡长没和你说是谁签的名？"

马老二说："那么多户签名的，赵乡长记不着。"

老会计毕竟是老会计，他说："乡长手里不是有个复印名单吗？叫他通过传真传到咱村办公室的传真机上，一查就查出来了！"

马老二面带喜色，说："老会计说得对，我咋忘了呢！一会儿我打电话给赵乡长，把签名单传过来，老会计，这个任务交给你了。"

老会计急忙答应道："中，中，这个任务给我了，我一定能完成。"

当时，马老二给赵庆生打去了电话，不多会儿，办公桌的传真机上便出现了一张签名单。老会计把名单上的姓名全都记了下来，递给了马老二。马老二先把名单看了，又递给在屋的每个人看了，然后无比愤怒地说："这些人，决不能饶了他们！现在我就用大喇叭向全村人公布这些人的名字，叫他们在众人面前不得抬头！吃红高粱拉白屎，算什么东西！”

接着，他便打开了扩音器，对着话筒大声说：“全体村民请注意，现在我马上播送一个大快人心的好消息，向大家伙宣读签名证明山泉地是岗子村的六十户人家的名单，向大伙公布。这些人吃红高粱拉白屎，喝的是东丰的水，吃的是东丰地里打的粮，是东丰村的水土把他们养大的，可他们却帮岗子村的办事，签字画押，承认山泉地是岗子村的。众所周知，山泉地是岗子村扔掉不要的地，是田海捡起来耕种，后来被村集体收回，后来由我马老二承包了。虽说现在天顺公司要花钱租那块地，大伙要明白，不管租多少钱，村集体有一份儿，就是说东丰村的大人小孩都有份。可是有那么一部分人，却为岗子村的人办事，甘愿做出损害东丰村集体和村民的利益的事，真是丧了良心。这些人不配做东丰村村民！下边就由老会计把签名的几十户人名向大伙公布出来。”

马老二把名单递给老会计，说：“你念吧！”

老会计十分不情愿地接过名单，又把名单递给马老二，用乞求的口气说：“马村长，你是村官，说话有分量，还是你念吧！”

马老二陡地变了脸，说：“老会计，你怎么不听领导的话呢？”

老会计慌忙说：“我听，我听，领导叫我干啥我干啥！”

三十四　打老伴

这几天，傅开花愁得要死，她养着一头老母猪，只吃食不下崽，气得她牙根疼。她想自己一辈子不生孩子，抱养了一个婴儿，含辛茹苦拉扯大，娶上媳妇，又分了家，自己一点光也沾不上，闹了个老来无功，怎么这老母猪也和她一样，一辈子没有生育能力？都说狗三猫四，猪五羊六，她家饲养的老母猪，配了三次，却总也配不上。气得她真想一刀宰了，只是她那老头子舍不得杀，说什么水到渠成，猪还小，还没到怀孕期。都养三年了，还能再养三十年才能怀崽子？傅开花一天也等不得，她再找老刘家公猪配一次，如果这次再配不上，她可就不客气了。她等待老头子回来可是等了大半天，也不见老头子的影，这时，村里大杨树上的喇叭响起马老二的讲话，继而是老会计的喊叫姓名的声音。

傅开花心中纳闷，怎么自己的老头子也用大喇叭讲话呢？这可是开天辟地头一次。她仔细地一琢磨，恍然大悟，不由得叫骂起来："你这个老不死的，被人当枪使了，你他娘的还美呢！"她哪还有心等老头子回来，急匆匆朝村部走去。

这时，不少人也出现在街筒子里，有人骂骂咧咧的，都奔村部去了，老郭头媳妇波兰也从家门口走出来，遇上了傅开花，说：“婶子，你家大叔怎么也念到我男人的名字，是发救济款还是给了俺个低保指标吗？”

傅开花气愤地说：“是你男人给岗子村签了名，我那个死老头子在点你男人的名啊！”

波兰问：“俺男人签名不对吗？”

“要是对，就不点你男人的名了，我去找老头子算账，当官不大，管事不少，傻老东西，他怎么能干这得罪人的事呢？”

波兰一头雾水，一直没明白傅开花的话意。

村委会办公室大院里，此时早已来了不少男男女女。他们七吵八嚷的，一个个满脸怒气。傅开花走进院，他们便都把仇恨的目光投向了她，有人叫呼道：“刘昌河你给我出来，你凭什么点我的名？你埋汰人！”

“老会计是狗腿子！”

“这事得去问马村长，老会计是碾道的驴，听喝的，与他沾不着边儿。”

……

傅开花装作什么也没听见。

她大步流星地进了屋，一眼望见了老会计，走了过去，一只手抓住老会计的耳朵，扬起另一只手掌，朝老会计的嘴上打了一巴掌，一边说：“我叫你再跑肚蹿稀！我叫你再跑肚蹿稀！”

老会计对着大喇叭照着名单念完第三遍，正想再念一遍，没想到老伴从天而降，来到这里。由于没关掉扩音器，外边喇叭里也响起傅开花的“我叫你再跑肚蹿稀”的话，使村里正在静听大喇叭讲话的村民，一个一个都愣住了。

此时，几个村委会委员都还在屋里坐着哪！谁也没想到傅开花进屋来冲老会计有这种举动。他们见傅开花那一股气冲冲的样子，谁也不敢上前说什么。老会计捂着被打疼的嘴，哀声叫着："老婆，别这样，叫人看见笑话！给我留个脸！"

傅开花抓着老会计的耳朵不松手，怒道："你还知道怕人笑话？你还知道要个脸！留个老母猪腚你要不要？你不就个破会计嘛，一不是村长，二不是党员，你逞什么能，对着大喇叭讲话？还点这个名那个名的，你有啥资格呀！你怎么就不想想，你一时嘴上痛快，说这个道那个，就没想想你得罪了多少人？这要是好事，你对着大喇叭放十天屁，我也不反对，这是什么，是指名道姓，臭呼人家！"

老会计龇牙咧嘴地说："老婆，快松手，听我说，是村长的委派，我得听从领导的安排，领导叫干啥我干啥！"

傅开花怒道："村长叫你死，你也去死吗？"

老会计吱吱不出声。

傅开花几步走到马老二跟前，大声说："马村长，你怎么能这么做事啊！好事也不少，你咋不把好事叫俺老头子去做，偏偏叫他去当狗被人骂呢！你咋不在大喇叭里点名呢？"

马老二没有想到，村委会的决定会惹起众怒，一时来了不少人，他对傅开花的到来深感吃惊，没想到这个女人对老会计如此无礼，便解释道："嫂子，我在大喇叭里也讲了，有的人损害咱东丰村的利益，这是绝对不允许的，你老伴是村会计，村会计就要服从村领导一切指挥！要不，就别干！"

傅开花也没想到马老二对她如此强硬，说："不干就不干，不当会计也饿不死！见天儿像一条狗被你支配着，好事是你的，孬事是俺老头子的，这几十年来被你调理了，上你老当了。推完磨杀驴吃，你不是人！”

马老二瞪大眼睛：“你敢说我不是人！”

“你就不是人，咋的我？”傅开花把头伸向马老二。

马老二攥起拳头，又松开了，说：“好男不和女斗，你走！”

“走就走！”

傅开花上前拉着老会计就往外拖，老会计挣扎着说：“我还在工作哪！”

傅开花说：“这个工作不干了，老母猪不下崽，你回家配猪去！”

傅开花把老会计拉走后，这里并不平静，人们围住了马老二，七言八语地叫他回答，用大喇叭点名广播签了名的人，是什么意思。

田大愣听到大喇叭里也有他的名字，急忙跑来了，嚷道：“姨夫，大喇叭点名，啥意思啊！”

马老二阴着脸说：“因为你给岗子村签了字！你是东丰村的人，为什么帮岗子村办事？”

田大愣说：“是我妈签的，不是我签的。”

马老二说：“是你妈签的，和你签的一样。”

这时，人群里响起吕淑梅的叫声：“他大姨夫，你怎么能这么说话，一人做事一人当，是我签的名，怎么能把责任推到我儿子身上？你儿子杀了人，潜逃在外也有你的责任吗？”

马老二闷了，没话说了。

吕淑梅走到马老二跟前，指着马老二的脸，毫不客气地说：“真没想到，你能做出这种事！我给岗子村签名那只是证明三十年前，那块地是岗子村的，那有什么不对？事实就是这样，实事求是办事还犯法吗？你不顾大伙的脸面，用大喇叭喊签字人的名字，你这么做才是犯法！我要去告你！”

马老二满不在乎地说：“去告吧！是村委会研究决定的，不是我马老二一个人的主意。刘四，郭有有，你们咋不说话？是不是这么回事？”

刘四一直一声不吭地站在一边，他也没想到点名的广播竟然招来这么多人的不满，见马老二叫他说话便说：“马村长说得对，是村委会委员开会研究通过的。”

郭有有说：“没想到惹大伙不满。”

刘玲玲说：“不应该点名广播，我们做错了。”

吕淑梅说：“说做错不行，得用大喇叭向全村人道歉，你们做得不对。”

“应该做检讨，恢复我们的名誉！”

马老二粗声大叫：“你们损害村集体利益，不叫你们做检讨，就便宜了你们！凡是签名的，今年取消有线电视补助和报刊费，你们去岗子村要补助去吧！现在我是村长，我就说了算，谁不服上乡里告状去，我马老二给他拿路费！你们老祖宗是东丰村的，喝的是东丰村的水，吃的是东丰村地里打的粮，却去给岗子村人办事，吃红高粱拉白屎，算什么东西！”

谁也没再说什么，仿佛觉得马老二说的也有道理。

三十五　田勇进城

原来东丰村有一个规定，凡是本村村民，每户每年享受村集体补助有线电视费和报刊费三百元。可按照马老二的思维，本村村民既然为岗子村做事，就不应该享受东丰村的一切优惠待遇。因为人们一时弄不明白马老二说的是气话，还是他真心要取消那些签名户的优惠待遇，便都不当回事儿。当然，马老二也没有向签名户赔礼道歉，他等待乡政府对那块山泉地的处理意见。几天后，乡政府秘书小吴，把处理结果用电话通知了马老二，马老二兴奋得一夜没睡觉，他立时给孙有成去电话，把乡政府处理的意见告诉了他。孙有成听了自是欢喜万分，但是他还是给田勇打去电话，以证实马老二所说的是真事。与马老二同时，田勇接到了赵乡长的电话，赵乡长在电话上把乡政府的处理意见，一五一十地告诉了田勇。

"田村长，关于你们要求乡政府对那块山泉地处理的意见，乡政府领导认真做了调查和研究，都一致认为那块地被你们已经扔掉三十多年，是一块无名的荒废土地，由于东丰村领导对土地十分重视，才使那块地这几十年没有荒废，长出庄稼，为乡里做了贡献，不但不批评，应该受到表扬啊！应该受到批评的是你们。对这件事我就不多说了，但我郑重告诉你，你要开大会告诉村民，不要再为那块地做些无理的、不利和谐的事情，你和杨会计去东丰村搞签字画押，做得不对嘛！你得去向马村长做检讨哪！”

田勇耐心地听了赵庆生说完，一句话没有说，挂了手机。这时，手机又响了。

“是哪位？”田勇觉得这号码很陌生。

“几天不见，就不认识了，我是孙有成，天顺公司孙经理。”

田勇奇怪地问：“你怎么知道我的手机号？”

对方笑答：“是赵乡长告诉我的，刚才赵乡长是不是给你去电话了？”

“是的。”

“这么说，你的官司输了？”

“不是我的官司，是岗子村全体村民的。”

“都是一码事，这么说，你们的希望没有了？”

“不能这么说，应该说，我们不会输的，我们要通过法律，把我们的地要回来！”

“你有把握吗？”

“有！”

“如果能要回来，我愿意代表我们公司，和你当面认真谈谈。”

“如果你是想租我们那块山泉地，那就没什么可谈的，你想入股，我们是欢迎的。”

对方电话断了。

虽然田勇满有信心通过法律使山泉地为岗子村所有，但这毕竟是件大事，必须征求现任村委会委员以及老村长的意见。于是，他立即召开有老村长参加的村委会，把他自己主张用法律手段解决因山泉地遗留的一切问题的想法说了出来。对于田勇的建议，村委会委员也一致同意，只有老村长杨兆坤表示反对，他对田勇说："这不是等于对乡政府的处理不满，告乡政府？我不支持你这么做，你才当村长没几年，这会对你的前途有影响的。"

田勇笑道："老村长你多虑了，我这么做是为大伙啊，也不是以权谋私，怎么能影响我的前途呢！"

副村长王明利说："我觉得田勇说得对，他这是为群众利益，乡政府也没话说！田勇，你就放手干吧！我和你一起去法院，告东丰村马老二，他凭什么把咱们村的土地租给天顺公司！"

"我也和田村长一同去告他们！"

"我也去！"

其他几个村委会委员也坚决拥护，使田勇更增加了用法律解决问题的信心。

第二天一早，他和王明利一同走进了县法院大门。接待他们的是一位女同志。她名叫钱娟，是县法院的副院长。当她听了田勇说明来意，微微一笑，说："为了一块山泉地，你们代表岗子村和东丰村打官司，这个案子我们无法受理。这是由乡政府解决处理的事，你们去找乡政府解决吧！"

田勇说："我们对乡政府的处理不满意，所以才来法院。"

钱娟说："对乡政府处理不满，可以去叫县政府处理，李副县长是抓农业的，你找他去吧！不过你们还是先去信访办，信访办也有权力处理这件事。他们如果处理不了，再去找李副县长。"

田勇和王明利来到县信访办，信访办主任张大川热情接待了他们，并且给每个人倒上了一杯水，说：“我到岗子村去过，和老村长杨兆坤很熟，说吧，你们来信访办有什么事？”

田勇便一口气把他们岗子村和东丰村因为一块山泉地发生的矛盾纠纷一五一十地说了。

张大川耐心地听田勇说完，连连摇头，说：“这么大的事，我老张解决不了，你要让乡政府处理啊！”

“乡政府处理得不公平，我们才来信访办。”王明利说。

“那就去我李副县长吧！他分管农业，听听他的意见。今天上午县里没有会，李副县长在办公室，你们去找他吧！我还有个会，失陪了！”

田勇不想去找李副县长。因为在几天前，为了这块地，他曾经去找过李副县长。李副县长也告诉他，要想使山泉地物归原主，关键是证据，眼下的证据只是有东丰村的六十户人家的签名，又如何能证明那块地现在是岗子村的呢？但是，也不知为什么，两个人还是鬼使神差般来到了李仲良的办公室。李仲良热情地迎接着他们，递给每人一瓶矿泉水说：“如果有一天能喝到岗子村生产的矿泉水，我这个副县长脸上也有光彩！哈哈！”

田勇正要把他们如何去县法院，又如何去信访办的事叙说一遍，李仲良说：“刚才接到钱副院长和信访办老张打来的电话，情况我全了解了，你们主要是对乡政府的处理不满意，过几天我去大山乡，做一个详细的调查，再给你们答复吧！我想一切事情都会解决的。我们要做到公正、合理，不伤害群众利益。田村长，上次你来我对你说了，一切重证据，没有确切的证据，那是不行的！”

停了一会，他又说："那块山泉地我去过，的确是一个风景秀丽的好地方，很适合搞旅游开发。如果没有多年前那一场罕见的大水，把那块地冲了一角，那更美了。不过，谁敢说以后不发那么大的水？据说今年咱们县的雨水比往年要大。我说田村长，既然你对那块地能归还你们村有把握，我建议你在雨季未来到之前，在山泉地河岸边修一道高坝，以免洪水进地。不过最好和东丰村联合起来，不管那块地为谁所有，重中之重，要保住那块山泉地！"

这是田勇没有预料到的事，在那块山泉地还没有明确真正为岗子村所有之前，岗子村的村民能同意在那块地边修筑一道大坝吗？

田勇说："要是我们修起了大坝，那块地以后永远为东丰村所有，我们岂不白干了吗？"

李仲良说："也不能这么说。你们村为那块地付出了汗水，我相信东丰村的村民不会看不到的，那样你们村和东丰村联合搞旅游开发，合伙投资，岂不更好吗？"

田勇一时没有吭声，他心里仔细琢磨着李仲良说的话，这是他没有想过的事情。

三十六　姑娘大了要嫁人

田勇回到岗子村，刚进家门口，手机响了。田勇掏出手机，见来电显示是赵乡长的手机号，接通了便说："赵乡长你好，我是田勇，有什么指示吗？"

手机传出赵庆生十分生气的声音："田大村长，你的胆子真不小啊！去了法院，又去了信访办，又去见了李副县长，你对乡政府的处理不满，可以向乡政府反映呀，你瞒着我们和副村长一同去告乡政府的状，你这是目无领导啊！田大村长，别忘了你是在乡政府领导下的村长，你口口声声说要求进步，就你这种行为，不和乡政府保持一致，能进步吗？好吧，既然你要告状，你就去告吧！乡政府处理意见，就是山泉地永远为东丰村所有，与你岗子村毫无关系！"

田勇觉得有必要向赵乡长解释明白，他说："乡长，你误会了，你听我说……"

手机里传出赵庆生的狂吼声："你不要解释了！"

继而，手机里没有声息，显然对方把电话断了。

田勇委屈透了。自己一片好心，为村民进城，却遭到赵乡长一顿批评。

媳妇翠香深知丈夫的苦衷，见田勇满脸愁云，说：“既然当村长，就别怕这怕那，只要自己做得对，对得起大伙就行。能干就干，干不了就不干，今天你去城里，没有去医院吗？”

“去了。”

“听说罗志明和他爹都在医院里，你没给他们扔下点钱？”

“我和明利叔都扔了，每人给了二百，他们都不肯收，叫杨会计转交给我们。”

“杨会计真是个好人，一直在医院伺候罗家父子，要是杨会计有意，叫她嫁给罗志明吧，我看他俩挺合适。”

“这是他们的事，别人无权干涉！”

“罗志明的妹妹还没有下落吗？”

“没有。公安局正在调查呢！”

“唉，好可怜的一家人啊！”

田勇忽然间冒出一个想法，说：“老婆，和你商议个事。”

“啥事？”

“杨会计工作繁忙，村里一时也离不了她，我想叫你去伺候罗家父子几天，换杨会计回来处理财务，你愿意去吗？”

翠香咯咯地笑了，笑毕，说：“我是你老婆，哪敢不听你的？你叫我向东，我不敢向西，你说过几年再叫我给你生儿子，结婚两年，至今也没上身。这不全听你的吗！”

田勇猛地把翠香搂在怀里，亲切地说：“你真是我的好老婆！从现在开始，马上给我生，要个儿子！”

“听你的。”翠香把田勇搂紧了。

翠香去城里了，当天下午，杨玉萍回到岗子村。她问田勇：“叫你媳妇去把我替回来干啥呀？”

田勇说："今晚开个村委会和村民代表大会，也要叫财务监督小组的成员参加会议，有重要事情研究。"

晚上，会议在村委会办公室召开，参加会议的几十个人，有男有女，也有年纪大的老头。老村长杨兆坤被邀请参加，他见来了这么多人，知道有重要的事情研究，便坐在墙角一边，焦急地等待会议开始。一直到人都到齐了，田勇才宣布开会。他说："大家也知道了，乡政府已经把那块山泉地判给东丰村了。我和明利叔都觉得不公平，今天和他去了法院，也去了信访办，最后也见到李副县长。虽然什么事也没办成，可也长了不少见识。根据李副县长的建议，我和明利叔合计了一下，认为有必要在山泉地上头修一道长一百米的大坝。我和会计计算了一下，需要石方四百立方米，要花钱两万多元，如果加人工成本，大概得四万元。今天把大伙叫来，就是研究研究，这个大坝应不应该修！到会的每个人都要表态，说说你们心里想的。"

话刚了，人们就交头接耳议论起来。

"乡政府没把地判给咱村，咱们干吗去修大坝！是有钱没处花了？"

"咱村穷得尿血，也没钱啊！"

"问问杨会计，咱村财务账上还有几毛钱？"

"净胡扯，这不碗外找饭吃吗！"

"这是聪明人办糊涂事，脑子进水了。"

田勇大声说："别乱呛呛，一个一个说。"

村民代表小组组长肖云开了腔："我代表村民小组的几个人说几句话！田村长今天是没睡醒，还是喝了东丰村人灌的迷魂汤，他怎么帮东丰村人说话呢！现在地是东风村的，咱们岗子村的人花钱买石头去给人家地里修坝，就是傻子也不会这么干呀！田村长怎么想去修坝呢，真叫我肖云和村民小组代表们不明白，这唱的是哪出戏？”

肖云这么一说，妇女主任赵红英也开了腔：“我说田村长，你怎么能叫我们研究这事呢！这还用研究吗？一百个不同意，别拿村的钱去买脸，再说咱村穷得生疼，也没有钱！”

“是呀，田村长，你咋出这个招呢？不是为了进步，当先进分子吧？”

“田村长糊涂了。”

“王明利也糊涂了。”

“杨会计，咱村账面还有多少钱？”有人大声说。

田勇虽然叫杨玉萍核算了一百米长大坝的用石量，却没有向她说明做什么用，听了田勇的一番讲解，这才知道田勇要在山泉地修大坝。她也觉得田勇的话不靠谱，听到有人问她账面钱财之事，便说：“账面上只有一百零八元钱。”

仅有一百零八元钱，却要修百米大坝，谈何容易，屋里的人都哄堂大笑。

“一百零八元钱，也就能买两车石头呢！”

“梁山有好汉一百单八将，打电话给宋江，叫他带着他们来修大坝，保证分文不花！”有人故意逗笑话。

老村长一直没吱声，抽着烟卷儿静静地听人们说着什么，现在见人们都不往正题上说，忍不住站起来，大声说：“我看田勇说的修大坝这事，可行！”

老村长这一句话，使屋里顿时鸦雀无声，人们不由自主地把目光投在老村长的脸上。

老村长咳嗽了一声，继续说：“大伙不要把田勇的话当笑话说，他说得对，我们应该听李副县长的建议，去山泉地修坝！大坝修成了，东丰村的人不会骂咱，咱们和东丰村合伙开发那块地搞旅游，这叫双有利。”

“咱们村没有钱呀！没有钱什么也干不成！”

老村长说：“没钱也不能什么也不干，咱们集资！号召大伙，有钱的出钱，没钱的出力！捐一块不嫌少，捐一千不嫌多。”

有人高喊：“老村长，别说好听的，你捐多少？”

“我捐两千！”

众人都愣了。两千元，对于岗子村的每一户人家来说，是个大数字，老村长肯出那么多钱，是吹牛，还是当真？他哪来那么多钱？

老村长似乎看出人们对他说话的怀疑，说：“我那钱是政府每年发给我的退伍军人补助款和当村干部的补助款中积攒的，我当海军十五年，别看我年纪大了，国家需要我，我还是一个老兵！”

不知谁拍起了掌，接着掌声不断，田勇十分感动，说：“咱们都向老村长学习，我捐五百块！”

“我捐二百块！”

“我捐一百！”

“我捐十块！”

不知谁喊了一句：“我捐一块！”

王明利冲说话人不满地瞪大了眼，说：“不要胡捣乱！”

那人分辩：“我真的就捐一块啊，嫌少不捐了。”

田勇急忙说：“一块也不少！捐多捐少有自己的权利，谁也无权干涉！捐款的都向杨会计报名，今天想好了，今天捐；

明天想好了，明天捐！捐款没有固定时间，长期有效！”

散会后，老村长回到家中，把他向村捐款的事对老伴说了，老伴十分同意，说：“一共存了三万块钱，叫玉萍拿去三千给罗志明治伤，还剩两万七千块，再捐两千块，就剩两万五，说什么也不能动了。”

“是呀，是动不得了，全村人就咱捐得多，我心里很满意，这上了年纪，老觉得对村民没有什么贡献了，活得没劲，现在觉得又有奔头了。”

“也不知你捐那么多钱，玉萍高兴不高兴。”

“她不是糊涂人，一定是支持的。”

然而，他们却没有想到，杨玉萍回来后，满脸黑云，冷冰冰地说：“爸，你怎么才捐两千块？”

“我捐两千块还少吗？”

“咱应该捐五千！”

“为什么捐那么多？”

“那天你说，咱家有三万元存款。我把村里欠电业局的三千元给志明住医院用了，除了还上我挪用的三千块，还剩下两万七呢，你是老干部，我是村会计，咱得多捐些才行。”

老村长笑了，对老伴说：“咱女儿还没嫁人，就胳膊肘往外拐了！”

玉萍妈说：“女儿，咱家存的那三万块钱，是准备给你结婚用的，不能乱花啊！”

杨玉萍说：“我早想好了，结婚不用家一分钱，爸，捐五千不行吗？”

老村长很痛快说：“好，那就听女儿的，捐五千块！只要女儿高兴，捐多少我也没意见。”

“罗志明在医院花咱家的两千块，也别叫他还了，爸，你说行不行？”

老村长深感意外，说：“你是不是因为他救了你，觉得过意不去？”“是的，他是因为保护我受了伤，咱不能没良心！”

老村长回头问老伴：“咱女儿说得很对！你说是吧？就听咱女儿的，两千块不要了。”

玉萍妈轻轻点点头，心里却在想：这丫头，怎么往外拿钱不心疼呢！她是不是看上了罗志明？

突然，玉萍妈惊叫起来：“玉萍她爹，不对呀，志明治伤花咱不是两千，是五千呀！”

老村长问：“怎么会是五千？”

玉萍妈说：“村的三千块叫志明治伤用了，咱得还村里的，加上那两千，正是五千块啊！”

老村长恍然大悟，说：“可不，也是五千块呢，也罢，五千就五千吧，为了志明，只要女儿不心疼，咱们也认了。”

玉萍妈叹息道：“真是姑娘大了不可留，外向啊！”

杨玉萍在里间屋听见了，心里偷着乐。

三十七　姐妹失言

虽说乡政府把山泉地判为东丰村所有，但是，马老二却怎么也高兴不起来。

那天，对那些签名户实行点名广播之后使得签名户对他十分不满，甚至有人说，要以损坏名誉去政府控告他。

马老二感到又憋气又窝火，又想起儿子至今音信全无，越发增加了他心头的不快，只得借酒解愁，消除心中烦恼。吕淑云和丈夫一样，心里也不畅快。她为丈夫工作的不顺畅心神不安，也为儿子远去大鲁市的安危十分挂念，整日里以泪洗面，时常跑到村口，朝西边大路张望，盼着儿子会奇迹般出现在她的面前。有时候，她也会跑到妹妹吕淑梅家里，痛哭一番，心里才觉得好受一些。

吕淑梅对于姐夫和姐姐的一举一动看在眼里，她既同情他们，却也恨他们，她认为这是上天对他们做坏事的报应。每当姐姐到她家来，她就说："你们失去了儿子，心里难受，罗志明被你儿子刺伤了，他爹被人打断了腿，秀英也被人绑架，他们心里比你们难受不难受？志明住院半个多月了，你们两口子没有一个人去医院看望他们。也多亏杨会计精心的照顾。人家一个大姑娘甘心情愿去照顾志明，图的什么，不就因为有一颗善良的心，去感恩吗？我听说她为志明住院花了不少钱，真够义气！”

吕淑云说：“俺们家也拿去了五千块！”

“听说花了一万多，你们不就花了五千块吗？割个阑尾还得花三四千，别说像志明伤了肋骨，还差一点伤了心肝肺！应该你去医院伺候志明，一直伺候他出院。”

“我想去伺候几天，大福他爹没人照顾，我也放心不下。”

“有啥不放心的，他也不老不小，什么都能干！明儿个我去医院。有不少人捐给志明医药费钱，我给他送去！你也去吧！去看他一眼，也是心到了。”

“可也是。”

马老二听女人说去医院看望罗志明，说：“钱也给了，别去医院了。”

吕淑云说：“村里不少人都去医院看望罗家父子，咱不去说不过去，还是去吧！”

马老二说：“只去看罗志明，不去看罗百万。你要去看罗百万，人们会怀疑他的伤腿跟咱儿子有关系，去讨好呢！”

“行，就去看看志明。”

第二天早饭后，吕淑云去商店买了几包糖果和点心，来到妹妹家，听大愣说，他妈坐早班车进城了。吕淑云十分恼火，心想，昨日约好今日一同进城，她怎么自己去了呢？是忘记了和她的约定，还是另有原因？

其实，吕淑梅不愿与姐姐一同去医院，觉得有些想对志明说的话当着姐姐面不便说出来。

来到县医院，吕淑梅打听到罗志明父子各自住的病房，先去看了看罗百万，这才又来到罗志明的病房。

罗志明住院后，由于得到杨会计的精心照顾，伤口大有好转，自己也能下地走动，伤口疼痛感渐渐减轻。估计再有七八天就可以出院。吕淑梅的到来，使他十分惊喜，说：“婶子，你咋来了呢？”

吕淑梅把一大把钱放在罗志明手里，说：“这都是乡亲们捐给你的，盼着你早日出院。”

罗志明说：“用不了几天就出院了，感谢大伙对我的关心。有杨会计和这位翠香嫂子照顾，我的伤口好得很快。”

翠香在热牛奶，她冲吕淑梅笑了笑，说：“婶子好！”

吕淑梅问：“你是谁家的媳妇？我怎么不认识？”

翠香说：“我是岗子村的，我丈夫名叫田勇。”

吕淑梅有所醒悟，说：“原来你是田村长的媳妇呀！田村长还到我家去过，我们可熟了。”说到这里，脸上却现出悔色，转脸对罗志明说：“你受伤住院，是岗子村的人来照顾你，我这脸呀，就觉得热乎乎地发烧！岗子村的人好啊！”

翠香笑道：“是罗志明人好，见义勇为，救了杨会计，我们岗子村的人都敬佩他。”

“是呀，我也敬佩他。就是好人不得好报，他受了伤，他爹被歹徒打断了腿，她妹妹被人绑架了，你说这孬事怎么偏偏都发生在他们家里呢！”

吕淑梅只顾如实说话，她却不知道，在罗志明住院后，家中发生的一连串不幸事，杨会计和翠香对他隐瞒了一切，为的是使他伤口早愈，谁也没有想到，吕淑梅的到来，把真情全吐露出来。顿时，罗志明大惊失色，一大阵儿说不出话来。

“婶子，你……你说什么……我爸他……我妹妹怎么……”罗志明不知说什么了。

翠香见这个突然到来的女人说出了罗家这几天一连发生的事，也不便再隐瞒下去，便说：“志明，杨会计早就知道你们家这几天发生的不幸，她临走时不让我告诉你，怕你伤心影响治疗。现在也就不对你隐瞒了，你爸住在二楼骨科住院部，杨会计既照顾你，也偷着去照顾你爹，她这几天瘦多了，要不是村里有事让她回去，她是不会离开这里的，她叫我好好照顾你，千万别让你知道你们家中发生的事情。”

罗志明抱头大哭起来，吕淑梅这才知道自己说漏了嘴，后悔得要死，连声说：“你看我这张破嘴，唉，早知这样，打死我也不说。我这张破嘴！”

翠香说：“不怨你，是我不对，没早告诉你。”

罗志明坚决去二楼看父亲。吕淑梅和翠香谁也劝不住他，二人只好架扶着他，来到二楼。走进罗百万的病房，罗志明一见躺在床上的父亲的一张枯黄的老脸，忍不住“哇”的一声哭了起来，扑到父亲身上，嚎啕大哭起来。

罗百万一见儿子，登时满脸怒色，几乎要从床上爬起来，指着儿子破口大骂：“你这几天到哪去了？我以为你死了呢！你为了开油条铺，去城里也不回家，害得我和秀英好苦啊！你这个王八犊子！”

原来罗百万到今天也不知道儿子胸肋受伤住了医院，他还以为儿子在张罗开油条铺的事，知道他住院了也不来看他呢！罗志明心如刀割，泪如泉涌，说：“爸，是我不好，没在你的身边，让你和我妹妹吃了苦。”

罗百万忽然大声哭泣起来，边哭边说：“明儿，别提你妹妹了，爹对不住她，爹没看护好，爹该死啊！爹有罪啊！爹无用呀！爹活着不如死了呀！那天要是你在家，你妹妹就有救了，可如今……”

罗志明不说了。其实他的嗓子已经哑了，想说什么也说不出来。

就在这时，吕淑云推门进来，对吕淑梅发了火：“咱们说好，今天咱姐妹俩一同来，你咋自己早来了呢！我这好不容易打听到了病房，累得我老喘粗气！”

罗志明没有想到马老二的女人会来医院，但他还是十分客气地说：“不知道婶子来，叫婶子受累了。”

吕淑梅从姐姐手里接过东西，解释道：“我以为你忙，来不了呢！姐姐，你坐！”

吕淑云累得精疲力竭，气还没消，喘着粗气说：“可把我累坏了！”

吕淑梅连声道歉，吕淑云还冷着脸。

马老二的女人到来，犹如一把尖刀，刺在罗百万心上。他认为自己的腿断和女儿的失踪，与马大福有直接关系，要不，为什么在马大福逃走之后的第二天，女儿就被绑架了，他的腿被人打断了！他认为一定是马大福花钱买通了几个黑手，夜晚闯进他家去，把女儿绑走了。他这么一想，便对面前突然出现的女人越发仇恨起来，忍不住地指着吕淑云大声呼叫起来：“你来干什么？你快滚！黄鼠狼给鸡拜年，没安好心！你还我女儿，是你儿子干的！”

吕淑云委屈透了，自己好心好意来探望罗百万，而他却狗咬吕洞宾，不识好赖人，真把她气坏了。他对罗志明说：“你看看你爹，咋能这样呢！我来也不对，不来也不对，你叫我怎么做啊！一人犯罪一人当，我儿子用刀把你胸口捅伤，让你住了院，是他的责任，与我无关呀！你妹妹被人绑了票，咋说是我儿子干的呢！”

罗志明说：“大婶你别生气，我爸心情不好，说话难听，你就原谅他吧！”

一边对罗百万说：“爸，你怎么能这么说话？你说是大福绑了我妹妹，那天晚上你认出他了吗？无凭无据，不能乱说！”

罗百万突然如痴了般，两眼死死地盯着儿子，然后转脸问吕淑云：“你刚才说什么？志明被你儿子用刀子捅了？他也住院了？”

吕淑云打了个愣，回头问罗志明：“你爸不知道你住院了吗？”

罗志明轻轻点点头。

吕淑梅见大姐说出了罗志明住院的事，只好把罗志明如何为使杨玉萍不遭刀刺，舍己救人的事对罗百万一五一十地说了。罗百万两眼如痴如呆地直盯着罗志明的脸。过了好一会儿才说：“明儿，爹还以为你在城里向人学炸油条呢！爹冤枉你了！阎王爷怎么看咱家这么好欺负呀！净摊事儿。”

继而，父子泪如雨下。

三十八　不可相信的故事

吕淑云回到家，把她去医院探望罗家父子的事对丈夫说了。同时告诉丈夫，罗志明用不了几天就会出院，只是那个罗老头儿还要在医院住些日子，也还需要一笔钱。马老二说：“罗志明的医药费咱有责任买单，罗百万的咱一分不掏。”

吕淑云说：“罗百万说，他女儿是被咱儿子绑了票，要不是他断了腿，准会和我打起来的。”

马老二说：“他说不行，得拿证据来！我还怀疑他女儿跟别人跑了呢！他想讹咱，做梦去吧！”

就在吕淑云从医院回来的第二天早上，老会计急忙忙跑到马老二家，喘着粗气说：“马村长，大事不好了。”

“啥大事不好了？”

“岗子村的人捐款集资，买石头修大坝。”

“这有什么不好的，岗子村的事，和咱们有什么关系？”

“大有关系啊！他们要在山泉地修一道挡洪水的石坝。”马老二明白了，马上嘻嘻一笑，说：“你这是从哪得到的新闻？岗子村的人来山泉地修坝，他们疯了？这样的传闻你信吗？”

老会计说："我也不信，是我老伴的一个妹妹，住在岗子村，她今天来看她姐姐，对她姐姐说的。我老伴不相信，可她那个妹妹说她还捐了二百块钱，过几天就来修石大坝。"

马老二脸上的笑容消失了。他自言自语地说："难道真有这种事？"

现在，马老二不能不认真考虑这个突如其来的特大新闻。他想，如果乡政府判那块山泉地归岗子村所有，他们村的人在山泉地边修建大坝，完全有可能，然而在乡政府已经下文通知岗子村处理结果后，岗子村却还要护堤修坝，实在是件十分不可思议的事。如果说只有田勇鬼迷心窍，一人糊涂，岗子村的几百户人家，上千个村民，难道都糊涂了吗？这和花自己的钱为他人修院墙又有什么区别？无论怎么想，马老二认为这是绝不可能发生的事，一定是老会计的妻妹胡说八道，故意让东丰村村民不安宁吧！

"嗑瓜子嗑出臭虫——啥样的人（仁）也有！真是能造谣，该枪毙了！"他心里说。

可是，当马老二的一夜梦还没有做完，老会计气喘吁吁地又跑来了，他一把拉着马老二的手，说："马村长，岗子村的人来了，大车小车往山泉地拉石头，要修建大坝呢！"

马老二一阵发愣，似乎还不相信，问："真有此事？"

老会计说："不信你去看呀！七八台拖拉机，还有几十个人。"

马老二拔腿就往村外跑，一边跑一边说："他们这是咋的了？真他娘的疯了！"

来到山泉地，果然有七八台拖拉机拉着大石头，正在往山泉地边卸呢！田勇也来了，正在指挥着十几个人从车上往下搬石头。他看见马老二来了，忙迎了上去，笑道：“马村长，对不起，我们也没和你打招呼，就拉石头来修建大坝，请你原谅，我正想去找你说明情况，正好你来了。是这么回事，前几天村里开会研究，决定村民自己捐款，在这块地上头修建一道石墙，防止洪水淹没山泉地。虽然乡政府处理这块地仍归东丰村所有，但我们认为处理不公，准备通过其他途径解决这个问题，就是以后这块地仍归东丰村所有，我们在这块地上边修一道石坝，东丰村的人不会骂我们吧？”说到最后，田勇笑出了声。

马老二毫无笑容，板着脸说：“不管怎么说，现在这块地为东丰村所有，你应该先和我打个招呼，不经我们允许，你就来修造石坝，也太目中无人了吧！”

田勇说：“现在这不和你打招呼了吗？”

“那就得听我的，把石头拉回去！要修坝，我们自己修，我们村穷，也不至于穷得连几车石头都买不起！”

“你这么说不对啊！既然把石头拉来了，哪有拉回去的道理？就算这块地是你们的，让我们做贡献行吧？”

“你们的脑子进水了？花钱买石头去为他人修大坝，你们图的什么？”

这时，正在卸石头的黄大成跳下车，跑到马老二面前，大声说：“我们什么也不图，图的是我老祖宗留下的这块地不被洪水冲垮！我们好心好意来修大坝，你不但不支持我们，反倒胡搅蛮缠！”

马老二立时气歪了嘴，也喊起来：“这里不是你们的地盘！你们别依仗大村庄，人户多，欺负我们一个小小的东丰村！如果你们不马上把石头拉走，我立时打电话叫人来把石头全扔到河里去！”

黄大成指着马老二的脸说：“你敢动一块石头，我也把你扔到河里喂鱼！”

“你看我敢不敢！”马老二从兜里掏出手机，拨通了刘四的电话。

手机里传出刘四的声音：“马村长，有事吗？”

“你马上带二十个村民来山泉地，岗子村来人来车要修大坝，抢占山泉地！”

田勇急忙从马老二手里夺过手机，对马老二说：“你这么说不行，我们不是来打架的！”

“那就马上回你们岗子村！不然我就打报警电话，叫派出所来人处理你们！”

田勇心平气和地说：“咱们自己能解决的事，干吗叫派出所来人解决？我说了，即使这块地不为岗子村所有，我们绝不会因为修建大坝，向你们要一分钱！黄大成说得对，为了保住老祖宗留给后代的这块地不被洪水冲垮，咱们都有义务保住这块地！”

“别说没用的，你安的什么心，我马老二一清二楚！黄鼠狼给鸡拜年！”

田勇十分委屈地说：“我怎么说什么你也不相信呢！”

马老二冲在卸石头的人前面大呼：“你们都不要卸了，快把石头拉走！”

黄大成却也喊：“都别理他！”

这时，刘四和东丰村的十几个小伙子跑来了。马老二急火火地对来人说：“岗子村的人抢地来了，他们妄想先修建一道石坝，以证明这块地为他们所有，为以后打官司创造证据，刘村长，你们去把他们卸下的石头，全扔到河里，一块也不留！”

刘四和来人听了马老二的话，又见七八台拉着石头的拖拉机，便都一个个红了眼。谁也不愿意这块现在为东丰村所有的土地，被外村人强行霸去。他们认为，岗子村人拉石头来修坝，这和强霸没有什么不同。尽管这块地被马老二租出去，尽管他们也不可能在这块地上占有多少便宜，可本土本乡的浓厚感情，使他们对岗子村人的这种行为，都压抑不住心头燃烧的怒火，便一股脑儿涌上前去，把岗子村人从车上卸到地上的石头，全都一个个地扔到河水里去了。

眼前突然发生的一切，是田勇和岗子村的来人都意想不到的。有人实在忍受不了，攥起拳头，向东丰村的人走去。田勇看在眼里，冲岗子村的人大呼：“岗子村的人都给我站住，听好了，哪一个敢动东丰村的人一个指头，我就把他送公安局，当违法闹事分子办！”

岗子村的人都站在那里一动不动，眼瞅着用拖拉机拉来的石头，被东丰村的人扔到河水里，黄大成忍不住了，冲上去把一个小伙推倒在地，怒吼：“你们太不讲理了！”

这个小伙子就是田大愣，他是被刘四喊来的。他听说岗子村修坝为了抢地，认为岗子村的人也太不讲道理。由于自己没留神，被黄大成推到了，不由得怒火填胸，一下子跳起来，扑向黄大成，两个人便扭打起来。

田勇一见二人动了手，心中急了，忙对黄月来说：“快去把你儿子拉过来，千万不能动手！动手打人有理也无理！”

黄月来也来了，他担心拉石头修坝之事不顺利，又怕儿子脾气不好来惹乱子，果然见儿子和东丰村的人扭打在一起，慌忙上前拉着儿子的衣服，往后用力拖，一边说：“大成，我不是叫你来打架的！”

刘四见田大愣和岗子村人打了起来，因为是他把田大愣叫来的，万一出了人命事故，自己有脱不干净的责任，急忙去拉田大愣说：“不能打，不能打！”

马老二一声不响地站在那里，看二人扭打在一起，心里想：“打吧，打出人脑子换狗脑子，真出了人命，事情也就好办了。”

三十九　探望

田大愣顶着一个红肿的脸回到家中，一进家门口，吕淑梅就指着他的鼻子叫骂起来："你这个犊子，心里有没有数啊！竟然去和岗子村的人打架，这脸被人打肿了，心里舒服了吧！我一听说你也去了，气得我真想把你关在门外，这辈子不见你。"

田大愣十分委屈地说："我不想去，刘四叔拉着我，说什么为了村集体的利益，岗子村的人抢地来了，我这才去了。"

吕淑梅越发来了气，说："刘四是个什么东西，你不知道吗？他和你姨夫穿一条裤子，为了那块地他们缺老德了。"

"那个姓黄的小子把我打了，我也把他的脸打破了，他也没赚便宜！"

"不是谁占便宜不占便宜的事，你不知道打架斗殴是违法的，要受处罚的吗？你等着派出所来人处理你吧！"

田大愣抹一下受了伤的嘴唇，摸起饭桌上一块饼，就大口大口地吃了起来。吕淑梅一直等儿子吃了饭，才说："你志明哥从医院回来了，还有你百万大伯也出院了。待会儿我去他们家，你也去吧！”

田大愣连声说：“去，去，一定去！”

吕淑梅说：“这些日子攒了一百个鸡蛋，在土筐里放着，你提着鸡蛋先去，我去和你大姨说，叫他也去看看志明爷儿俩。”

田大愣说：“还是我去大姨家吧！我顺便告诉大姨夫，今天去和岗子村的人打架，是刘四叫我去的，责任不能就我自己承担，刘四也有责任。”

吕淑梅兴奋地说：“愣儿，你说得对，这事得和你大姨夫说，叫村里也揽些责任！”

罗志明与父亲刚到家门，村子里就来了不少人，人们关心他们的伤情。尽管罗志明伤口已经痊愈，但他说话声十分微弱，时常咳嗽，脸色苍白。那罗百万的伤腿并没有痊愈，走路拄着拐，只是不再吃药打针罢了。按照医生的意见，还须住院治疗，但是考虑到经济紧张，也还要人在医院伺候，倒不如回家养着，让儿子照顾也就是了。

翠香和杨玉萍都没有回岗子村，她们一直把父子俩送到家，二人又开始忙着做饭，烧水，收拾屋子。罗志明来到西间屋，不见妹妹身影，只有那一盘冷冰冰的炕，心中难免一阵悲伤，一直到今天，仍没有秀英的消息，罗志明真想放声大哭。

罗百万又躺在那盘属于他的土炕上，想起那夜发生的事情，心中打颤，直冒冷汗。他又想到女儿的失踪，今生今世也不会与女儿见到一面，再也忍不住心中痛苦，呜呜地哭起来，边哭边喊：“我的女儿呀！你在哪里呀！”

谁也不知道罗秀英的下落，尽管公安局已经向全国各地发了寻人启事和追捕马大福的公告，这两个人似乎已经离开了这个世界，与人世间毫无关系了。

吕淑梅来了，看到翠香和杨玉萍没有回岗子村，却在罗家干这干那，深受感动，对她们说：“你们也不把志明父子当成外村人，要是大伙都像你们俩这样，那该多好啊！”

杨玉萍笑道：“岗子村和东丰村要联成一个村，咱们就是一家人了。”

吕淑梅说：“那敢情好！两个村变成一个村，就不分你的我的，成为一家人，就不会因为一块地，你争我夺的，那多好啊！”

杨玉萍说：“那样的日子快到了。”

吕淑梅信以为真，问：“两个村真要合成一个村？”

翠香说：“婶，玉萍逗你玩哪！她是想自己变成东丰村的村民。”

吕淑梅又信以为真，说：“杨会计，你真的要改户口吗？”

杨玉萍红了脸，说：“别听翠香嫂子胡说八道！谁要信她的话，死了也穿不上裤子。”

翠香对吕淑梅说：“我敢保证，杨会计终究会嫁到你们东丰村的，玉萍就等你当媒人呢！”

杨玉萍朝翠香背上拍了一巴掌，笑怒道：“敢再造谣，我就拍肿你的嘴！”

翠香跑到一边，哧哧笑着。

吕淑梅这才明白翠香的话意，她很痛快地说：“杨会计，你的媒我保定了，咱们有言在先，说一不二！”

杨玉萍不满地白了翠香一眼，说：“多嘴多舌！看我回去，叫田勇狠狠收拾你！”

这时，田大愣来了。吕淑梅忙问儿子：“你大姨来了没有？”

“她说一会儿就来，去买东西去了。”

“那事和你姨夫说了吗？”

“你说哪事？”

“你这孩子，怎么忘事呢？你和岗子村人打架的事，你姨夫咋说的？”

“他说是刘四叫我去的，叫我去找刘四，他还说村里不负责任，叫我自己负全部责任，又说什么村干部没叫我去打架，叫我去卸石头，我没有听从分配，一切后果我负担！”

吕淑梅听儿子一说，气得脸色发青，颤抖着身子，说：“你那个狠心的姨夫，真不讲道理。出事了，他推脱责任！要不是他号召村里人去，你和岗子村的人能打架吗？他这是安的什么心？我找他去！”

田大愣挡住母亲，说：“事情是我惹起来的，架是我打的，我甘愿受处罚就是了，你去找他，他也这么说，就别去了。”

罗志明知道了事情的经过，说：“婶子，大愣说得对，就不要去找村干部了。一人做事一人当，现在大愣有承担责任的勇气，就让他自己承担吧，这样对他有好处！当然，刘四也有责任，既然马村长不让刘四承担责任，就不要追究了。吃一堑长一智，以后谁再叫大愣干这种事，大愣多长个心眼儿，千万别上当受骗了。”

吕淑梅不服气地嘟哝不休，这时，马老二和吕淑云一同来了。吕淑云手提一大包饼干和苹果。马老二进屋就握着罗志明的手，如久别重逢的亲人，十分热情地说：“听说你和百万大哥出院了，我来看看你们。你和你爸在医院这些日子，正赶上村里事多，也抽不出身去看你们，真对不起。”

马老二的出现，出于罗志明的意料之外。他知道马老二并非真心来探望他们父子，他到底安的什么心呢？是由于自己的受伤，与他儿子有关系，不得不来做个样子，还是有别的目的？罗志明便也就装出笑容，说：“请到里屋坐？”

罗百万躺在东间屋炕上，他的伤腿还打着石膏，动弹不得。这个老实的、连蚂蚁都不敢踩死的老头子，今天一见到马老二，旧仇新怨一齐升上心头，怒视马老二说：“你还有脸进我的这个门啊！”

马老二笑道：“大哥咋这么说话！咱俩无冤无仇，我咋不能进你的门？你现在是病人，在养伤，等你的腿好了，能走路了，去到我门口骂三天，我也不反对。现在你不能骂，因为你一骂人，心情就激动，对你的伤腿不利啊！”

说到这里，从老婆手里接过苹果兜，放在罗百万面前，又说：“这是当兄弟的一点小意思，不多，心到了，别嫌少！我儿子伤了志明，我对不起他，没管教好我儿子。不过，百万大哥，今天我和你把话说明白，你的伤腿可是与我们马家一点没有关系，你不要怀疑是马大福干的。当然，秀英的失踪，也绝非是我儿子干的！我敢以人格保证！”

罗百万越发来了气，原来马老二今天是来为自己儿子澄清事情的。罗百万认为女儿的失踪与马大福有直接关系，不愿再听到马老二说的任何一句话，更不愿看到他那一张油黄的面孔，他抓起苹果兜，朝窗外扔了去，一边喊道：“你不是人，你滚！”

马老二装出一副受凌辱的可怜样子，回头对罗志明说：“真没想到，你爸的脾气有这么大啊！”

俗话说，说话不揭短，打人不打脸，罗志明也觉得今日父亲的举动有点反常，便对马老二说：“自从我爸腿被人打伤，心情一直不好，马村长，你别生气！你坐好，我泡茶去！”

马老二哪有心思在这喝茶！他说：“志明，我还忙哪！改日再来看你爸，昨天袁所长给我来电话，他说公安局正在追查你妹妹的下落，一有消息马上来电话，你放心，你妹妹丢不了。”

罗志明说不出话，鼻子一阵阵酸痛，止不住的泪水如断线珠子一样，吧嗒吧嗒落在地上。

马老二眼眶也湿了，他抹着眼睛，十分沉痛地说：“是我马老二不好，作为一村之长，没有保护好村民，叫绑匪钻了空子，我已经给民兵连长郭有有下了命令，今后如果村里再发生这种事，他郭有有负全部责任！民兵夜晚一定加强站岗巡逻，担负起保卫村民安全的任务！”

马老二的一番话，越发使罗百万气愤，他对罗志明说：“快把他撵走，我这辈子都不想见到他，是他毁了咱们一家，又来装菩萨，算什么东西！”

罗志明看见父亲如此气愤，只好对马老二说：“马村长，你的来意我们明白了，谁是谁非心里都有杆秤！”

马老二走到门口，仿佛刚刚发现了什么，忽又转回身来，望着杨玉萍，惊喜地说：“这不是岗子村的杨会计吗？听说你一直在医院照顾志明，真了不起哪！”

杨玉萍淡淡地说：“本来应该是我去住院，是志明救了我，听说你儿子逃走了，你这个当爹的没有尽到做父亲的责任啊！”

马老二连声说：“是的，是的，我教子无方，教子无方，应该负完全责任！”

四十　公开的秘密

罗志明父子怀着极其深切的对罗秀英的思念回到东丰村。当他们看到空荡荡的房屋里，没有罗秀英的身影，都忍不住大哭一场。悲痛心情还未平静下来，马老二突然出现在他们面前，犹如在他们父子心里撒了一把咸盐，越发难受起来。罗志明知道，马老二所以到他家来，无非是叫村里人知道他马老二虽然没有去医院探望受害人，但在罗家父子从医院回到家中的第一时间，他来登门拜访了。虽然带来了不过几斤苹果，足以说明他马老二是有情之人，不愧是一村之长。

马老二走后，罗家小院渐渐安静下来，左邻右舍也都陆续回家了，这里除了罗家父子外，还有岗子村的杨玉萍和吕淑梅。原来杨玉萍打算与翠香一同回岗子村，只是看见罗家父子还沉浸在悲愤之中，且家中因为遭到绑匪的祸害，显得十分杂乱，决定在这多住几天。吕淑梅听了，自然乐得不得了，说："杨会计，你真是个好姑娘哪！志明有你这么个媳妇，可真是烧了高香了，答应婶子，就嫁给他吧！他又是大学生，配得上你。"

杨玉萍脸如红枣，羞得不好意思地把脸扭到一边，然后跑到院子里去了。

吕淑梅悄声对罗志明说：“杨会计老大不小了，还那么害羞！是个正经女人，你千万别叫她跑了，你得抓住她不松手！这个秘密总有一天要公开，晚公开不如早公开。”

罗志明笑着说：“婶子真能逗！婚姻自主，是不能强迫的。听说岗子村来修大坝，咱村不少人去和岗子村的人打架，阻挡修坝，这事做得不对啊！”

“唉，可不，大愣是叫刘四拉去的，他和岗子村一个姓黄的小伙打了起来，两个人都吃了亏。大愣怕派出所来人处分他，去找他姨夫给讲讲情，他姨夫反倒把责任全推到大愣身上。真没想到，他大姨夫坏得没有人情味，不讲理。为他，大愣到今天气还没消呢！”

“大愣虽然性子急，却是个是非分明的人，他怎么能上这个当呢！”

“可不，他也很后悔。”

说到这里，吕淑梅忽然想起什么，把罗志明拉到西间屋，掩上房门，如做贼一般小声说：“志明，这几天我老睡不着，等着你回来给我拿个主意，现在你回来了，就和你说说。本来嘛，我想把这件事闷在肚子里，带到棺材里去，不叫任何人知道，只是这些日子，那个马老二，净不干点好事儿，对我和愣儿，也没个亲戚味儿，因此，我那死鬼活着时和岗子村签的包地合同，被我当着马老二烧了。”

罗志明说：“这事我听说了。”

“你只听说了一半，那一半你还不知道呢！”

“你说的那一半是什么？”

“其实我叫愣儿把那份合同去城里复印了好几份，那天烧的是一份复印件，原始合同还在我家保存着哪！”

罗志明大惊，说：“原来合同还在哪！”

“是的。这几天我老琢磨着，是把保存下来的那份合同烧了，还是还继续藏起来，一直也拿不定主意，老觉得那是块心病，交给马老二吧，他就更有理霸占那块地；藏起来吧，心里又不安宁；去交给岗子村的田村长，这不成了胳膊肘向外拐了吗？叫大愣怎么在东丰村住下去？志明，你说我该怎么办啊！”

罗志明一时没有吭声。他想，吕淑梅说的不是没有道理。把合同交给马老二，他会理直气壮地出租山泉地；把合同交给岗子村，岗子村就有证据证实那块山泉地为岗子村所有。吕淑梅母子是东丰村村民，真若把合同交给岗子村，通情达理的人会向吕淑梅伸大拇指头，但也有不少人一定会对吕淑梅的举动不能理解，做出一些伤害吕淑梅的事情。到那时，又有谁能挺身而出，为吕淑梅伸张正义呢？马老二不会，刘四不会，老会计也不会。但是他罗志明会，可他罗志明好话说一千句，能有什么用呢？

吕淑梅见罗志明不言不语，知道这是一件难办的事，说：“要不，回去烧了吧！烧了干净利索！”

罗志明慌忙说：“烧不得，婶子要是放在自己家里不放心，就拿来放在我这里吧！你啥时要，我再给你。志明是个守信用的人，不会坑你的。”

吕淑梅晃了晃头，说：“哪能叫你担风险呢！还是烧了吧！”

“婶子，听我的，千万别烧！我这就跟你去拿合同。”

罗志明扯着吕淑梅的胳膊就往外走。吕淑梅往后退着，说："志明，让我想想，先别急！"

罗志明哪还容吕淑梅多想什么，他知道那份合同的重要性，马老二需要它；岗子村的人需要它；一切主张公正的人，更需要它！既然吕淑梅不管有意还是无意中说出了合同的下落，罗志明怎么能错失良机？

也许吕淑梅真正相信罗志明不会骗她，或者说把合同由罗志明保存更为放心。回到家中，她急忙开了柜锁，然后拉开抽匣，寻找合同。

罗志明站在院门口，以防外人闯进田家小院，发生意外之事，他看周围没行人，然后关上院门，来到屋中，只见吕淑梅脸如黄纸，额头上的汗水直往下流，愣如木鸡，想说什么说不出来。

罗志明大惊，忙说："婶子，你咋的？心脏病又犯了？"

吕淑梅忽然哇的一声哭了，说："志明，合同书丢失了！"

这简直是一个晴天霹雳，把罗志明几乎震晕了。这怎么可能呢，刚才吕淑梅还说有合同，怎么回家又说没有了呢？她不会是改变主意了吧！

"婶子，怎么会丢呢？柜没上锁吗？"

"上了。"

"那不可能丢呀！是不是放错地方，一时记不清了。"

"我记得清楚，就放在这个小抽匣里，昨晚我还看见了呢！"

罗志明闪动着眼睛想了想，说："藏合同书的事，大愣知道吗？"

"他知道。"

“他也知道藏在这个抽匣里？”

“知道。”

罗志明心里立时轻松多了，说：“一定叫大愣藏到别处了。”

吕淑梅否认了。她说：“钥匙在我衣兜里，他打不开柜。”

罗志明无限失望地说：“婶子，你别急，问问大愣吧！如果别人不知道合同书原件没有烧掉的事，是不会被外人偷走的。”

吕淑梅也是这么想的。她焦急地等待儿子回家。傍晚，田大愣回来了，吕淑梅急不可待地问：“愣儿，那份合同书你拿了？”

田大愣全神贯注看电视，闷声说：“没有。”

吕淑梅心里登时紧上了，十分不安地说：“咋没有了呢？”

“没有也别怀疑我。”

“你真没拿？”

“没拿！”

“可真怪了，合同书也没长腿长翅膀，咋就没了呢？柜门上着锁，如若叫外人偷了去，锁头也没坏呀！”

田大愣不耐烦了，嚷道：“别找了，丢了就丢了，还找什么找！是我偷去的，行了吧！”

田大愣气呼呼地走了。

吕淑梅心中纳闷，心想：这孩子今天咋的了，怎么不叫人说话呢！

这时，罗志明来了。罗志明说：“婶子，大愣回来了吗？”

“回来又走了。”

“你问他合同书的事了吗？”

“他说没有拿。我问他，他还有点儿烦，这孩子，怎么今晚和我耍脾气呢！以前不这样啊！”

罗志明说："这么说来，大愣突然发脾气，是有原因的。婶子，这几天你一定注意大愣的一举一动，可能有什么事，使他心情不好，会有不好的事情。"

吕淑梅听罗志明一说，心里突突上了，忐忑不安地说："志明，大愣能做什么事？他不会去杀人放火吧！他老担心因为和岗子村人打架，派出所来人抓他，听说打人要蹲半个月拘留所，大愣是不是害怕去蹲拘留所，和马大福一样，要逃跑啊？"

罗志明笑道："婶子多虑了，大愣不是大福，他决不会那么做的。大愣可能去文化活动室了。我去那里找他，劝他回来！"

吕淑梅说："叫他快回来吧！我这眼皮老跳，不放心他啊！"

四十一　远方的来信

田大愣没有去文化活动室，他到马老二家去了。此时，马老二和女人正在吃晚饭，对于田大愣的到来，马老二十分厌烦，他扔下筷子和碗，说："是不是怕派出所来人抓你去蹲拘留所，求我给你讲情？我说了，这个情我讲不了，讲了也不顶用。刚才我给袁所长打电话了，他说公事公办，不许任何人讲情。"

田大愣说："他们真要关我半个月？"

马老二说："凡是打架斗殴的，都关半个月，不过你放心，因为袁所长和我交情至深，他许诺只关你三天。"

田大愣问："岗子村那个黄大成，也关三天吗？"

"关他半个月，就便宜他了。你回家等着吧！他们可能明天来做个调查，根据情节轻重再做处理。"

其实，马老二没有给派出所打电话，袁所长也没有来电话，是马老二故意吓唬田大愣呢！至于对田大愣和黄大成打架的事，也没有人上报派出所，没人举报，派出所也不会无事找事，随便来抓人。田大愣却信以为真，还真以为马老二说的句句是实话呢！想到自己至今没娶上媳妇，却又要去坐大牢，娶媳妇更是难上加难了。不过，田大愣今晚来到马老二家，却要办另一件大事。

“姨夫，我想向你借一万块钱。”

马老二一愣，问：“借钱干啥？”

“姨夫，你就不要问借钱干啥了，我保证秋后还你，行吧？一万元不多吧！”

马老二摇头晃脑，吐着烟雾，说：“不借，不借，分文不借！”

“三分利行吧！”

“五分利也不借。”

吕淑云说：“外甥，你用钱叫你妈来和你姨夫说，不见你妈的话，不能借给你呀！”

田大愣说：“是我妈叫我来的。”

马老二愤恨地瞪了田大愣一眼，说：“净撒谎！你妈来也不借，你走吧！你以为花钱就不拘留你吗？老老实实回家等着吧！”

田大愣一屁股坐在板凳上，看样子事情办不成他不离开这里。他生气地说：“姨夫，你真不借吗？”

“不借！”马老二口气生硬。

田大愣从衣兜里掏出一张纸，说：“我把这张纸卖给你，你要不要？”

马老二望着田大愣手里拿的纸，问：“那是什么？”

“是一份合同书。”

“什么合同书？”

“是三十年前岗子村和我爸签的承包土地的合同书，留着一份复印的，没有烧掉，我一直保存着。”

马老二如被蝎子蜇了一般，顿时脸色苍白，两眼直勾勾地望着那份合同书，惶恐不安地说：“是真的吗？”

田大愣故意将合同书在马老二脸前晃了几晃，说：“你仔细看看，上边有公章，也有手印，不是假的吧！”

马老二傻眼了。他看得清，那的确是一份印章俱全的合同书，和那天在田家被吕淑梅烧掉的一模一样。马老二忽然变得无比愤怒起来，他几乎吼叫着：“你们母子变着法儿坑人害人，我决不饶恕你们，我去法院告你们！”

田大愣毫不在乎，说：“就巴着你去告呢！到法院大堂上，我把这份合同书一亮，说不上谁告谁呢！”

马老二气得脸变了形，喘着粗气说：“你到底想怎么着？”

“要合同，借我一万；不要合同，我另找买主，不管谁买，少两万不干！因为你是我姨夫，就要一万，秋后偿还，说到做到。”

马老二气歪了嘴。他拍着桌子大叫：“我不买，也不借，你把合同卖给岗子村吧！他们会买的。你这是勒索，是犯法的。”

田大愣说：“我是向你借钱，给你打借条，不犯法。既然你不要，那我就不多说什么了，我走了。”

田大愣把合同书揣进衣兜里，刚出屋门，就听到马老二在背后喊：“大愣，你这个混蛋小子，你给我回来！”

田大愣偷着乐，心想，老狐狸上套了。

马老二回头对女人说：“去开柜，拿一万元给大愣！”

吕淑云很不情愿，说：“不过一张纸，一万元太多了。”

田大愣说：“一万元不多！现在岗子村出价两万也买不到

这份合同。”

吕淑云没好气地说：“大愣，你就把那张纸卖给岗子村去吧！多得一万。”

马老二一声怒吼：“臭老娘们儿，啰嗦个屁！”

吕淑云对于田大愣借那么多钱深表怀疑。她想，往日都是妹妹到她家借钱用，那么大的一笔钱，妹妹怎么让儿子来借呢？她越想越觉得不对劲，田大愣刚走不多会儿，她就到妹妹家来了，把田大愣如何去借钱，又如何以合同书逼他姨夫借钱的事一五一十地说了。

吕淑梅大吃一惊，心想，原来合同书真的被儿子拿去了。钥匙在自己的衣兜里，他是怎么拿去的呢？他又为什么用合同书逼他姨夫给他一万元呢？他用这一万元做什么呢？她等待儿子回来，向他问个一清二楚。一直到半夜时分，儿子也没有回来，吕淑梅毛慌了，急忙忙敲响了罗志明的院门。

罗志明惊异地望着夜幕中神色慌张的吕淑梅，问：“婶子，发生了什么事？”

吕淑梅几乎要哭了，说：“大愣到今没回家，会不会出事了？”

罗志明说：“不会吧！”

“志明，你不知道呀，大愣昨晚去他姨夫家借了一万元，会不会叫谁盯上了，把他害死了？”

罗志明惊得直发愣，说话变了调：“黑夜真带那么多钱，那就会不安全的，婶子，你先回家，我去找郭有有，叫他派民兵给找找。”

罗志明立即来到郭有有家，把田大愣至今没回家的事对他说了，当郭有有听说田大愣身上有一万元块钱后，他认为凶多吉少，急忙给几个民兵布置了寻找田大愣的任务，然后他们打着手电筒，把屯子找了个遍，一直到东方发白，也没看见田大愣的足迹。罗志明似乎预料到情况不妙，急忙把田大愣失踪的事向大山乡派出所报了案。袁所长认为一个年轻人一夜未归就怀疑发生意外，似乎有点小题大做，但他还是把此事作为一个案件登了记。

黎明很快到来，太阳也很快又西斜而去，田大愣仍没有回家。吕淑梅早就哭成泪人儿，她知道至今儿子不归，一定有人图财害命，儿子性命不保了。

一晃两天过去，不见田大愣的身影，又一天即将逝去，仍然见不到田大愣。吕淑梅如疯了一般，可屯子走来走去。她一会儿哭，一会儿叫，谁也劝她不住。有时跑到马老二大门口，大骂马老二，不该借给大愣那么多钱。马老二觉得很委屈，对人们说："我马老二行好不得好，借给大愣钱，他妈骂我，我这不是成了猪八戒照镜子——里外不是人吗？"

但是，马老二不相信田大愣会发生意外，现在他开始怀疑，田大愣是不是怕去拘留所，拿钱远走高飞了？马老二的判断很快得到了证实，田大愣的确携款逃走了。

那是田大愣失踪的第五天，罗志明接到快递员送给他的一个加急快递信和一张汇款单。罗志明打开快递信，只见里边有一封信和一张合同书，看那信上写着：

志明哥：

我在省城给你写这封信，现在离开家已经两天了，我已经买了去大鲁市的火车票，火车再有一个小时开动，在车站近处，我把这封信和五千元汇款单寄给你。如收到，给我打个电话，我的手机号不变。

志明哥，我不能在家待下去了，看到罗大伯那条伤腿，又想到秀英失踪多日至今也无音信，我心里真不好受！如果那天夜里我不回家陪伴母亲，就不会发生一切的不幸，我真后悔啊！我对不起罗大伯，也无脸见秀英，我要以行动挽回这一切的损失，去大鲁市寻找罗秀英。我相信是马大福与人合谋绑架了秀英。以前我曾听马大福说过，他父亲在大鲁市有个朋友，我猜到马大福一定把罗秀英绑架到那里去了，我去那里一定要找到罗秀英，不能叫她遭受马大福的凌辱！虽然寻找到他们不是一件容易的事，但是我有信心，挖地三尺找也要找到！

我去向马村长借了一万元，五千元是我去大鲁市的路费，邮给你五千元，给罗大伯养伤治病用。这笔钱我在外打工一定会还的。转告我的母亲，对不起她了，叫她好好保重，不要挂念我，也希望你常去看看我母亲，把她当成你的生母对待。

另外，附上一份合同书。这是我父亲活着时与岗子村签的包地合同的原件，由于我多复印了几份，才瞒过了我那个大姨夫，如何处理这份合同书，你替我和我母亲决定吧！

田福林

罗志明读罢信，忍不住阵阵酸苦，泪珠吧嗒吧嗒落在地上。

四十二　并非鸿门宴

为了一块山泉地，岗子村人与东丰村民发生争斗的事，很快传遍大山乡。乡长赵庆生十分恼火，他在电话里对田勇一顿无情的批评，然后通报全乡，显然，在赵乡长眼里，田勇是一个不称职的村干部，如果不是因为村长是由村民选举产生，赵庆生真想一怒之下，把田勇一撸到底，叫他变成一张“白纸”。

赵庆生给予田勇的批评固然使田勇深受教育，然而真正使田勇长教训的，是东丰村人对拖拉机的阻拦，过后他仔细一想，这件事也办得太仓促了。俗话说：心急喝不得热糊糊。这话一点不假。

不管怎么说，田勇讨要山泉地的决心不变，勇气不减。因为有了那块地，岗子村就能改变一穷二白的面貌，就能富裕起来，就不会成为光棍村！他去找老村长杨兆坤出主意。

老村长仍然支持田勇去山泉地修石坝。他说：“咱们也不是去抢地种，修石坝为的是挡住洪水冲了地，东丰村的人不应该反对，赵乡长也应该支持！”

田勇说：“那天两村人动了手，差点出了人命，不能再去了。”

老村长叹息道：“修坝修不成，失去了那年和田海签的合同书，看来那块山泉地想回归岗子村，完全没有希望了。唉，我枉活了七十多岁，对不起岗子村的老少爷们，我有罪呀！”

田勇劝道：“马也有失蹄的时候，何况人呢！要不，我再去找李副县长，听听他的意见？”

老村长摇手道：“不能去了，老给他添麻烦也不好，他工作也忙。你还是去东丰村和马村长唠唠，叫他理解咱们修坝的用意，求得他的支持，他要是同意两村合伙利用山泉地搞旅游开发，我看也没什么不好。”

田勇说：“马村长不会同意的，他正在准备和天顺公司签合同，把地租给天顺公司呢！据说天顺公司孙经理因为咱们和东丰村为地闹矛盾，他暂时还没有和马村长签正式合同。”

老村长说：“这个孙经理十分狡猾呀！”

“是的，他是不见兔子不撒鹰。”

田勇的手机响了。田勇接通了，问：“你好，请问哪位？”

手机里传出孙有成的话音：“田村长，没听出我是谁吗？”

“哦，是孙经理啊，有什么事吗？”

“我在县城兴华大酒店，有重要的事情和你说，你马上来，我在酒店大堂等着你！”

“有什么重要事情？”

“你来了再和你说。”

说完，对方把电话断了。

田勇把孙有成叫他速去县城的事对老村长说了，老村长说：“叫你去也许就是为山泉地的事，去听听他说什么，如果他愿意与咱村签合同，就和他签！他是财神爷，离不了他。”

田勇点点头。

田勇搭班车到县城时，已经渐近中午。他来到兴华酒店，推开客厅门，只见马老二和孙有成坐在一起，正在说着什么，李玲在和谁通电话。孙有成一见田勇，立时迎上去，笑哈哈地说："我知道你会来的，所以我一直等着你。马村长也刚到，你们都不失约，我很高兴哪！"

马老二把手伸给田勇，皮笑肉不笑："今天咱们又见面了，好啊！怎么这几天没去修石坝啊！"

田勇以坚决的语气回驳说："这几天没去，过几天一定去！"

孙有成说："你们就别打嘴仗了，该到吃午饭的时候，咱们到餐厅去。午饭我请客！想吃什么点什么，不怕花大钱！"

到了餐厅，三个人围着餐桌坐下，田勇忍不住问："孙经理，你叫我们来有啥事？可不可以先告诉我们？你不说为什么事，这中午饭我们吃不好啊！"

孙有成说："首先声明，请二位大村长明白，这不是鸿门宴，是庆功宴！"

"庆什么功？"

"一会儿告诉你们，你们每人点两个菜，拣贵的点，今天是庆功宴会，花多少钱我都高兴。"

孙有成把菜谱递给田勇。田勇接过菜谱，点了一个土豆丝，一个尖椒干豆腐，然后把菜谱递给马老二。马老二点了个蘑菇炖小鸡，还有个木耳炒肉。孙有成看了二人点的菜，笑道："你们都想给我省钱啊！我现在不缺钱，不是我孙有成吹，大玛河的水干了，我孙有成的钱也干不了。二位喝什么酒？"

"随便，只要是酒就行。"田勇说。

“来瓶喜凤吧！”马老二说。

孙有成对李玲说：“去拿喜凤。”

田勇老想弄明白孙有成今天叫他们来的目的，小声问马老二：“孙经理叫咱们来有啥事？”

马老二轻轻摆摆头，说：“我也不知道。”

酒过三巡，孙有成也没有说叫他们来做什么，一瓶“喜凤”喝光了，孙有成还是一字不提。田勇实在忍不住了，站了起来气呼呼地说：“孙经理，我们是来办事的，不是来喝酒的，你不马上告诉我们来做什么，我就马上回家。”

马老二正喝在兴头儿上，还没有过酒瘾呢，他拉田勇坐下，吐着酒气说：“好饭不怕晚，你急啥呀！今天咱们难得相见，孙经理又这么大大方方地请咱们，为什么不喝个痛快！”

田勇说：“我没工夫陪你们喝酒，我忙着哪！”

李玲挡住欲要离开酒席的田勇，说：“别急，别急，马上就告诉你。”

孙有成似乎有点恼怒，把酒杯呼地往桌上一放，向李玲下命令般说：“李秘书，现在你就宣布吧！”

李玲从文件包掏出一份合同书，他把合同书摊在桌上，开始念道：“合同书，今有大山林业管理局和天顺公司签订承包山林合同……”

孙有成突然打断李玲的念文，说：“不要照本念了，这不关他们的事，念了也无用！把内容大概告诉他们就行了。”

李玲说：“二位村长，我就长话短说，是这么回事：经过双方协商，又经上级有关部门批准，大山林业局和天顺公司签了一份合同，决定把野猪岭租与天顺公司，期限五十年。天顺公司拥有山林树木及土地的使用权，包括坐落在野猪岭下大玛河畔的山泉地，任何人和任何单位无权干涉和阻止天顺公司对山上林木和土地的使用。凡是过去与野猪岭范围之内的一切有关林木土地合同，一概无效……”

李玲的话还没有说完，田勇就脑袋要炸了。他怀疑李玲在说胡话，可是在他看到那份印有大山林业管理局和天顺公司的公章合同后，田勇觉得眼前发黑，这件意料不到的如从天上掉下来的突发事件，使田勇六神无主，完全失去理智，不知该怎么办了。

同样，马老二也完全处于惊恐之中。这件事对于他来说，做梦也不会梦到的。他满怀无限希望能与天顺公司签一个正式合同，使那五百万元能揣进自己腰包，然而老天爷似乎故意与他作对，当头给了他一棒，使他真的彻底失望了。继而，一种愤怒涌上他的头脑，他忽地站起来，指着孙有成叫起来：“孙经理，你怎么能这么办事？你和我签的协议书，就这么作废了？你太不讲信用了。”

孙有成装出一副十分可怜的面孔，哭咧咧地说：“马村长，不是我不讲信用，是你们不守信用啊！你说那块山泉地是你承包东丰村的，可是为什么岗子村的人说是他们的？你又拿不出真正的山泉地属于你们的证据，岗子村的人又修坝，你们又和他们打起来了，不说花了钱，就是不花钱，你送给我我也不敢要啊！现在我们通过调查，山泉地应该归大山林业局管理，没有大山林业局的批准，你们谁也干不成。我说马村长，就这种情况下，我哪敢和你们签合同？不但和你不敢签，和岗子村更不敢签！也只能和大山林业局签了。”

马老二没有理由再为自己争辩下去，只是瞪着一对眼睛发愣，想说什么也说不出来。

田勇也被孙有成的话堵住了嘴！大山林业局田勇惹不得，马老二惹不起，孙有成的钱堆成山，他也敢怒不敢言。田勇想到这里，不由得长叹一口气，说：“真想不到啊！孙经理，你好厉害啊！”

孙有成嘻嘻笑着，说：“过奖了，过奖了！二位村长，实在对不起了，你们谁不服气，就去大山林业管理局找王局长说理去吧！我这也是被逼得没有办法，不得不这么做！不能因为这个伤了咱们的和气，理解万岁嘛！”

四十三　美梦难成真

马老二无论如何也没有想到，他朝盼夜盼即将与他签订正式合同的孙有成，瞒着他去与大山林业管理局签订了承包野猪岭的合同，使他的美梦变成了泡影。当时，他听李玲叙说合同的内容，差点把他气死。不过，马老二还是忍受了这突如其来的打击，怀着一颗沉重的心情，立即给赵庆生打去了电话。

“赵乡长，孙经理与大山林业局签了一份承包野猪岭的合同，你听说了吗？”马老二说。

“孙经理早在五天前就来请示过我，他承包野猪岭也是乡政府经过研究同意的，他才与大山林业局签了合同。我说马村长，你是知道的，现在政策放宽，他有承包山林的权利，咱们谁也无权干涉阻挠啊！”

“他说，山泉地也在他承包山林的合同内了，这是怎么回事？”

“那块山泉地坐落在野猪岭，当然属于合同之内的地。我看山泉地为天顺公司所有，也免得岗子村和你们为了那块地打架斗殴的。上次你们打架没有出人命，就是万幸，一旦发生伤亡事故，我这个乡长还能当成吗？我说马村长，你们也要顾全大局，为别人想一想呀！”

马老二气得挂了手机，嘴里骂道：“一派胡言，我马老二为你想的事还少吗？你花我的钱，能用算盘珠子打吗？”

马老二病倒在炕上，两顿没有吃饭。吕淑云不知丈夫的心事，还以为丈夫想儿子呢，安慰道：“他爹，你不是叫大福去大鲁市了吗？有你的朋友照顾，他不会受屈的。只是到今天也没有来电话，我怪不安的。”

马老二猛一声吼：“他死了才好呢！死了，死了，什么都完了，清闲自在，我当和尚去！”

“他爹，今儿个你咋的了？怎么脾气这么大啊！”

“少啰嗦，给我滚！”

吕淑云不敢再说什么，慌忙出了屋。这时，田勇来了。

“马村长在家吗？”

“在哪！快到屋吧！”

田勇的到来，使马老二十分吃惊，他坐了起来，说：“你怎么来了，有事吗？”

田勇笑道：“无事不登三宝殿，我是搬救兵来了。”

“搬救兵？救谁？”

“救山泉地。”

马老二大失所望，泄气地说：“我以为你能带来喜事，是他妈的丧事，以后别提那块破地，它彻底伤了我的心，听到地名，我心里就叫狗咬了一样。咱俩不是朋友，是冤家对头，要是没有别的事，你走吧，我心里烦！”

田勇说：“冤家易结也易解嘛！我既然来了，得让我把话说完呀！孙有成也真不是东西，他瞒着咱俩去林业局签了承包山林合同，他这是成心拆咱俩的台，不让两个村的村民过好日子，吃独食。我把这件事向乡政府反映了，赵乡长说这是国家政策允许的，任何人阻挡不了。我就纳闷，那块山泉地是老黄头开垦的，他开地时，还没有林业局，有合法的土地证，就是归了集体，地也是集体的，林业局凭什么政策把山泉地租给孙有成了？咱们得找上级有关部门问个明白。”

马老二沉默了半天，叹口气道：“你说的也不是不对，可是到哪说理啊！孙有成那老小子和我签了租山泉地的协议书，那上边写着，双方不得反悔，如有一方反悔，赔偿一切经济损失，我要和他找个地方说说，叫他赔偿我的损失，至于那块山泉地应不应该归孙有成，我不管那么多了。天老爷是老大，林业局是老二，为了那块地和孙有成打官司，就是和林业局打官司，咱斗不过他们，还是死了心吧！要打官司你去和他们打，我马老二是不去了。”

“就那么眼巴巴地看着，叫孙有成把本该属于咱们的土地，不花分文抢去了吗？这也太不讲道理。”

“世界上不讲道理的事多着哪！你能都去摆平吗？现在我明白了，有钱能办成事，钱少了只能办小事，办大事得有大钱！唉，这世道，没有钱寸步难行啊！”

“叫你这么说，你心甘情愿让林业局把山泉地划给天顺公司了？”

“我不心甘情愿，没有法子呀！”

田勇十分失望，说：“指望来找你，一块去县政府讨个说法，没想到你会这样！我不服输，我也不当三孙子！明天我去县政府！要是能把山泉地要回来，判给岗子村，你不后悔吗？”

“我决不后悔，我佩服你！你能要回来是你的，我马老二不会再为那块地和你打官司的。”

在田勇走后，马老二心里发出一阵冷笑声，自语道：想要回那块地，做你的美梦去吧！

自从罗志明接到田大愣快递传来的信件和钱款，心里一直不能安宁。当天晚上，他去见到吕淑梅，把田大愣的来信和汇款的事对她如实讲了，并将汇单递给吕淑梅，叫她将钱支取后自己使用，同时，对合同的事也对她讲了。吕淑梅见儿子有了下落，自是欢喜不尽，却是拒收钱款，说既然儿子有心汇钱给罗百万治伤腿用，自己岂有占用之理？至于那份合同的处理，吕淑梅也同意儿子的意见，由罗志明看着办。因为杨玉萍急着回岗子村处理村里的业务账，她走后，吕淑梅便负担起罗家的家务事儿。她既要回家饲养属于她自己的几十只肥猪，也要忙活罗家的活儿，真也够她做的。可她从不说累，倒真像罗志明的母亲呢！

田勇忽然出现在罗家小院，使罗志明惊喜万分，他把田勇拉进屋里，见过自己的父亲后，就忙着去商店买酒割肉，要好好招待这个并非东丰村的好村长。

田勇也的确饿了，在吕淑梅为他们炒好了菜后，便与罗志明对坐在小饭桌边，各自一瓶“花河”啤酒，如久别重逢的朋友，边喝边聊。

“田村长，你咋有时间来东丰村？”罗志明说。

“去搬救兵，没有办成。”

接着，田勇便把他去马老二家，如何劝说马老二与他去上级有关部门寻个说法的事，对罗志明一五一十地说了。最后对罗志明说：“现在我来求救你了，你是大学生，文化水平高，你认为像这件事，应不应该通过法律解决问题？”

其实，在这几天，罗志明一直为那份在他手中的合同书思虑万千。他知道那份合同书对于岗子村的重要性。它完全能证明那块山泉地为岗子村所有，其他任何人、任何单位无权耕种或出租。他只是在想，如果给岗子村，那么作为东丰村村民的罗家父子，还能不能在这里生活下去，人们一定会骂他是吃里爬外的败家子，因为不管怎么说，眼下这块地是东丰村的，是马老二承包的。尽管马老二想出租，但出租的资金也有村集体的一部分啊！如若不将合同献给岗子村，那么这份合同应该怎么处理呢？是继续秘密保存，还是马上烧掉？罗志明左右为难。开始，罗志明以为田勇已经知道合同书在他手中，来向他讨要，如今听他这么一说，恍然大悟，却又十分惊讶，不由得说：“孙有成神通广大，能把一座大山承包了，是了不得。”

田勇道：“你说，该怎么办？”

罗志明说：“把情况先向乡政府反映，看乡领导的意见。”

“为这事昨天我去了乡政府，赵乡长反把我好个批，说我多管闲事，气得我扭头走了。”

“那就去向县领导反映，看他们的态度。”

“为了那块山泉地，前些日子去找过李副县长。老去找他，人家就烦了。”

“烦也得找！不找地没有，找了就有地。道理在你这边，你怕啥？拿着土改时发的山泉地的土地证去找！”

“土改时的土地证没有了，有合作社时的土地台阶，也有生产队时的土地登记簿，也有土地承包时的承包土地登记账。”

罗志明说：“这些证据不能证明山泉地是岗子村的，如果有岗子村与田海签的那份合同，那就好办了，否则，美梦难成真啊！”

“是啊，要是有那份合同，一切都好办了，可是那份合同没有了啊！”

“那个合同就在……”

罗志明急忙把后边想说的话吞进肚子里，没有说出来。

田勇正把酒瓶伸到嘴里，大概只顾喝酒，没在意罗志明说的什么。

四十四　老会计的心上事

老会计刘昌河刚把村委会办公室门打开，快递员小贾递给他一封挂号信件。见信封上印有“大山乡东丰村委员会收”的字样，他拆开了信封，只见里边是一份县政府的通知，那上边写着：

大山乡东丰村委员会：

根据岗子村田村长反映的有关坐落在野猪岭下的山泉地所发生的一些事件，经县政府研究，决定五月十八日上午在东丰村召开由大玛县政府、大山乡政府、天顺公司、岗子村、东丰村主要领导参加的由李副县长主持召开的重要会议，解决山泉地引起的问题，望上述单位主要负责人务必按时参加会议。

大玛县委员会秘书处

二〇一六年五月十六日

老会计看罢信件，身上登时出了一身冷汗，他把信件反复看了又看，心想，县政府为了山泉地下这样的通知，足以说明县政府对这件事的重视。想到自己为了那块山泉地，帮马老二做的那一件件不可告人的秘密事，心里突突直跳。尽管也只有他和马老二知道，俗话说，没有不透风的墙，万一透了风，不说自己这会计职位难保，说不定还要定个什么罪，送去坐大牢，那就是瞎子掉了井——没有活命之路了。

他急慌慌回到家中，把那份县政府的通知拿给老伴看。傅开花不耐烦地说："我也不是村官，你叫我看那玩意干啥？"

老会计满面忧愁："这是县政府发的文件，关系着咱一家人的命运啊！"

傅开花听老头子一说，立时瞪大眼珠子，一把拿过信件，看了起来。

傅开花虽然只有小学文化，信件内容她还是能看下来的。看毕，她说："这是通知开会的，和咱家扯不上！"

"老伴，扯上了！那上边写着，处理解决山泉地引起的问题。咱和山泉地有牵连啊！"

"和山泉地有什么牵连？"

老会计去门外望望大街没有行人，便进了屋，凑到傅开花耳边，小声说："我给马村长改过合同书。"

傅开花眼珠子瞪得比牛眼还大，大声喝问："你说什么？"

老会计瞅瞅窗外，轻声说："你吵叫啥呀，别叫外人听见呀！墙外有耳，说话要小心！"

傅开花真是生就的骨头长成的肉，她那个大嗓门是改不了的。她才不怕墙外墙内呢，仍然大吼："快给我说，改的什么合同？"

"就是罗百万转包马村长的那块山泉地的合同。那天，马村长找到我，对我说罗百万手中那份和他承包的合同被他撕了，眼下就他有一份合同，村政府有一份，他叫我把他那份合同内容改一改，在合同书上添上‘马平山有权利随时收回承包地’，本来我不想给他改，可他说我要不听他的，就马上撤我的会计职务，他还叫我把村政府那份烧了。”

“所以你就照他说的做了？他咋不自己改呢？”

老会计无可奈何般地说：“唉呀，你是不知道呀，当初合同是我写的，他写的字和我写的字笔迹不一样呀，所以他才叫我改合同。我是拉磨的驴，不听村长的哪行？他答应给我多加五百元的会计工资补助款，当时就兑现了。”

傅开花大为恼怒，朝老会计脸上吐了一口唾沫，骂道：“老不死的，这么大的事你咋不早和我说，如今要出事了，你跑肚蹿稀蹿出来了，你这个老不死的，我叫你气死了。当初你娶我时，曾对我发誓，放个屁也要和我打个招呼，你放了一辈子屁和我吭过声没有？像这么大的事，你敢瞒着我，你这个老不死的。”

“那五百块钱，也是叫你花了呀！”

“你不说明白是什么钱，我才花的。要知道是脏钱，我扔屎坑里生蛆。你成全了马老二害了罗百万，这是损德啊！”

老会计几乎要给傅开花下跪，哭咧咧地说：“事到如今，你就别埋怨我了！你说咋办呀，得想个法儿啊！”

“出路一条，退赃，把那五百钱退回去！”

“退钱容易，可那个合同咋改过来呀！”

“改个屁！马老二能叫你再改回去吗？干脆去向政府交代，争取宽大处理！要不，你进了大牢，我也不给你送饭，叫你饿死在那里！”

老会计无可奈何地说：“好，听你的，我这就去公安局投案自首。”

老会计出了门，心想，这事儿得让马村长知道，瞒着马村长去公安局投案，这不是背后整人吗？以后叫马村长知道了，准得找他的短处。会计能干不能干，全是村长一句话。不如先去和马村长打个招呼，看他态度如何。或许马村长还有锦囊妙计，能帮他逃过这一关呢！

老会计来到马老二家，先把县政府的通知对他说了。马老二说：“赵乡长昨天在电话上通知我了。这个李副县长不在县城开会，跑到东丰村来开，他这是唱的什么戏？”

老会计无心去弄明白唱的什么戏，他说：“马村长，我来向你求个主意，你说那事怎么办？”

“哪个事？”

“你叫我改合同的事。”

马老二不由笑了，说：“事情都过去了，你怎么忽然提起这件事？”

“这次县长来咱村开会，会不会也追查合同的事？”

马老二笑出了声，用手点老会计的脸，认真地说：“你呀，只管把心放在肚子里吧！你大概还没有听说吧？天顺公司撕毁了我和他们签的协议，和大山林业局签了承包野猪岭的五十年合同书，包括那块山泉地，全都为天顺公司所有。不说我马老二无能力把山泉地弄到手，就是山泉地的老祖宗岗子村，也做不到了。”

“那李县长咋还来开会？”

“是岗子村田勇那小子捣鼓的，他不死心，叫李县长来处理。”

“真有此事？”

“有没有此事，明天开会你就知道了。”

“我给你改合同，不会有事吧？”

“山泉地是天顺公司的了，还什么合同不合同，没人追究了！谁想再要那块山泉地，去和天顺公司打官司吧！”

听了马老二一番话语，老会计心里终于如一块石头落到地上，他长长地吁了一口气，说：“这就好，这就好！”

马老二说：“不过也不要掉以轻心，那事只有你知，我知，天知，地知！咱俩不说，鬼也不知道！”

“是的，是的，马村长，我听你的！”

“这就对了！”

老会计回到家，傅开花吃惊地说：“怎么去县城这么快就回来了？”

老会计说：“我去马村长家，他说去不去无用了！”

傅开花几乎要跳起来，吼说：“叫你去投案，你不听老婆的，却听马老二的，他是个什么东西，你还不明白吗！马上去城里，你敢不听老婆的，今晚不许你上我的炕！”

老会计哭丧着脸，说：“老伴，你得听我把话说完呀！马村长说，天顺公司和大山林业局签了五十年的合同，把山泉地和野猪岭全承包去了，其他的合同一概无效，成擦腚纸了。”

傅开花惊得半天没说出话，心想：天顺公司真有钱，能把座大山承包去，那还有别人走的路吗？傅开花这么一想，觉得那张合同纸的确文钱不值的。

“你说的全是真的？”

“是马老二亲口对我说的，还能有假吗？我看见马村长满脸愁闷的样子，就想他不会骗我的，一定是他和天顺公司没戏了。”

“我就盼着他的戏唱不下去，那才好呢！村集体的地，租了钱揣他的腰包，大伙都有意见！是老天爷睁开眼，让林业局治了他，这就叫天意！所以我说柱他爹，得行善哪！你得相信善有善报！马老二不干好事，迟早会有报应的！”

老会计急了眼，几乎哀求道：“柱儿他妈，你就少说几句吧，墙外有耳啊！”

傅开花朝老伴狠狠地瞪了一眼，说：“窝囊废！你快死了吧！我下辈子就是嫁个狗，也不跟你过日子啦！”

四十五　信访主任唱大戏

太阳爬出东山有一竿子高，东丰村村委会办公室里就如七月的核桃——满了仁（人）了。赵庆生和乡政府秘书小秦来了，还有岗子村的田勇和杨玉萍，东丰村的马村长和老会计。天顺公司的孙有成和李玲也早就来了。此外，还有大山林业局土地科的科长郑洪和县电视台的工作人员。

出乎大家意料的是李副县长没有到来，县信访办公室主任张大川来了，他对与会的人员说："本来今天来主持会议的是李副县长，由于省政府今天召开农业会议，他就不能来参加这个会议了，他委派我今天来主持会议。希望今天这个会议，开成一个团结的会议，和谐的会议，解决矛盾的会议，不违背党的政策和法律的会议，使与会人员都感到满意，能对全县人民有贡献的会议！为了把这次会议召开的实况如实让全县百姓知道，我们也邀请县电视台的摄制组来了。"

田勇坐在最后边，他觉得张大川说的废话太多了，忍不住地冒了一句："张主任，说正题吧！我们都很忙呢！"

张大川把目光盯向田勇，很不高兴地说："就你忙我们不忙吗？是听你的还是听我的？”

田勇说：“我们听你的，你继续说吧！”

张大川便继续又说下去：“为了那么一块山泉地，惊动了李副县长，这本就是小题大做。本来大山乡政府已经处理过了，有的人就是不服气，一定要求李副县长来处理。我就不信，李副县长如果处理不好，还需要省长来处理吗？我们有的村干部就是好出风头，目无上级单位！”

田勇再也忍不住了，腾地站起来说：“张主任，你是来主持开会的，还是来给村干部讲课的？”

赵庆生对田勇十分不满意，说：“田村长，你想参加会就给我老实地坐着，听张主任讲；你不想参加会，就马上离开这里！当众顶撞领导，你也太不像话了！”

田勇一声不响地坐下了。

张大川接着又说：“由于时间关系，我就不多说了，剩下的时间叫大伙发言。到底那块山泉地应该归谁，听听大伙的意见。具体情况大伙也都了解，我就不做说明了。赵乡长，你再补充几句吧！”

赵庆生说：“没有补充的，大伙就发言吧！”

田勇又腾地站起来，脸红脖子粗地说：“我先说！”

赵庆生担心这个莽小子说些不沾题的事，给田勇敲了警钟：“田村长，我可告诉你，这是在开会，有记录的，也有摄像的，说出的话是收不回来的，对党和人民有利的话多说，没有用的不说。”

田勇说：“乡长放心，我不是来放炮的。”接着，他把三十年前，老村长如何把地承包给东丰村田海，如今为什么又想把地收回，一五一十地说了。

张大川耐心地听田勇讲完，问："老村长和田海签的合同还有吗？"

"双方都已经丢失了。"

张大川不由得笑了，说："没有合同，等于失去证据，说什么也无用了。"

"那块地是我们村老村民黄月来的父亲开垦的，土改时又分给了他。"

"有土改时分地的地契吗？"

"也没有了。"

张大川有点儿不悦，说："合同书没有了，地契没有了，怎么证明地是岗子村的，就是有合同，有地契，也是两张废纸！"

田勇说："张主任，你怎么这么说？合同和地契都不能做证，什么能做证？"

张大川说："你们把地扔了三十年，为什么三十年后的今天才想起山泉地？你们早干啥了？即使有合同，有地契，在东丰村人种上山泉地后，你们岗子村有人来向东丰村要过地没有？没有人来要地，就等于自动放弃！就这一条，你们岗子村告到哪也无理！"

田勇大呼："我们有一份东丰村六十户村民的签字证明！"

张大川冷笑道："你就是有六百户村民的签字也不行！我要看的是山泉地的原始凭证！要的是有承包地合同，要的是你们岗子村年年去东丰村要地的人证物证，你们有吗？"

田勇哑言了。

马老二见田勇挨了张大川个没脸，心里很高兴，听张大川点名叫他发言，便站起来，面带笑容，向张大川和赵乡长每人鞠了一个躬，又回头向在座的人鞠了个躬，便开始了他的发言："欢迎县乡领导和在座的各位领导光临东丰村，参加这个会议。对于那块山泉地的处理，乡政府已经下达了文件，我们也完全执行乡政府的处理意见，只是田村长不服气，前几天来劝我去县里告状，被我拒绝了。大山林业局把野猪岭承包给天顺公司，我们也没有理由反对，可就是不明白，山泉地归东丰村所有，我们村耕种三十年了，林业局怎么有权利也承包给天顺公司了呢？"

张大川说："马村长，山泉地为什么也被林业局承包给天顺公司，你就不要追究了，这事与你们东丰村无关。我叫你回答，据岗子村村长说，山泉地原本归岗子村所有，为什么地又归东丰村了？"

马老二说："我们也承认，三十年前，那块地是岗子村的。刚才田村长说他们村的老村长和田海签了承包合同，到底签了几年，合同在哪里，因为田海已经死了，谁也不知道。但是自从田海死了后，那块地就荒废了，是我们东丰村村集体把那块地当荒废地捡起来的，已经种了几十年，没有一个岗子村的人来要那块地，现在农业转型，人们都琢磨挣钱门路，见山泉地适于搞旅游开发，能挣大钱，岗子村人红了眼，这才来抢地种，为这，差点出了人命！"

张大川问："现在这块地是谁耕种？"

马老二说："我与村集体签订承包五十年的合同。合同手续都在这里，请领导过目。"

赵庆生接过合同，只见合同书写着：

合同书

今有东丰村村长赵贵发，通过召开村委会会议，一致研究决定同意将野猪岭下山泉地三垧三，承包给东丰村村民马平山，承包期五十年。马平山每年向村集体交承包费九百元。双方经协商同意，立此合同。

甲方：大山乡东丰村村委会

乙方：马平山

证明人：刘昌河

二〇〇一年三月二日

赵庆生把合同又递给了张大川。张大川看了看，问孙有成："孙经理，你也看过这个合同？"

孙有成说："看过他的合同，我们才敢和马村长签了个租地协议书。后来又冒出一个罗百万，所以也不敢和马村长签真正的租地合同。"

张大川问马村长："罗百万是怎么回事？"

马老二说："是我把地转包给罗百万，罗百万不许我租地，这里有我和他签的转包合同。请领导过目。"

张大川接过合同书，内容如下：

合同书

马平山愿将承包村集体的三垧三亩山泉地按每垧地一千五百元承包费，转包给罗百万。期限三十年。罗百万为报恩，甘愿无条件将女儿罗秀英嫁给马平山的儿子马大福为妻。从即日起，罗秀英即是马大福的媳妇。男方给女方做新衣服一件，为定婚物，两家和睦相处，永不反悔。马平山有随时收回山泉地自己耕种的权利。

甲方：马平山

乙方：罗百万

证明人：刘昌河

二〇一三年一月八日

张大川看后，问马老二："罗百万的女儿已经嫁给你儿子了？"

"她今年刚二十，正待成婚，被人绑架了。"

张大川似乎明白了，说："原来县公安局立案侦查的绑架案，绑的是你儿媳妇啊！"

马老二苦笑道："可不咋的！叫领导见笑了。"

"家家都有一本难唱经啊！"

"张主任，那地归林业局还是应该还属于我们东丰村的？"马老二小声试探着问。

张大川似乎没听见，没有回答马老二，却转脸问郑洪："该你讲话了。"

郑洪坐在那里一动不动，十分傲气地说："我没有什么可说的。我来时，局长告诉我，让我给大家捎几句话。他说，东丰村方圆三十里的树木山川和土地，都在大山林业局的管辖范围之内。虽然东丰村建村的时间比林业局成立早三十年，但不管是李副县长，还是张主任，都无权把山泉地划到地方去！”

张大川听郑洪这么一说，气得鼻子要歪了，没想到郑洪却讲话不起身，神气傲慢，竟然又说出那番话语。心想，你不就是林业局一个小科长吗？有什么资格装腔作势，目中无人？老子也不吃你那一套，就把那块地判给地方，看你怎么着！郑洪话一结束，他就大声说：“现在我代表县政府将山泉地的处理结果当众公布！”

屋内立时鸦雀无声，几十双眼睛全集中在张大川的脸上。张大川故意咳嗽了一声，然后说：“县政府的意见是，林业局是管树、管草、管山上的野生动物的，无权管理土地。山泉地是土地，不是树。虽然山泉地的原始开发者是岗子村村民，因为其地被岗子村扔了三十年，后来东丰村使荒废地变成良田，就应该归东丰村所有。马村长的承包山泉地的合同完全有效！只是有一点我必须说明！”

说到这里，张大川突然哑了言，他故意把目光投向马老二，过了一会才说：“土地是国家的，不是马村长个人的，马村长也只有承包权，但是，如果马村长在合同期内将山泉地转包给天顺公司，他就有权将土地转包费，除了应上交集体的一部分，把剩余的部分归己所有。马村长，你听明白了吗？”

马老二忙说：“明白，明白！全都明白！”

郑洪腾地站起来，拍着桌子叫起来：“我代表大山林业局，对张主任的决定提出抗议！”

屋里，很静。所有人都畏惧地望着郑洪，谁也不敢说什么，有人几乎连气也不敢喘了。

四十六　两个外来的电话

散会后，杨玉萍没有回岗子村，她到罗志明家来了。罗志明去城里没有回来，吕淑梅在院中正忙着喂猪，见杨玉萍来了，十分高兴，说："刚才你罗大伯还叨咕你，盼着你来住几天，是不是开会来了？"

杨玉萍答应着，继而问："大伯腿伤好多了吧？"

吕淑梅说："好多了，扶着拐能走路了。多亏你在医院照顾，你罗大伯还说，没有你的照顾和钱，他得瘫炕上了，这辈子不能报恩，下辈子一定当牛做马报答你！"

杨玉萍咯咯地笑了，说："大伯还有宿命论呢！"

罗百万在屋里听见她们的说话声，喊起来："杨会计，快到屋来吧！大伯可把你盼来了。"

进了屋，杨玉萍把一把刚从商店买的香蕉放在木桌上。罗百万见了，心神不安，说："老叫你花钱，真过意不去！以后再来啥也别买！我和志明住院花了你不少钱，还没还呢！你这又买吃的，叫我说啥呀！"

"大伯，你啥也别说。志明怎么没有在家？"

“他昨天去公安局打听秀英的下落，估计也快回来了。”

杨玉萍安慰道：“秀英失踪虽然十多天了，到今天也没下落。大伯，你放心，秀英一定会回来的。”

罗百万滚着眼泪说：“谁知道呢！夜晚老做她的梦，梦见她被人推到河里，我的心真受不了。大愣为了秀英，离家也七八天了，也不见他来个电话，他妈也是心里不好受，都是因为我，孩子们才受苦，我对不起她们啊！”

杨玉萍说：“大伯，别想那么多，有党和政府，秀英和大愣都丢不了。”

吃午饭时，罗志明从城里回来了。他对他们说，公安局对于追捕绑架秀英的凶手还没有线索，他们已经把这个案件列为重要案件，进行抓紧办理。最大的嫌疑人是马大福。发往全国各地的抓捕马大福的通缉令，也没有什么效果，但他们坚信，马大福终有落网的那一天。同时，罗志明也把田大愣为寻找罗秀英去大鲁市的事向公安局做了说明，希望他们在寻找罗秀英的同时，也要寻找田大愣。接着，罗志明安慰吕淑梅，这几天没有接到田大愣的电话，也许过不了几天会来电话的。

果然没过一会儿，罗志明的手机响了，他一看手机上显示的手机号码，不由得一阵惊喜，说：“婶子，大愣来电话了！”罗志明接通了问：“是大愣兄弟吗？你现在在哪里？”

对方回答：“我在大鲁市。你和大伯都好吗？我妈好吗？”

“好，好，都好！你妈和你说话！”罗志明把手机递给吕淑梅。

吕淑梅接过手机，无比的激动和兴奋，但不知说什么好了。忽然哭泣起来。

“妈，你咋哭了？”手机里传出田大愣的话音。

“妈没哭，妈高兴哪！你还好吗？找到秀英和马大福了吗？”

“我正在找哪，凡是能想到的地方我都去找。我一定能找到他们！”

“你要吃好，别饿肚子，常给妈打电话来！”

“妈，你放心吧，我不是小孩子，我会照顾好自己的，你别挂念我，照顾好罗大伯，他腿伤好了吗？”

“好多了，儿子，你啥时回来？”

“找不到秀英和马大福，我不会回去的，一旦有他们的线索，我就报警！妈，我想你哪！外边的世界再好，也不如咱家好！”

吕淑梅呜呜地哭了，想说什么却怎么也说不出来。

罗志明接过手机，说：“大愣，昨天我去县公安局，我把你去寻找秀英和马大福的事向公安局报了案，他们让我转告你，去和当地公安局取得联系，争取得到他们的支持和配合，千万不要自己一人行动。如果有什么困难，也一定去找政府解决！但是也不要坚持认为马大福会在大鲁市，确实毫无马大福的足迹，就回家吧！我们离不了你，你妈更离不了你！”

“志明哥，你别说了，我已经一天没吃饭了，我得去吃饭去。”

罗志明的手剧烈地哆嗦起来，他不由自主地看了吕淑梅一眼，也不知道她听见了没有。罗志明心中一阵酸苦，不觉双目流下了泪水。

与此同时，马老二突然接到儿子从远方打来的电话。马老二又惊又喜，脸上却又流露出恐慌表情，他小声对女人说：“快到外边看着有没有来人。有人来，马上喊我。”

吕淑云问："是谁来的电话，还那么怕人？不会是儿子吧！"

"不是。叫你出去你快出去，啰嗦什么！"

吕淑云噘着嘴出去了，马老二对着手机压低了嗓音说："大福，你现在在哪里？"

"我在哪，还不能告诉你。"

"你不告诉你爹不行啊，爹惦记着你哪！是不是在大鲁市？"

"这你别问了。公安局还在追捕我吗？"

"前天我去公安局问过刘副局长，他说罗志明没有死，你就是回来，也不会逮捕你，你还是回来吧！"

"我不回去，我要和秀英在外边过日子，成夫妻，生孩子，我要是回去，秀英就不和我过了。你叫我打一辈子光棍？"

马老二立时惊出一头汗，声音打颤："你说什么，是你绑架了？"

"是我的几个哥们帮我干的。只有这么干，不这么干，我能和秀英成夫妻吗？"

"大福，你怎么干糊涂事啊，你不知道犯了绑架罪，是要判刑的？你他妈的不想活了？"

"为了秀英，死了我也值！别扯无用的，我带的钱花光了，给我卡上打十万块，少一块也不行！"

马老二气得脸色青如茄子，忍不住骂道："兔崽子，你是在逼你爸往死路上走啊！你是我儿子，回来自首；不是我儿子，就死在外边，要钱没有！"

马老二挂了手机。

吕淑云进了屋，问："是谁来电话，把你气成这个样子？"

马老二一声吼："是王八的龟孙！"

"王八的龟孙是谁？"

"是你儿子！"

"啊，我儿子来电话了？他在哪里？啥时回来？"

"回来个屁！他和秀英过日子了，要十万块！少一块也不行！"

"啊，那么多啊！"吕淑云刚刚涌上脸面的一点点笑容，马上消失得无影无踪。

这一夜，马老二没有入睡。他又几次偷偷地给儿子打电话，却怎么也打不通了。一种不祥的感觉涌上心头。

"咋不通话呢，难道他被公安局逮捕了吗？"他想。他身上立时冒出了汗珠。

突然，手机响了。马老二急忙拿起手机问："是大福吗？怎么刚才不接电话？"

手机里传出马大福的烦躁和无比愤怒的声音："马上汇十万，少汇一块钱，我也不是你儿子！账号在你的手机上！"

马老二气得把手机摔在地上，骂道："老子一分钱也不汇，你就死在外边吧！"

四十七　罗志明犯了愁

杨玉萍又在罗志明家住下了。不知为什么，她开始喜欢这个家庭，不愿离开这儿，仿佛这儿就是需要她的地方。她今年二十六岁了，也该找个婆家了。罗志明是不是也喜欢她，她不知道，她不去多想。她想在这儿多住几天，一直等到罗百万的腿痊愈之后再回岗子村。

罗志明完全没有预料到，杨玉萍又会在他家住下。他也不知道她是出于关心照顾父亲，还是对他有情有义。由于自己的可怜的父亲和不幸的家庭，使他不敢有其他的幻想，他把房间打扫得干干净净，然后又粉刷了墙壁，换了新炕席，杨玉萍见了，笑道："你这是要娶媳妇啊！"

罗志明笑道："是啊！为未来的媳妇打扫房屋，过个清贫的日子，姜太公钓鱼，愿者上钩。"

"你认为能有上钩的吗？"

"一看运气，二看命，兴许瞎猫碰上死耗子呢！"

"万一遇不上呢？"

"没有万一，只有一万，什么都是意料之外，没想到能认识你，这不也认识你了吗？”

杨玉萍信服地点了点头。

只是杨玉萍在罗志明家只住了两天，罗志明就突然下了逐客令，他说：“我爸的伤腿也不用人护理了，你担任岗子村的会计，工作很忙，还是回家吧，我不能为了自己，耽误你的工作。”

“以前的账目都处理过了。这以后几个月账目不多，有时间伺候大伯，我听说你要开油条铺，怎么没看你张罗？”

“嘿嘿，纸上谈兵，见笑了。”

“我倒觉得行！真的干起来，准能挣大钱。如果你真能干，我借你点钱，你就干吧！”

罗志明连连摇手，说：“给我治伤花你的钱还没还呢，哪还敢再花你的，不借，不借！”

“啥时候有钱啥时还，你怕啥？要不就算我投资吧，赚了是你的，赔了是我的！”

罗志明心里一阵发热，他明白杨玉萍话中的含义是什么，不觉红了脸，说：“你真是个世上难得的好姑娘，可惜……”

“不要说可惜了，明天就购买做油条的用具和材料吧！我带来了钱，投资五千块！”

罗志明看到杨玉萍从提包里拿出的一打钱，十分吃惊：想到自己和父亲住院花了杨玉萍几千元，那岗子村是全县最有名的贫困村，可是这个女人却有这么多钱，会不会利用会计职权挪用了公款？他问：“这钱是不是你们村投资的？”

杨玉萍笑道：“我知道你会这么说的。我当会计七八年了，凭良心说没有贪污一块钱。实话对你说，这钱是我爸妈给我结婚用的，叫我拿出来了。”

“原来是这样呀！你把父母给你准备的结婚钱给我花了，怕赶到你结婚时，我也还不上啊！”

“没事儿。你可以长期用！”杨玉萍说罢，不由得红了脸。尽管杨玉萍向罗志明讲述了她的钱的来历，也透露出对罗志明的一点点爱意，愿投资他的油条铺，可是罗志明却怎么也高兴不起来。那就是田大愣寄给他的那份合同书。罗志明面对岗子村的杨玉萍对他家的无微不至的关心和照顾，心中越发不安起来。他何尝不知道这份合同对于杨玉萍来说何等重要，可是他又不敢交给她。因为他预料到，这份合同书一旦出现，会发生什么事情。

“杨会计，这次县里在东丰村召开的会议，你们村输的真正原因，是不是因为失去了你们村与田海签的那份合同书？”

“是的。不过听张大川主任说，仅有那一份合同书也不行，得看合同书上怎么写的；这三十年来，岗子村有没有放弃向东丰村索取土地的要求，如果自动放弃了，什么依据也是废纸一张。”

罗志明轻轻点点头说：“我认为信访办主任说的不无道理。这三十年来，没有人来东丰村要地吗？”

杨玉萍摇摇头说：“没听谁说来要过地，都不关自己的事，谁能来呀！再说岗子村到东丰村十几里远。”

“可也是。”

罗志明现在听杨玉萍一说，心里轻松了不少。因为他似乎明白了，仅仅这一份在他手中的合同书，也不可能使山泉地又回归岗子村，即便交到杨玉萍手中，价值也不太大，倒不如在自己手中先放些日子，看情况变化，再做处理。

“这次田村长对县里的处理有什么意见？”罗志明问。

“他不服气，准备去市里找领导说明情况。志明，去市里能解决问题吗？”

“我看没必要去市里！关键是有依据，没有证据去哪里也白搭，现在缺少了一个岗子村村长与田海签的合同。除此之外，也要有岗子村人在这三十年来不间断地来索取土地的证明，两个证据都有，岗子村的这场官司就会赢。”

“这很难啊！”

“是很难的，不过那个合同嘛……”

“你说的哪个合同？”

“这不是合同，是那个……这不说了，以后再说吧！”

杨玉萍莫名其妙地看着罗志明，心想，他似乎有什么话对自己说，却又不愿意说，便问：“你要和我说什么？现在说不行吗？怎么还以后呢？”

“没什么，以后再说吧。”罗志明转身出了屋，杨玉萍心里越发感到奇怪，心想，他今天咋的了？有什么事难以说出，莫非是真心爱上了她，想吐露出来，却又羞于脸面，不敢说出来吗？这么一说，就不由得红了脸，心中咚咚跳起来，便也不好意思起来，她心里想：以后再说也行！

这天晚上，杨玉萍接到田勇打给她的电话，说她父亲有病去了县医院，叫她马上去县医院，杨玉萍心想，父亲虽然上了年纪，也没有大不了的病，怎么去医院了呢？为什么田勇给她打电话呢？难道父亲得了难治的病了吗？她把她的想法对罗志明说了。

罗志明说：“一定是你爸有紧急情况，马上搭车去医院。”杨玉萍说：“我有摩托，骑摩托就去了，不用搭车，你也别去，你爸需要你照顾！到医院给你打电话！”

“夜里路远，骑摩托车容易出交通事故，还是搭个车，我也去！”

“去看我爸，你去干啥？”

“是你爸就不允许我去看他了？还分什么你我的，以后我要是做了岗子村的姑爷，或许和你们永远就连上亲戚呢！”

杨玉萍脸上发热，小声说：“你会的。”二人乘出租车连夜去了县医院。只见在急救室走廊里，田勇焦急地等待着什么，杨玉萍心里顿时紧张上了，忙问田勇：“我爸咋的了？他得什么病？”

田勇再也忍不住心中悲痛，哇的一声哭了。

黄大成扑腾跪在地上，说：“玉萍妹妹，是我害了老村长，我对不起他，我真后悔呀！”

黄大成也呜呜地哭了起来。杨玉萍糊涂起来，心想：我爸到底咋的了？他们为什么都这么伤心呢？

四十八　灵堂献“宝”

杨玉萍压根儿不会想到，她的父亲会误喝“百草枯”，已经面临生命危险！

原来，张大川去东丰村代表县政府将山泉地处理给东丰村的消息传到岗子村后，有人跑到老村长院门口叫骂不休。说什么老村长当年是把岗子村的地无代价的送给东丰村，一定是图了什么好处。他们把失去山泉地的一切原因，都追究到他的头上来了，有的人为发泄对老村长的不满，往他院中扔石头子儿，使得老村长和老伴不得安宁。尤其是黄大成，见县政府把山泉地判给东丰村，想是寡妇哭儿——没有希望了，把千愁万恨都对老村长发泄出来，跺着脚在院门口叫骂不止。老村长想到当村长多年，没有功劳也有苦劳，到头来却落到这般地步，心情不快，夜晚去仓库拿起一瓶白酒咕咚喝了一口，觉得不对味儿，仔细一看，原来是一瓶“百草枯”，想吐吐不出来。他感觉肚子疼，胃难受，老伴发觉后，急忙叫来救护车。

杨玉萍听了田勇诉说，知道父亲是被逼无奈，一时误喝了“百草枯”，她既为父亲的生命担忧，也为黄大成他们对父亲的无理十分生气。在见到黄大成后，气得周身打颤。

罗志明听说老村长误喝了“百草枯”，进了急救病房，预料到凶多吉少，他深深知道那“百草枯”的厉害，它不仅仅是除草剂，而且也能毒死猪牛羊马，就连生长茂盛的树木，也沾上就枯，何况是生命十分脆弱的人类？在他听到田勇对杨玉萍说的话后，心里越发难受起来。他想，如果自己早一天把那份手中的合同拿出来，也许岗子村的人不会跑到老村长家闹事。老村长也不至于这样，如今，即使把合同书亲自交到田勇手里，也毫无用处了。他恨自己犹豫不决，恨自己的一时疏忽，恨自己的抓而不紧，恨自己误人生命。他仿佛觉得老村长喝药，一切责任全在于他，他是不可饶恕的罪人。他又想到，如果杨玉萍真做了他的妻子，自己怎么面对她的一家人？怎么面对她和她的母亲？百年后自己又有何脸面去那个世界见到岳父大人？他的头嗡嗡作响，眼前一片昏暗……

老村长没有救活，这天夜里，老村长的遗体拉回岗子村。

第二天一早，老村长门口挂上了黄纸，罗志明忍不住胸中一阵阵绞痛，鼻子一酸，眼泪流了下来。

灵堂设在老村长家中。按照老村长儿子杨玉金的心愿，将父亲遗体送火葬场火化，只是田勇认为老村长当村干部多年，不能不叫村民见他最后一面，而且老村长在医院病故时，老伴不在身边，应该叫老伴见到老村长最后一面。村里人都前来悼念老村长，有人送烧纸，有人送钱。

院中哭声不断，人们一想到老村长为大伙操劳一世，却又被少数人逼上绝路，都深为不安和叹息。乡派出所的人也来了，在老村长还未入土之前，他们要了解清楚老村长喝“百草枯”的真正原因。

罗志明进屋就跪下了，他磕了三个头，眼泪止不住地流，“大伯，东丰村的罗志明看你来了！”

村里的人对于一个陌生青年出现在灵堂内，感到奇怪，有人认识罗志明，向人们说出他的名字，这时候人们才明白，杨玉萍在前几天去医院伺候的就是这个年轻人，也是因为他的挺身而出，才使杨玉萍免遭受伤，人们都对罗志明敬重了起来。

守灵的杨玉萍见罗志明哭得那么伤心，却不好劝说，只好去扯了他的衣襟，她的意思是让罗志明起来，到客人房里休息。可是没想到罗志明不但没有起身，反倒放声大哭起来，边哭边说：“大伯，志明对不起你，是志明害死了你。志明是罪人啊！”

杨玉萍吓了一跳，心想，罗志明今天咋的了，他怎么说出这种话语，他为什么对自己死去的父亲如此伤感，是他一时糊涂还是其他原因？忙说：“志明，你不要过于悲伤，快别哭了。”

罗志明哭得越发凶了，一边拍着棺材一边说：“大伯，你睁开眼，听侄子对你讲话，侄子有一肚子话对你说呀！”

此时，不说杨玉萍对罗志明的异常举动不能理解，连杨玉萍的哥哥也有点摸不着头脑，心想，这个外村的小伙子，怎么因为父亲的去世如此悲痛呢？是父亲的生前好朋友，还是和妹妹正处在热恋中的男朋友？但是既然来人是为死者吊孝，就让他哭个够吧！守灵人也只能与吊孝人一同沉浸在哭声之中。

那些来送殡的左邻右舍，见罗志明哭得那么伤心，也都忍不住流下了眼泪，都认为他是杨玉萍的未婚夫，要不能哭得那么伤心吗？

田勇听说罗志明在灵堂前一直哭个不休，觉得奇怪，心想，一个男子汉为死者哭几声也就罢了，怎么哭起没完没了？会不会是罗志明一时难忍悲痛，致使精神失常，控制不了自己的情绪，便没完没了哭呢？他来到灵堂屋，一把拉起罗志明，说：“志明，快别哭了，当心哭坏了身子！老村长已经知道你对他的一片真心了。”

罗志明又跪下了，哭着说：“我还有话对大伯没说完呢！你让我说完吧！不说出来我心里难受！”

“你还有什么话，快说！还有人来给老村长吊孝呢，你不快起来到一边去，别人怎么给老村长吊孝？”田勇说。

罗志明从衣兜里掏出一张纸，双手高高举在头顶，对着棺材大声说：“大伯，你睁开眼看看，侄儿今天给你送宝来了，这就是你代表岗子村村民和东丰村田海签的那张合同，今天侄子给你送来了，你现在可以理直气壮地告诉岗子村的每一个村民，你的确和田海签了合同，你安心无挂地到那个世界去吧！只是侄子对不起你，没有把这份合同早拿出来，使你走上不归之路，侄儿有罪啊！”

罗志明的一番话使屋里的人大为震惊，他们看到罗志明双手举过头顶的合同书，都目瞪口呆，这一份对岗子村每一个人来说梦寐以求的合同书，今天怎么会突然出现了呢，又怎么在罗志明手中呢？

“快把合同书拿来看看，怎么在他手里？”

“是不是假的？”

“这小子可能得精神病了，拿张纸唬咱们！”

田勇第一个走到罗志明跟前，伸手去拿罗志明手里那张纸，只见罗志明把合同纸一下子放在棺材面上，说：“得先让老村长看一眼，他承认是真的，别人再看！”

已经死去的老村长，当然不会睁开眼睛。人们怀疑罗志明真的精神不正常，在做一些糊涂事。只有田勇心里感到扑腾扑腾跳，有一种按捺不住的兴奋和激动感，因为他看到了那张合同纸上印有红色的公章。这是任何人不能伪造的。他一把攥住罗志明的双手，无比感动地说：“志明，我代表岗子村全体村民谢谢你！你为岗子村立了大功。”

罗志明从棺材板上拿起合同书，双手郑重地递给田勇，说：“我对不起老村长，对不起岗子村村民，我应该早拿出来，现在晚了。”

田勇说：“不晚，不晚，一点也不晚，这是无价之宝啊！”

杨玉萍一直处在梦幻之中，她想，我在罗志明家住了几天，他怎么没告诉我这份合同书的事呢？是他信不着我呢，还是另有原因？

四十九　无功的汇报

三天以后，副县长李仲良从省城开会归来，他刚刚在办公室木椅上坐下，信访办主任张大川推门金来，笑嘻嘻地说："听说您从省城回来，我赶紧过来了，向您汇报工作，关于您委托我处理东丰村和岗子村发生矛盾纠纷的事。"

李仲良兴奋地说："我正要打电话叫你来，快把你处理的结果告诉我。"

张大川接过李仲良递给他的一个矿泉水瓶，拧开瓶盖喝了一口，然后放下瓶子，从皮包里掏出一份文件袋，递给李仲良说："这是那天开会他们的发言记录，请李县长过目。"

李仲良急于了解处理结果，他扫了文件袋一眼，迫不及待地说："张主任，那块山泉地到底为谁所有？是岗子村还是东丰村？"

"现在山泉地，仍是有承包人马村长所有，这是我的处理结果。"

"岗子村和天顺公司的孙经理，还有大山林业局，他们是什么意见，都举双手赞成你的处理结果吗？"

张大川笑道：“还举双手呢，一只手也不举，尤其岗子村的那个叫田勇的村长，一点也不服气，还要上告呢！我说他告到哪里也赢不了了！”

“这么说，你没有把问题处理好啊！”

“李县长，这个矛盾纠纷很难处理公平啊！各说各的理，谁也拿不出证据，不管怎么说，马村长有和村集体签的合同，我只能照合同办事，在文件袋里有他的一份复印的合同书，还有一份马村长与罗百万签订的转包合同书。你看了也会这么处理的。”

李仲良打开文件袋，把两份复印的合同分别看了一遍，对马村长与罗百万的合同书产生了浓厚的兴趣：“马村长作为一村之长，怎么能和罗百万签这种合同？这分明逼着罗百万把女儿许配给他的儿子，和电影《白毛女》里的黄世仁没有什么区别啊！”

张大川说：“是有点不像话。不过对于这件事我还做了认真调查，合同上是这么写，却没有变成事实，现在罗百万的女儿被人绑架了，马村长的儿子因为谋杀未遂，畏罪潜逃，罗百万思念女儿精神失常，因腿被绑匪打伤，瘫痪在床。他有个毕业不久的大学生儿子，名叫罗志明，毕业后一直没找到工作，要开油条铺，而且……一个大学生去卖油条，岂不是笑谈！卖油条能发财，大伙都去卖油条了！再说国家培养大学生，不是叫他去卖油条的！”

“也许罗志明想的和咱们想的不一样，你见过罗志明吗？”

“没有，听说这个人不善于交往，目中无人，自视清高，其实这种人肚中无货，狗屁不是。”

“你没有见过他本人，也没有与他打过交道，就这么给他下结论，也太官僚了！张主任，我对你处理的结果很不满意，你既没有去两个村做深入调查，也没进行仔细分析研究，听取群众意见，只是召集当事人开了个会，根据两份合同做了处理，这怎么能行呢？你说罗家发生不幸，为什么发生了不幸，其根源在哪里，你也没有去了解，其实那块山泉地与罗家有直接关系，从这份合同上看出，关系着他们一家人的生死存亡。我今天准备和刘秘书马上去东丰村，先去看看罗百万，顺便去岗子村，听听村民的意见。只有村民对咱们的处理没有意见，咱们的工作才是做好了。”

这时，办公桌上的电话铃响了。李仲良提起电话，说：“您好，您是哪一位？啊，是石局长啊，有什么事？”

电话里响起公安局石局长的话音。

“李县长，我听说你今天从省城回来了，有这么一件事向你汇报，有关于山泉地引起的一件人命案子……”

过了一会，只见李仲良的脸上现出惊色，继而现出愤怒的表情，他猛地把办公桌一拍，扔下电话，大声吼叫起来：“张大川，你现在马上跟我去岗子村，天塌下来你也要去！你敢不去我立时撤你的职！”

张大川吓得面色枯黄，忙说：“我去，我去！县长，发生了什么事？”

李仲良又一次猛地拍办公桌，大声说道：“你还有脸问！你去和岗子村的人讲明白，把山泉地判给马村长的理由！要是说不明白，群众不满意，我就撤你的职！”

张大川吓得几乎尿了裤子，他哪敢再说什么，像夹尾巴狗似的，麻利地钻进轿车里，心里扑腾扑腾直跳，心想到底发生了什么事呢，县长对我发这么大的火？

五十　小红本里有文章

张大川坐在车里，怎么也想不明白，李仲良为什么对他发那么大的脾气，几次想问个明白，见他脸如猪肝，一路上一言不发，哪还敢问？汽车一直进了岗子村，从村里传出的阵阵哭嚎声，张大川方才有所醒悟，小声说："李县长，这村里死人了？"

李仲良眼睛里流出了泪水。

张大川越发糊涂，心想是谁死了，使县长流泪了呢？难道是李县长的亲戚吗？

按照当地的风俗习惯，人死后当天发葬，一来是让死者尽早归天，去另一个世界，二来减少人们对死者的过分悲痛。但是也有的人不忍心让死者过早地离开他们，便多守丧几日，以尽怀念之情，因为老村长是岗子村的老干部，所以格外得到群众的拥护和爱戴，村民不忍心叫他早去西天，便停尸三日，方才入土。就在入土这天上午，李仲良和张大川来到了岗子村，那时有八个人正抬着老村长灵棺，出了老村长的家门，来到村十字街头，成群结队的村民正送老村长灵棺去墓地呢。

轿车在路边停下。李仲良急忙钻出车内，奔向灵棺，从田勇肩上接过杠子，说："让我抬吧！"

田勇十分吃惊，说："李县长，你怎么来了？"

李仲良说："我来晚了。"

张大川也下了车，见李仲良去抬棺材，有心也去抬。他便硬着头皮也去想换一个小伙子的肩，被田勇看见，把他拉到一边，说："这是青年人干的活，用不着你。"

张大川问："是谁死了？"

"老村长。"

"啊，原来老村长病故了。"

"不是病故，是误喝了农药死的。"

张大川越发糊涂了，想到刚才在车上看见县长流泪，见他又去抬棺材，不明白他为什么因为一个村长的去世而那么伤心。或许死者是李县长的亲朋好友吧！

"老村长和李县长无亲无故吧？"张大川问。

"老村长和李县长的父亲是战友，到过越南，也一同打过仗。"张大川终于明白了李仲良为什么流泪。可是他又不明白老村长的去世与自己无关，李仲良为什么说要撤他的职呢？

墓地离村庄不远，坐落在山脚下，那里是岗子村人的归宿，早有数百个墓碑竖立在那里，有几个人在一个空隙之地为老村长挖墓坑。坑不大，正好能放下一口棺木。当棺材被抬来时，墓坑也挖成了，在死者亲人的一片哭声中，棺材下了坑。里边放上糖果饼干，点上长明灯，烧些黄纸使死者在那个世界酒足饭饱，钱财不缺，光明磊落。

李仲良也带来了酒，他从司机手里接过一瓶"北大荒"，打开瓶盖，倒在墓坑里，向着棺材说："老村长，我代表全县人民看你来了。是我没有尽到县长的职责，没有处理好山泉地的问题，你含着一肚子不满和怒气离开了这个世界，你要恨要怨就怨我恨我吧！我向你保证，我们一定让山泉地真正回到主人的手里。”

李仲良朝棺材鞠了三个躬，便直起身来，提高嗓门，对人们说：“今天来送老村长走的人，都是老村长的左邻右舍，是老村长的朋友亲人，是岗子村的村民，看到送丧的上有七十多岁的老人，下有十四五岁的孩子，我十分感动，由此可见老村长一世为人如何。他当村长多年，也为咱岗子村立下了汗马功劳，修道路，搞绿化，领导大伙走致富路，没少操心。可是就因为一块山泉地的丧失，有的人做出一些过激的行为，致使老村长走上了黄泉路，实在太不应该了，今天我不客气地说，那块山泉地被岗子村抛弃的责任，不能全推到老村长一个人身上，岗子村的每个人都有责任。我们要相信，老村长的确和东丰村田海签了承包合同的，只是没有了合同，就失去了山泉地是岗子村的证据！既然大伙都知道山泉地被东丰村耕种了，人家耕种了三十年，咱们岗子村没有一个人去向东丰村讨要土地，如今三十年过去了却说那块地是岗子村的，想讨要回来，你们不觉得可笑吗？有的人不寻找证据，却找老村长闹事，你们认为做得对吗？”

现在，张大川才明白，李仲良为什么对他如此发火！

一个人叫呼道：“李县长，你没有调查就没有发言权，你怎么知道我们岗子村没人讨要土地？这三十年来，我年年去要，人家就是不给叫我有什么办法？”

大伙把目光盯向说话人，原来是一个老头儿。

李仲良也看见了说话的老头，他认为这老头可能对他的讲话大为不满，发牢骚罢了，却还是很客气地说：“老大爷您叫什么名字？”

“走不改名，坐不改姓，我姓黄，名叫黄月来！”

“您就是当年开垦山泉地老黄头的后代吧？”

“我是老黄头的儿子，老黄头是我爹！”

田勇见黄月来突然打断县长的讲话，又说什么他三十年来常去东丰村要地，想是他胡说八道罢了。眼下，公安局正在调查老村长死去的原因，已经把黄月来当成嫌疑对象，要是再一闹腾，那不是罪上加罪吗？慌忙对黄月来说：“大伯，你别瞎胡闹，听县长讲话。”

黄月来不服气地说：“我不是瞎胡闹，我说的是实话，李县长，你信不信？”

张大川见黄月来说着话朝李仲良身边走去，又见他满面怒容，急忙挡住黄月来。黄月来大声说：“我叫县长看证据！”

此时，李仲良认为黄月来不会对他心怀歹意，镇静地说：“张主任，不要拦他，叫他过来吧！”

张大川死死挡着黄月来，不让黄月来靠近县长身边，人们真怕黄月来闯出祸端，有几个青年上年去拉黄月来。黄大成也在喊：“爸，别闹事呀！”

黄月来仍然大呼：“我叫县长看证据！”

大概李仲良也看出黄月来对他并无敌意，便对拦挡黄月来的几个人说：“不要拦他！”

有县长发了话，便也无人再拦黄月来，只见黄月来来到县长身边，从兜里掏出一个红塑料皮包的小本子，递给李仲良，说：“这就是我三十年来去东丰村田海家要地的证据，上边也有田海和他媳妇的签字和手印，请县长过目！”

李仲良听黄月来一说，不由得一惊，他急忙打开本子，只见上面第一页写着：

一九八六年三月六日，黄月来来要山泉地和承包费，中午吃玉米饼子一个，下欠承包费二百元。

承包人：田　海
吕淑梅

打开第二页写着：

一九八七年三月六，黄月来来要山泉地和承包费，中午吃米饭一碗，又欠当年承包费二百元，共欠四百元。

承包人：田　海
吕淑梅

打开第三页，和第二页写的一样，只是后边只有吕淑梅的名字和欠款金额。一共五十页的小本子，有三十页都记着黄月来每年去东丰村田海家讨要土地的事和吕淑梅打的欠条。一个七十多岁的老头子，在过去的三十年，每年坚持去东丰村田海家讨要土地，这种坚持不懈的精神真正把李仲良感动了，他紧紧握着黄月来的手，说："老大爷，你真是好样的，你这个小红本里有文章呀！有你这三十年来的要地证明，一切都好办了！你咋不早交出来呢？"

黄月来说："不知道能有用啊！要不是听你刚才的讲话，我还不交呢！县长，刚才我脾气不好，你别生气，这个本子真有用？"

“真的有用，有大用呢！如果找到老村长和田海管的承包合同，山泉地就名正言顺地归你们岗子村的了。”

“县长，合同找到了。”

“合同找到了？”李仲良大惊，怀疑地说：“真的吗？”

黄月来说：“是罗志明为我们村立了一大功！是他献出来的，你去问问田村长，合同在他那里哪！”

此时，田勇正为黄月来的“胡说八道”捏了一把冷汗，见他当真拿出一个本子，又听他一说，心中又惊又喜，也很为黄月来的行动感动。听到李仲良喊他的名字，便走上前说：“县长，合同书是罗志明献出来的，想过几天去找你参考参考呢！”

李仲良笑了说：“你小子，什么叫我参考参考！是和黄大爷一样留后手吧！”

五十一　阳奉阴违

罗志明一直把老村长送到墓地，这才回到东丰村，看见吕淑梅在灶门口煎药，累得满头是汗，心里十分不安，说："婶子，我去岗子村两三天没回来，叫你受累了，实在于心不忍。大愣至今也没有回来，你心里就够难受的，你快上炕歇着，我来煎药吧！"

吕淑梅说："只要能给你爸治好病，我受点累不算什么。你不用惦记大愣，他也不是小孩子，会照顾好自己的。只要你们爷儿俩平平安安的我就高兴，把合同书给田村长了？"

罗志明说："给他了。今天上午李县长和张主任去岗子村给老村长送丧，田村长把合同给了李县长，有个叫黄月来的老头儿，当众献出这三十年来去你家要地的签字证明，这件事真是出于人们的意料之外，婶子，你为岗子村人立了大功，县长说要奖赏你哪！"

吕淑梅说："我可不图什么奖赏！见那个老头年年往我家跑，要他们村的地，说是要不回去地，一直往我家跑到死，我见他很有志气，也怪可怜的，就答应了他的要求，年年在他那个本子上写上我的名字和欠款数字。真没想到，现在有用了。”

停了一会，她忽然叹了一口气，接着又说：“志明，这几天夜里睡不着觉，我在想，我保存下来的那份合同和那个我签字的小本本，对岗子村的人是有了大用处，可是对咱们东丰村的人来说，就不好了，村里人会不会背后骂我是个坏女人？”

“婶子放心，不会的，当然也有个别人一时想不明白，认为你干了糊涂事，过后就都理解了，会夸你做得对！岗子村和东丰村都是同一个乡，都是父老乡亲，几百年前是一个老祖宗，不是外星球上的人，不过就是不在一个村里住着是了，但都是一个根哪！”

由于这几天在吕淑梅的精心照顾下，罗百万的伤腿好多了，自己扶着木拐能走路了，只是其精神病难于好转，他一时聪明一时糊涂，明白时和常人一样，有说又笑，有愁有忧；糊涂时又唱又跳，赤着脚拖着拐在街上边走边叫：还我女儿，还我女儿！尽管罗志明去城里抓了十几副中草药，然而却无效果。罗志明决定去银行贷款，送父亲去省城医院医治。当他把他的想法对吕淑梅一说，吕淑梅说：“应该去省城，那里大夫高明，啥时治好啥时回来，家里这一摊子有我，你放心去吧！”

罗志明十分感激地说：“多亏婶子帮忙，如果不是婶子来帮着照顾这个家，我们也早就过不下去了。还有左邻右舍，也都送米送面，以后咋报答他们啊！”

“傻孩子，谁也不图你报答，别胡思乱想的，准备准备去省城吧！这事你没和杨会计说吧？”

“她父亲去世，对她打击很大，其中也有我的责任，如果早拿出合同书，也许他父亲不会死的。如今后悔也晚了。我没脸再见到她了，看见她心里就难受，觉得对不起她，好像欠了她的债！”

“傻孩子，你咋能这样呢！听婶子的话，丢银子丢金子，不能丢了杨会计，把你去省城给你爸治病的事打电话告诉她！”

罗志明掏出手机，却又放进兜里，说：“还是不告诉她了吧！她现在正在失去父亲的痛苦之中，不能再给她添乱！待我和我爸去了省城，再给她打电话吧！”

“也好！”

傍晚马老二来了。他满面笑容地对罗志明说：“志明，恭喜你呀！”

罗志明一愣：“我喜从何来？”

马老二说：“昨晚召开一个由村民代表参加的村民委员会会议，经过大伙认真研究，一致同意叫老会计退休，你接他的班。明天老会计和你办理移交手续。哈哈，从今以后，咱们就是工作伙伴，要好好相处啊！”

罗志明冷笑一声，说：“我没有学过财务管理，不能胜任啊！”

“当会计没什么了不起，一边学一边干嘛！老会计只有六年小学文化，不也干了几十年的会计嘛！这工作难不住人，只要会些洋数码，就能当会计！”

“你还是另找人吧！”

“你真不愿意干？”

“不愿意干。”

“决心去卖油条？”

“对，去卖油条！”

马老二十分失望，说：“现在村干部补助多，当个村干部一年补助三四万，会计补助两万五，你一年卖油条能得到两万五吗？”

“补二十万，我也不干！”

马老二心里纳闷：他是不是念书念傻了？难道是因为我马老二的原因，他心里怨恨我而拒绝吗？

“志明，我知道你对张主任处理山泉地的做法不满意，你得明白，现在不管办什么事，都得有证据！我也承认三十年前山泉地是岗子村的，但是三十年后就变了，是岗子村主动放弃了，我这才又承包的，按理，我又转包给你父亲，地是你家的，可是那个合同上写得明白，我有随时要回地耕种的权利啊！”

“你要回不是耕种，是为了自己的利益！”

“我没有做违法的事，我只是转包给天顺公司。”

罗志明愤怒地盯着马老二的脸，说：“为了钱，你什么事都干得出来！你不配当村长，你走吧！以后咱们井水不犯河水，各走各的路。”

马老二脸拉长了。他觉得受到了天大的侮辱，转身就走，走出门外，迎面走来了吕淑梅。“妹子，干啥去？”马老二强作笑脸。

吕淑梅说：“他大姨夫，我正想去找你说呢，志明要送他爹去省城治病，手头钱紧，刚从银行贷了五千块，你能不能帮他解决万儿八千的？”

“我家也不开银行，哪来那么多钱？”

“你别忘了，罗志明住院花了一万多，你只给他五千块，还欠他不少呢！那些钱是杨会计花的，你也没给志明一分钱的补偿，他姨夫，你做得不对啊！”

马老二恶狠狠地瞪了吕淑梅一眼，说："这不关你的事！我不会欠他的。"

吕淑梅气愤地冲马老二的背影大声说："你别光许愿不烧香！当个村长说话不算话，丢人！"

罗志明劝吕淑梅："婶子别为我的事和他生气，他那个人我了解，和这种人生气不值得。"

"他来找你干啥？"

"说村委会昨晚开会，决定叫我当村会计，我拒绝了。"

吕淑梅几乎要跳起来，嚷道："志明，他一是试探你是不是有当官的心，二是想让你当会计，暖和你的心，让你不去找公安局追捕他儿子，要与你私了呢！前几天，他为了得到岗子村和大愣他爹签的合同，也许愿叫大愣当村会计，我没有理他。他那个人，是光许愿不烧香，等你真当上会计，你不听他的，他马上把你撤掉。你可千万别上他的当。"

"原来如此，他真阴哪！"

马老二刚到家中，兜里的手机响了，他掏出手机，说："赵乡长，你好，有什么重要指示？"

"马村长，为支持大学生当村官的号召，经政府研究决定，任命罗志明为东丰村代理副村长。你马上召开村民代表和两委班子研究这件事，如果都没有意见，就开村民大会向村民宣布吧！"

马老二立时说话变了腔："叫他当会计他不当，他能当副村长吗？我看这个任命就免了吧！"

"马村长，这是县政府的决定，咱们不能不执行啊！你去通知罗志明，他要是坚决不干，我再向李副县长汇报。"

吕淑云进屋，问："叫谁当副村长？"

马老二一声怒吼："你打听个屁，滚！"

这天，马老二没有按照赵乡长的指示去告诉罗志明担任代理副村长的事，他也没有召开由村民代表参加的两委班子会议，傍晚，他给赵庆生打去电话，说："赵乡长，村两委扩大会议我们也召开了，一致拥护政府的决定，只是罗志明那小子死活不干，说什么要当就当正村长，一年补助十万块也不当副村长！"

电话里传出赵庆生无比愤怒的声音："不识抬举的东西！这种人不可重用，叫他卖油条去吧！"

马老二心里偷着乐。

五十二　陌生的来人

吕淑梅没有说错，马老二并非真心叫罗志明担任东丰村的会计，他之所以向罗志明提出来，一来是故意试探他，看他是否有意，如果他真心想当村会计，就叫他当上一年半载。然后寻个事儿再把他换掉。会计是村长的心腹，他怎能让一个不是自己心腹之人担任会计？二来是向罗志明表示善意，为了使罗家父子不追究儿子的下落，能使儿子平安无事在异地生活，他有必要以会计的职务来哄骗这个回乡不久的大学生。他认为，只需要给他一点好处，他会感激不尽的，然而却想不到被罗志明拒绝了。他方才知道自己对罗志明的估计是完全错误的。因此，在赵乡长通知他要罗志明担任代理副村长的时候，他不能不加以阻拦了。

尽管如此，马老二并不因为一个罗志明会给他带来一身不愉快，那天，张大川主持召开的处理山泉地的会议，使他精神大振，任何人都失去了与他争夺山泉地的机会和权利。当天晚上，他喝得大醉，忘记了一切烦恼和不愉快。在孙有成给他打电话商议何时签订转包合同时，他只回答四个字：“不忙不忙！”眼下，他急于处理的是东丰村老会计的去留问题。

他对老会计的工作是满意的。在他担任村长的十几年，老会计如一只老绵羊，任他摆布，他说一，老会计不会说二。用他的话说，这就叫配合工作，由于配合得好，在每次换届选举中，他以上级有政策不能轻易调换会计为理由，力保老会计担任。老会计心知肚明，所以对他感激不尽，于是便也对他唯命是从，做使他满意的事情，包括修改了他与罗百万签的转包土地的合同。

现在，马老二不再为那块山泉地的起起伏伏而担惊受怕，他可以高枕无忧地睡太平觉。然而，不知为什么，他老觉得老会计经手修改过的那份与罗百万签的合同，如有几对鬼眼盯着他，使他忐忑不安。只有老会计不在这个世界上了，他才觉得安宁，可是老会计还不到六十岁，离死还远着哪，那么怎么叫老会计在他的眼前消失呢？

这天晚上马老二突然把老会计叫到家中，悄声对他说："今晚叫你来，有一件重要的事情告诉你。这事只有你知我知，连老天爷也不知道。"

"啥事？"

"今天下午接到县审计局周局长给我的电话，你也知道，周局长和我是铁杆儿朋友。他在电话上说，那天张主任将我和罗百万签的转包山泉地的合同拿去做了审查，发现合同里我有随时要回土地的权利这句话是后添上的，县审计局准备来人调查这件事，到时来调查你时，你死口咬定不是后加的，我也这么说，只要你咬住了口，我是不会出卖你的。"

老会计咯噔一下，十分不安地申辩道："那是你让我后加的。"

“虽然是我叫你加上的，卖酒的向提瓶的要钱，字是你写的，责任在你身上，我不过挨个批评，给个警告，你就不行了，轻者罚款，重者判刑。”

“有那么严重吗？”

“那叫擅自修改伪造合同，是犯罪的。再说因为改了合同，罗百万才输了官司，气出了病，几乎家破人亡，这个罪不小啊！”

老会计身上冒出冷汗，颤抖地说：“那……那我该怎么办？”

“刚才我已经和你说了，死也不承认！咬定不是后加的！”

“你……你得帮我说话啊！”

“我当然帮你说话了，只要你一切听我的，什么事也不用怕，记住，打死也不说实话。”

“记住了。”

老会计回到家中，有心把这件事对老婆叙说，又怕挨老婆一顿骂，不说又憋在肚子里实在难受。一夜不得入睡，早饭也没有吃，就又倒在炕上，哭丧着脸，叹息不止。

傅开花见老头子如此这般，甚觉奇怪，以为他病了呢，说：“老头子，哪里不舒服？”

老会计不吭声。

“你倒是说话呀！”

老会计烦躁地说：“别问了，我心里烦！”

傅开花一下子来了火，大声说：“你烦谁？烦我吗？那我就去和你离婚，离你十万八千里，省得你烦！”

老会计几乎哭了，说：“柱儿他妈，你就别瞎搅和了，我摊上大事了，给马村长改合同，被县审计局查出来了，要来人调查呢！”

傅开花一听，立时脸色大变，气一下子灭得无影无踪，惶惶不安地说：“那可咋整？”

老会计不吭声。“问你话呢，哑巴了？”

“马村长说，叫我死也不承认，承认了就得做大牢判刑，孩儿他妈，你说该怎么办，是承认还是不承认？”

傅开花毕竟不是个傻女人，她冷静想了想，说：“不就改个合同嘛，不会做大牢判刑的，顶多撤你的会计职务，犯不了大罪。”

老会计一下子坐起来，对老婆不满地说：“你知道啥呀！就是因为改了合同，才使马村长有理由使罗百万失去了土地，逼得罗百万得了病，罗志明又受了伤，罗秀英被人绑架，他们家这才发生了一连串不幸事，这罪不小啊！”傅开花听了老头子一番话，这才意识到事情非同一般，便指着老头子大骂起来。

“都是你惹的祸！马村长叫你改合同，你咋就听他的话改了合同呢？马村长叫你死，你也去死吗？你这个绝种驴，我叫你下黑往屋拿个尿罐子，你还噘嘴呢，怎么马村长放个屁你就听他的？你这个该死的！”

“我求求你，别大声叫骂了，你是怕外人不知道是吧？马村长说了只要死不承认，就会没事的。”

“别听那个老狐狸的，他把你当烧饼卖了，你也不知道。快去把会计辞了，别再干了！”

“等这个事过去，我就辞职！当了几十年会计，没犯事儿，没想到老了来麻烦事了！”

“那是你自作自受，放个屁你也该和我吭个声，怎么改合同那么大的事，你瞒着我？活该！”

就在这天上午，有一个自称是县检察院的中年人来到东丰村村委会办公室，来人对马老二说："你就是东丰村的村长马老二吧？我是县检察院的，来调查一个案件，这是我的证件，请你看看。"

马老二接过那人递给他的证件看了，然后又递给那个人，热情地说："林同志，请坐，不知你来办什么案件？"

来人说："昨天检察院接到县审计局发给检察院的一个文件，说县信访办带回去的合同是后改的。院里委派我下来做一番调查，了解一下具体情况，然后再做处理，如何处理要看当事人的表现和态度。"

马老二问："你说的是哪份合同？"

来人说："是马村长和罗百万签的那份，经过检验，合同上那句'马平山有随时收回土地耕种的权利'这句话是后加上的。这个合同上有经手人刘昌河的名字，请问哪一位是刘昌河？"

此时，老会计坐在那里早就吓得魂飞魄散，身子如筛糠般连连哆嗦，几乎尿到裤子里，听来人提到他的名字，他心里越发慌张，想说什么也没有说出来。听到马村长喊他的名字，这才站起来低着头，如囚犯一般说："我是刘昌河。"

来人走到老会计面前，面色严肃，语调生硬："你是刘昌河？"

"是，我是！"

"合同是你写的，后来也是你改的？"

"这……我……我没改。"

来人面色愈发严厉："经过检验，已经证实合同被改了，你怎么不承认呢！你知道因为你改了合同，引起什么后果吗？”

“不知道。”

“现在我就告诉你，由于你改了合同，使罗百万一家遭到了不幸，你要负法律责任的。轻者，罚你三十万，包赔罗家一切经济损失；重者，法办你，判你几年！我问你，你是交三十万罚金，还是甘愿去做大牢？”

老会计哪里回答的出来，他只觉得眼前一阵昏花，天旋地转，身子也飘飘飞了起来。他一头栽倒在地上。

来人大惊，急忙对马老二说：“赶快给急救中心打电话。”

马老二掏出了手机。来人头上冒汗，十分扫兴，说：“怎么能用这种人当会计呢！”

马老二十分镇静，如无事般地说：“放心吧，他死不了！”

五十三　老两口认罪

当天上午，老会计被急救车拉进了县医院，经过抢救老会计脱离了生命危险。在傅开花护理之下，老会计在医院住了两天，挂了四瓶点滴，经医生诊断为突发性心脏病已经恢复了正常，便回到了东丰村。刚到家门口，马老二就提着香蕉探望老会计来了，进屋坐下后，马老二十分不安地说：

“没想到你有心脏病，可把我吓坏了，万一有个好歹，我这日子还能过吗？不说对不起老嫂子，也对不起全村百姓，因为你现在还是东丰村的财神爷啊！你也把检察院那位同志吓得不轻，万一你生命有危险，他也有责任。”老会计心神不宁地问：“那个林同志还来调查吗？”

“林同志说，经过调查，发现没有什么大不了的事，就不来了。你好好养病，什么也别想了。昨天赵乡长来电话，还问你愿意不愿意去乡敬老院当会计。”

老会计连连晃着头，说：“不去了，不去了，我也不当村会计了，病好了我就辞职！”

“辞不得，辞不得，你是多年的会计，有工作经验，哪能辞职不干呢！”

从马老二来到她家，傅开花一直没有言语，他对这个说人话不办人事的马老二恨之入骨，恨不得扒了他的皮抽了他的筋！现在，她再也忍不住了，冲马老二大发雷霆：“马老二，你不要说一套做一套！以前我对你不了解，现在才剥了皮认出你的骨头，你让柱儿他爹听你的，叫他像条狗一样任你使唤，可是你不该为了你自己叫他干违法的事！这几天我才知道俺这个死老头子，把你和罗百万签的合同改了，你们胆也真大呀！那合同是能随便改的吗？如今惹得县里来人调查，真要出了大事，马老二，今天和你实说，这事与俺老头子毫无关系，一切后果你自己承担！”

“老嫂子，既然你也知道了，我就不对你隐瞒了，当时都认为在合同上多写几个字，也没什么大不了的事，知道要出事，刀抹脖子也不干！事到如今，谁也别怨谁了。既然检察院那边的人说没事了，这事也就过去了，千万别外传了出去！传出去对咱们谁也不好！”

傅开花气得要哭，跺着脚说：“俺老头子上你的贼船了！”

“老嫂子，不能这么说，大哥有病，是我关心不多，给你五百块钱，买点东西给大哥补补身子吧！”

也许是傅开花觉得马老二言之有理，或者是那五百块钱起了作用，傅开花气消了大半。马老二临走，一再嘱咐傅开花，此事不可外传，傅开花连连答应。可是睡了一夜，傅开花觉得不对劲儿，心想：改合同的是老头子，得利的是马老二，如今那块地还是马老二为承包者，县检察院的人却来调查老头子，致使老头子心脏病复发，总是自己吃大亏了。

傅开花想到罗志明是个有文化的人，倒不如去向他问个明白。

老会计听老伴说要去找罗志明，惊得不轻，说：“你去问罗志明，那不全露馅儿了？”

傅开花说：“露就露啰，反正检察院也来人调查你了，大伙迟早也会知道。我得去问个明白，不能叫马老二调理了，那老小子，牛屎踩一脚——不是好饼！”

老会计长长叹息道：“真叫罗志明知道了，以后怎么有脸见他们！唉！”

“丑媳妇脱不了见公婆，早晚也得见，不如早见！”

傅开花正待要往外走，吕淑梅提着一筐鸡蛋来了，进屋说：“嫂子，刚才听说大哥从医院回来，就拿了五十个鸡蛋，送来给大哥补补身子。”

傅开花十分感动，说：“你日子也不宽裕，还来看我，叫我说什么好呢？大愣有消息了吗？”

“来电话了，在大鲁市。”

“在大鲁市干啥？”

“还能干啥，打工罢！”

“这孩子，怎么能抛下你这当妈的，自己去外边打工呢？叫他快回来吧！受穷享福在一块儿，对你也是一个照顾。”

“孩子大了不由娘，由他去吧！”吕淑梅抹掉眼上的泪水。

傅开花悔恨地说：“你看我这个破嘴，哪壶不开提哪壶！妹子，快上炕，我炒瓜子你吃！”

吕淑梅说：“别忙活了，我还忙着哪！有件事我要问问大哥，那天大福他那姑家表哥来到咱村打听大哥住哪里，后来去了村部，不知他找大哥干什么？”

傅开花问：“是哪天的事？”

“是三天前了，就是大哥去住院的那天。”

傅开花问老头子：“那天大福他表哥是去村部找过你？”

老会计说：“那不是大福他表哥，是县检察院的林同志。”

吕淑梅说：“你们不认识，那人就我认识，他就是大福他表哥，小时来过咱村，后来再也没来过。他腮上长了一块黑痣，有豆粒般大。”

老会计惊得张大了嘴，“啊，那人腮上是有个黑痣啊，长在左腮上。”

“对呀，是长在左腮上。”

“这么说……”老会计说不下去了。

傅开花心内豁然大亮，她猛地一拍大腿，说：“大愣他妈，你这一说全明白了，是你那个姐夫叫他外甥来演了一场假戏，想祸害俺老头子呢？我这就找他算账去！”

吕淑梅挡住傅开花，说：“心急喝不了热米汤！不要听见刮风，就以为下雨呢！得弄明白了再说！”

“这不全明白了吗？不行，我得找他去！”傅开花不管三七二十一，抬腿就走了。

吕淑梅很后悔把实情告诉了傅开花，他对老会计说：“大哥，是我多嘴，你原谅我吧！”

老会计感激地说：“你没有错，亏你来说，要不我哪知道呢！愣儿他妈，志明在家吗？”

“在呢，正筹钱准备给他爹去省城看病！”

“我现在就去看看他爹，我对不起他，我有罪！我要去赎罪！”

吕淑梅感到茫然，问：“大哥，你咋这么说呢？你有啥罪？”

“唉，没有脸说啊！”

老会计扶着炕沿儿下了地，在吕淑梅的搀扶下，朝罗志明家走去。来到罗志明家，老会计扑腾跪在地上，对着土坑连连磕头。

此时，罗百万躺在炕上，罗志明正把刚熬好的一碗中药汤端到父亲面前，忽见老会计进屋就朝他们爷儿俩磕头，大为惊讶！罗志明连忙拉起老会计，说："大叔，你这是干啥？"

老会计又扑腾跪下，磕起头来。罗志明越发奇怪，问吕淑梅道："婶子，他怎么进屋就磕头呢？"

吕淑梅也是满头雾水，说："我也不知道为什么，他说来向你们爷儿俩赎罪，也不知赎什么罪？"

罗志明又一次拉起老会计，恳求道："大叔，你不要这样，有什么话你说出来，不说出来我们不知道啊！"

老会计泪水满面，哭声哭气地说："志明侄子，你得原谅大叔，大叔做了对不起你们一家人的事。在马村长的指示下，我把村政府保存的你爸和马村长签的合同烧了，又给马村长手中的合同改了，那合同上的'马平山有随时收回土地耕种的权利'，是马村长叫我给他后加上的，在你爹手里那份被马村长撕了的合同上是没有的。都是我不好，成了马村长的狗，你怎么处理我我都接受！送我去坐大牢，我也没有怨言。我今天来，对你全说出来，心里才痛快，要不，我就要憋死了！"

此时，躺在炕上的罗百万因为这几天服了几剂药，精神大有好转，不再神志迷惑。开始，对于老会计来他家下跪，也深感疑惑；听了老会计一番诉说，不由得勃然大怒，一骨碌爬起来，伸手从身边抓起装满药汤的大白碗，朝老会计头上扔去，一边骂道："我叫你害苦了，你还有脸来！给我滚！"

大白碗落在老会计的肩上，碗破汤溅，药水湿了老会计的衣衫。老会计只觉得肩膀如刀劈一般疼痛难受，不由得瘫倒在地上，双手捂着肩臂，泪水如河，他吃力地说：“我该……该打，该打。”

罗志明和吕淑梅同时被罗百万异常的举动惊呆了。他们急忙扶起老会计，见他肩膀没有受伤，这才放心了不少。为防罗百万又一次做出意外举动，二人忙把老会计搀扶到西间屋。这时，东间屋不时传出罗百万的惊人的呼叫声：“刘昌河，你这个王八蛋，老子叫你们害苦了，你还我女儿，你要不把我女儿找回来，我和你拼命！”

罗志明安慰老会计道：“我爹精神不好，正在服中药，大叔，你别记心上，我代表我们全家感谢你来向我们说出了实情！你要不说，我们怎么知道呢！”

正在这时，傅开花风风火火地闯进来，一下子跪在地上，对罗百万说：“我的好大哥，你就饶了我那个死老头子吧！让他和我来世做牛做马，给你耕地拉车，行不行？”

屋内，罗百万抱着头呜呜地哭了。

五十四　马老二进城

当时，傅开花听吕淑梅说是马老二的外甥冒充县检察院的工作人员审查自己的老头子，便气冲冲地跑到马老二家，逼着马老二如实交待事情的来龙去脉。马老二一见纸里包不住火，用什么谎言也骗不了这个泼辣的女人，便说是他外甥瞒着他做了对不起老会计的事，愿意给老会计一千块钱的精神损失费，并保证叫老会计再连任五年。傅开花如何肯依？她告诉马老二，若他不向全体村民交代他是如何逼老头子改了罗百万的合同，她决不会饶恕他，一定去县里告他。

傅开花走后，马老二心里七上八下，如十五个水桶在井里打水一般，他从屋里走出去，又从院子里走进来，总也想不出个万全消灾之计。他知道一旦傅开花当众公布此事，他马老二的名誉就一落千丈；他也深深知道，擅自修改合同和叫外甥假扮公务人员会给他带来什么后果。晚上，他叫女人炒了两个菜，喝了一瓶“北大荒”，也没有想出个万全之计。他不得不打通了赵乡长的手机。

“赵乡长，你好，你现在有时间吗？有件事我想……”

对方回答："马村长，你不要说了，你要说什么我全知道了，我正想给你打电话，正巧你打来了！马村长你胆子可真大啊！"

马老二登时头发竖立，心呼呼跳得厉害，不由得问："乡长，你说什么呀？"

"什么什么的，你装什么糊涂！今天下午罗志明给我打来电话，把老会计如何在你的指示下，改了你与罗百万签的合同，你又如何叫你外甥假扮公务人员恐吓老会计，致使老会计住医院的事，全和我说了，他希望乡政府派人到东丰村调查处理。我说老马呀，罗志明反映的情况是真实的吧？"

"这……"

"不要再装糊涂了，你得认识到你的行为造成的严重后果！这两件事都非同小可，你打算怎么办？"

"乡长，全靠你了，你叫我咋办，我就咋办！我一时糊涂，做了错事，看在咱们多年情谊的份上，你不能不救我呀！"

"今天上午乡政府接到县政府办的通知，李副县长后天去东丰村召开村民大会，我想可能是重新处理山泉地。你明天上午一定去县政府，把你做的这两件违法之事向县长彻底检讨认罪，以求得县长的原谅，这叫先发制人，否则，不仅你那个村长之职保不住，说不定还要受到法办！到那时我可保不了你！"

马老二登时冒出一股冷汗，他哪还敢说什么，只是说："赵乡长，我听你的，我听你的！"

马老二一夜没睡，鸡刚叫第一声，他就催女人起来做早饭。饭做好了，却只喝了一口米粥，就觉得肚子饱了，来到发车场，天还没亮呢！他一口气抽了半盒烟，去城里的人才陆续而来。没有人和他打招呼，仿佛谁也没有看到他。马老二心凉透了，心里说：老子还没下台，你们就对老子这般样子，老子真的下了台，你们还不把老子踩死？

来到县城，刚好是上班时间。马老二刚要进县政府大门，就被门卫挡住了。

“你找谁？”门卫冷冰冰的脸十分可怕。

马老二如头上浇了一盆冰水，一下子凉到脚底。他心想，以前我几次进这大门，门卫都笑脸相迎，怎么今天变脸了呢！

“我是东丰村马村长！”马老二以为门卫淡忘了他，故意向门卫提醒。

门卫仍然面无表情，说：“我知道你是马村长，我问你找谁？”

“去找李副县长。”

“两个李副县长，你找哪一位？”

“李仲良。”

门卫摸起警卫室内的电话，拨通了李仲良的办公室电话，说：“是李副县长吗？东丰村马村长要见你，可以让他去见你吗？”

对方回答：“可以，可以。”

门卫放下电话，对马老二说：“李副县长同意你去见他。”

马老二一颗紧张的心松弛下来，他不满地瞅了门卫一眼，心里说：老子还没下台！你就对老子这样，真不是东西！

李仲良热情地迎接着马老二，紧紧握着他的手，说：“你怎么有时间来？一定有重要的事情向我汇报吧！抓紧说吧，一会儿我还要参加一个会议。”

马老二突然满面泪水，悲声悲气地说：“李副县长，我今天是来向你做检讨的，我做了对不起党和人民的事情，我有罪，我接受政府对我的处理。”

李仲良惊讶地说：“马村长，你怎么这么说，你做了什么错事？”

马老二低着头，接过李仲良递给他的一条毛巾，擦了擦泪眼，便把他如何叫老会计改了合同，为防止老会计向人吐露真情，又如何叫他外甥扮演公务人员恐吓老会计的事，一五一十地说了。说到最后，连声不住地说：“我有罪，我愿接受政府处理，叫我去坐牢，我也毫无怨言！”

李仲良递给马老二一杯水，紧锁眉头，深思片刻，心情十分沉重地说：“出乎我的意料，你会做这种事！你能及时向政府坦白，这是你好的表现。不过据我了解，你给罗家造成的悲剧太大了，这是绝不能宽恕你的；而你执迷不悟，又叫你外甥演戏恐吓老会计，这就触犯了法律，罪上加罪了。因为一块山泉地致使罗家发生那么大的不幸，至今罗百万的女儿还下落不明，你儿子又畏罪潜逃，这都是我们的工作失职啊！我这个当县长的不称职啊！”

“我接受政府的处理！”

此时，马老二如狗般蜷缩在那里，要多可怜有多可怜，他那以往的威风，早已烟消云散。他似乎真有认罪之心，泪水直流。

李仲良打开抽匣，拿出一个文件袋，说：“这里边有三份合同，有罗百万和你签的转包地的一份合同，有你与东丰村集体签的承包地合同，还有一份是东丰村田海与岗子村签的承包山泉地的合同。”

马老二立时惊得睁大了眼睛，他眼看着吕淑梅烧了合同，用一万元换的大愣那一份合同也被他烧了，怎么又出来一份合同？他纳闷道：“田海和岗子村那份合同怎么那么多呀？”

“你只知那份合同被田海的媳妇扔到火里烧了，却不知吕淑梅叫他儿子复印了几份，烧的是其中一份复印件，原始合同没有烧，后来由他儿子给了罗志明，罗志明交给岗子村村民了。就是因为这一份合同，使咱们优秀的老村长失去了生命！这是一件多么骇人听闻的事情。马村长，你也没有想到吧？”

“我该死，我接受法律处置！”

“现在说什么也晚了，我一想到老村长的去世，心里就十分伤痛。这都是我们工作的失误啊！明天我们准备在东丰村召开一个由各村村干部和各乡镇主要领导参加的会议，把因为一块山泉地发生的事情在会上做介绍，使我们的干部从中吸取教训！同时，要让大伙都改变思想，丢掉单靠种地打粮致富的旧观念，要转型，多方面发展，要搞旅游开发，要搞家庭旅馆，要开豆腐房、粉房、酒房、油条铺，城里人能干的农民也能干！把山泉地的旅游开发搞起来，使东丰村变成旅游村，我想如果你们和岗子村联合干，叫天顺公司入股，那一定干得红红火火！”

对于李仲良的宏伟蓝图，眼下，马老二并不感兴趣，他除了担忧自己未来的命运，便是那份岗子村老村长和田海的山泉地承包合同。那份原始合同真的还有吗？会不会是他们假造的？

“李县长，我有个请求，可以看看岗子村和田海签的合同吗？”马老二小心翼翼地说。

李仲良把那份合同书递给马老二。马老二急忙接过合同书，只见上面写着：

合同书

因为岗子村的山泉地坐落在相距东丰村只有一里远的大玛河畔野猪岭下，距离岗子村十五里远，不便于岗子村村民耕种。经岗子村村委会研究，又经村民大会通过，决定将此地三垧三亩全部承包给东丰村村民田海。田海每年向岗子村每垧地交二百元承包费。同时，田海夫妻儿女均有承包此地权利。承包期三十年，承包费可根据田海家庭经济收入情况减免或增加或延期交纳，也可三十年后一起交纳。在承包期满后，田海及家人有继续承包的优先权。立此为证。

甲方：大山乡岗子村村委会
经手人：村长杨兆坤
乙方：田海、吕淑梅
证明人：岗子村会计赵平会
东丰村会计刘昌河
一九八六年一月二日

马老二惊得睁大了双眼，半天没说出一句话。心里说，想不到我马老二倒在小姨子手里，小姨子心真毒呀！

李仲良又从抽屉里拿出一个小本本，说："在这个本子里，记着岗子村黄月来在这三十年来，每年去向吕淑梅讨要土地承包费，里面有吕淑格在本子上的签名，你也可以拿去看一看。"

马老二连忙摇手，说："不看了，不看了，我信，我信，我一百个相信！"

五十五　村委会院里开大会

就在李副县长要来东丰村主持召开村民大会的那天，罗志明送父亲去省城治疗去了。虽然已经立夏，清晨却仍然有些寒意，太阳升起，天气渐渐暖和起来。难得村里召开这么一次隆重的大会，人们听说县长要来东丰村，都早起做了饭，虽然人们不知道开会的内容，但是隐约猜到，能有县长参加的会议一定非同小可。

上午八点多钟，李副县长的车就开进了东丰村。有人在路边拍手欢迎，高呼“欢迎县长莅临”，不知哪家还放了鞭炮，仿佛是过节一样。

李仲良下了车，见路边有那么多人欢迎他，登时热泪盈眶，他对张大川说：“百姓对我们这么热情，使我更感到内疚！因为一块山泉地，发生了一些不该发生的事，是咱们工作没做好啊！”

马老二站在人群最前边，第一个上前握着李仲良的手，说：“村民们听说你来了，都高兴得不得了，有人不吃早饭就来了！把活儿也扔下了。”

李仲良脸上立时现出悔色，说："这个会应该晚上开，因为开会耽误农活，百姓会对我们有意见啊！"

马老二说："现在还不是大忙时节，不影响农活。"

李仲良说："长会短开，就半个小时。马村长，散了会你领我们去看看罗百万，我这当县长的应该向他当面做检讨，是我们工作的失责，才使他受了那么大的委曲，家中发生那么大的不幸！"

马老二说："听说罗志明今天一早带他爹去省城治病去了。"

"那也要去他家。"

马老二深感不解，但还是点头同意。

会议在村委会院里召开。黑压压的人群几乎把院墙挤倒了。人们七吵八嚷的，如赶大集般热闹。

马老二见村里人几乎全来了，便宣布开会，他说："李县长在百忙之中来咱们东丰村召开村民大会，这是县领导对咱们村村民的关怀和支持，咱们要永远不要忘记！现在，咱们以热烈的掌声，欢迎李县长讲话！"

一阵掌声过后，李仲良站在院子中间一块石砖上，向人们大声说："东丰村的父老乡亲们，我代表县政府的全体党员干部，来向东丰村的村民做检讨来了。由于我们的工作做得不好，使得东丰村在这一个多月发生了不少不该发生的事！给不少人家带来了不幸和悲剧，我向他们道歉！"

李仲良向人们深深躺了一躬，立时，院子里又一次响起阵阵掌声。

李仲良接着说："谁也没有想到会因为一块山泉地，发生那么多事，但是事情还是发生了。其主要责任是村长马平山，他既不是一个合格的共产党员，也无资格继续担任东丰村的村长，从今天开始，马平山同志被撤职反省检讨，新的村长由村民选举产生！”

马老二脸色大变，尽管他已经料到他的村长之职很可能不保，但却没有想到，李仲良会在今天的村民大会上，这么快宣布撤了他的村长之职！此时，他哪还有脸待在这里？恨不能马上钻到地里去。他见人们的目光全集中到他身上，越发觉得一分一秒也待不下去了。突然，有人拍起了手掌，继而院子里响起雷鸣般的掌声。这掌声如尖刀刺在马老二的心上，他额头上冒出豆粒般大的汗珠子。

掌声平息以后，李仲良继续说："马平山犯了很多严重错误，有的已经触及了刑法。对于他的问题，我们会做深入调查和处理。请乡亲们放心！今天我要来向大伙讲的第二个问题，就是县政府对因山泉地引起的纠纷的处理意见。县政府已经决定，撤销前几天张主任来主持召开会议时的处理结果。根据罗志明和吕淑梅母子提供的合法证据，以及岗子村村民的证明，由老会计刘昌河揭发的他受马平山授意修改了其与罗百万的合同之事，经过县政府又派人认真调查研究，又有多数村民做证，山泉地仍为岗子村所有。如果有人不认同县政府的处理，就可以看看我手中这几份合同。"

说到这里，李仲良把一个文件袋高高举过头顶，接着又说："我今天来，就是要化解有些村民心中的疑虑，防止那块山泉地物归原主后，有人又做出违反法律的行为。谁要对县政府的这个处理有意见，现在就可以提出来！如果说得正确，我们也接受。"

会场寂静片刻，有人窃窃私语。

"那块地本来就是岗子村的嘛！"

“都是马老二惹出的麻烦事，责任全在他！”

“听说罗志明献了合同，他怎么胳膊肘向外拐呢？”

“他媳妇是岗子村的，他能不向着丈人村吗？”

“听说为了那块山泉地，岗子村的老村长自杀了！”

“真有这事吗？”

“是造谣吧！”

……

李仲良听到了人们的议论，他大声说：“岗子村的老村长误喝农药去世，这是实事！因为山泉地被东丰村耕种，老村长认为是自己的失职，一时郁闷，把装农药的瓶子当成酒瓶，致使不治身亡。他的去世，给咱敲了警钟，是我们的，我们一定要；不是我们的，我们坚决不要！罗志明和吕淑梅母子是立了大功的。如果没有他们无私的奉献，不知因为这块地还会发生多少悲惨故事。政府对立功人是有奖励的！对做坏事的人也决不放过。马大福畏罪潜逃，罗秀英被人绑架，现在公安局正加大力量追捕作案凶手，这个案子很快会破的！”

人群中又响起一阵掌声。

人群中不见了马老二。原来马老二如一只死狗一样，早已瘫倒在地上，双手抱着头，汗水顺着脸颊直往下流。

五十六　兼任两职

杨玉萍自从父亲去世之后，一直沉浸在痛苦之中，她一面照顾年老多病的母亲，一边又忙于村中的财会工作，同时又惦记着罗志明父亲的病情。几次想去东丰村却总也抽不着时间，当她听到罗志明送父亲去省城治病的消息时，罗志明和父亲已经从省城回来了。她急忙来到东丰村，询问罗百万的病情。罗志明连连叹气，说：“在省城走了几家医院，都诊断我爸得的是精神分裂症，难于医治，只有少生气，解除他心内愁闷事，病情才能好转。”

听了罗志明的话，杨玉萍心中也很难受，她说：“那就以后听大夫的，不要让你爸生气，什么事都由着他。”

“是的，就按大夫说的。”

“还没有秀英的下落吗？”

罗志明摇摇头。

“也没有大愣的消息？”

“昨天他给我来电话，还在大鲁市。他说找不到秀英和马大福，他决不回东丰村。”

“他是不是对秀英很痴情？”

“大概是吧！”

“这就叫爱情的力量，为了爱情，大愣甘愿为秀英付出一切。”

罗志明有意逗笑道：“你不是也这样吗？”

杨玉萍轻轻推了罗志明一下，嗔怒道：“去你的！”

杨玉萍本想在罗志明家多住几天，帮他洗衣做饭。田勇突然给她打电话，叫她马上回岗子村，因为村里召开村民大会，决定招商引资的大事。临走，杨玉萍真诚地说：“志明，感谢你为岗子村全体村民做了一件大事，献出了那份合同书，没有那份我爸和田海签的合同，山泉地不会物归原主！田勇说，村里开会研究，打算奖励你两千块钱！”

罗志明连忙摇手拒绝，说：“回去告诉田村长，我一分钱也不要！不说岗子村很穷，就是富了，我也不要！这件事全靠你了。”

杨玉萍说：“我尊重你的意见。”

杨玉萍回到岗子村，第二天又回来了。罗志明深感吃惊，说：“你怎么这么快回来了？”

杨玉萍说：“我回去把你拒收奖金的事对田勇说了，他很感动。昨晚召开村民大会，大伙一致同意村民集资开发山泉地旅游区，田勇当村长兼山泉地旅游开发区的总经理，聘请你当副总经理。你看，这是聘请书。”

罗志明把聘请书递给杨玉萍，认真地说：“叫我去卖油条行，叫我去当副总经理，那是赶鸭子上架！”

杨玉萍急了，不悦地说：“这是岗子村人对你的信任，你不能拒绝啊！”

“我没有当副总经理的能力啊！”

“我看你行！你不要推辞了！就这么定了！行也行，不行也行！”

杨玉萍把聘请书递给罗志明。罗志明笑嘻嘻地说：“你还没嫁给我，就要气管炎（妻管严）啊！”

“时代不同了，这也叫改革开放！”

罗志明忽然又愁云上了脸，说：“我爸需要我照顾，实在是不能胜任啊！”

“有我照顾，你还不放心吗？”

“这……”

正在罗志明对岗子村的聘书犹豫不决之时，在赵乡长的主持下，东丰村召开了选举村长的村民大会，罗志明以超半数高票当选东丰村村长。罗志明立时惊得不轻，他对村民们说：“感谢大伙对我的信任！我是个书呆子，哪是韭菜哪是小麦苗，我还刚分得出，我怎么能当村长呢？叫我去卖油条，我一百个同意，叫我当村长，是赶鸭子上架！”

会场上爆发出一阵笑声。笑声过后，便是一片呼喊。

“拥护罗志明当村长！”

“罗志明，我们支持你！”

杨玉萍对于罗志明当选东丰村村长，并不感到吃惊，仿佛早就在预料之中，说：“你有文化，心地那么善良，还有卖油条的胆量，又不那么自私，关心别人的事，大伙都看在眼里，选你当村长是十分正常的事。现在你是当村长呢，还是去应聘当副总经理？”

“全部辞掉！”

“为什么？”

“无官一身轻！还是开油条铺好！”

“好吧，就听你的，以后我就当个油条铺女老板！”

罗志明凝视杨玉萍一大阵子，看她面色平静，看不出她说的是否是真心话。

门外突然有人叫：“这是罗志明家吗？”

罗志明答应一声，正待出门，一个青年手拿一个信件进了屋，说：“我是快递员，这是你的快递！”

罗志明撕开快递袋，里边有一封信，他拆开信一看，只见上面写着：

罗志明同志：

刚才接到赵乡长的电话，东丰村昨晚召开村民大会，你当选东丰村的村长，向你祝贺！群众的眼睛是亮的。希望你丢掉包袱，扫除一切障碍和顾虑，当好一村之长，带领全村村民走致富之路，在你任期之内，使东丰村变成一个富裕村。你对山泉地的公正处理给予了支持，虽然山泉地已经不为东丰村所有，但也要广开门路，利用山泉地临近东丰村的有利条件，和岗子村联合开发山泉旅游区，共同获利。我已经向田勇提出这个建议，他也十分赞同，只是考虑到资金短缺。这个难题也容易解决，我已电话通知天顺公司孙经理，他愿意与你们合作。我想下周三把你们三家召集在一起，共同研究如何开发山泉地的方案。希望你按时参加。

不知罗老伯身体如何？那日去东丰村，正值你与罗老伯去了省城，未能见面。如有什么困难，直言，党和政府一定帮你解决！

李仲良

二〇一六年五月十五日

罗志明把信递给杨玉萍。杨玉萍看了，满脸堆笑，说："看来你这个村长和副总经理的职务，是想甩也甩不掉了。"

罗志明苦笑道："这真是赶鸭子上架啊！你说我能上去吗？"

杨玉萍十分有把握地说："我看能上得去！因为你不是鸭子。你又当村长，又当副总经理，兼任两职，可喜可贺啊！"

"可贺，可贺，今晚包饺子吃！"

五十七　火烧野猪岭

自从李仲良当众宣布撤销马老二村长那天以后，马老二惶恐不安地待在家中，闭门不出，等待着政府对他的处理。因为他知道，在这些日子，公安机关一直没有放松对他的调查。这不仅仅因为他授意外甥假扮公务人员恐吓他人，更重要的是调查他担任村长期间所犯的其他罪行。他知道，自己将会接受司法部门对他的审判。他是理智的，他没有像他儿子一样逃向他乡，也没去向他人做任何报复行动。他认为，花开终有花落时，事到如今，做什么也无用了。

吕淑云深深为丈夫的命运担心。儿子音信未有，丈夫即将走进牢房，抛下她一个人怎么过啊！出嫁的女儿很久也难以见面，看来谁也指望不上了。她想起以后要过的那孤独无靠的艰难日子，不由得泪水满面，哭啼啼地说："我早就对你说，当官当不了一辈子，得多做些善事，如今你做了那么多坏事，是你自作自受！"

马老二冷笑一声，说："早知道尿炕就不喝水，行吗？别说些无用的，我马老二命中该有这一劫，等老子出了牢，还是条好汉！他们不叫我活得痛快，我也不叫他们自由自在，不信走着瞧！”

“死到临头了，你还嘴硬！”

“我没犯死罪！大不了坐个三年五年的牢，有什么的？我相信有人会帮我早从大牢里出来的！我就不信，他们花了我那么多钱，就白花了吗？他们敢不救我，我做鬼也不饶他们！”

“也不知大福在哪里。他能回来，我也就不愁了。”

马老二发狠地说：“往后少提那个没出息的混账东西，为了一个女人，做出那种蠢事，他死在外边才好呢！”

“你是说，秀英真是被他绑架的？”

“除了他，没有别人。本来有回来的路，叫他又堵上了。这个傻小子。”

吕淑云哭得更凶了。

马老二烦躁地叫起来：“我还没死，死了你再哭！你让我在家里静几天好不好！等我去了大牢，你就哭个够！真烦人！”

吕淑云不敢再哭了。她擦干眼泪，仿佛忽然间想起什么，说：“志明他爹去省城回来了，听说他那病难治。这几天又犯病了，扶着拐满街走，老喊‘失火了，失火了’。我拿几十个鸡蛋去看看他，不管怎么说，他是因为咱们家的事才得了精神病！不能叫大伙说咱丧了良心。”

马老二说：“现在名誉对咱来说已经没有用了，你要去就去吧！罗百万是自作自受，他要不叫他儿子来给他姑娘退婚，他们家能发生不幸吗？是他命该如此！我心里很乱，到外边走走，你早睡吧！”

吕淑云想到丈夫这几天的烦心事，不放心，说：“他爹，你千万别想不开啊！”

马老二说：“我的心大着哪！放心吧，我不会去寻死的。我要活下去，我不相信罗志明会干得比我好！我要看他怎么和我一样倒台！”

吕淑云睡下后，孙有成神奇般地来到马老二家。马老二大为惊讶，说：“你怎么来了？”

孙有成说：“咋的，不欢迎我吗？是不是因为我失去开发山泉地的权利，就瞧不起我了？”

马老二说：“我现在是落水的凤凰，不如一只鸡，哪敢瞧不起你呀！说吧，来找我有什么事？”

“心里不痛快，来找你喝几杯！把你的好酒拿出来！”

马老二很为孙有成的话不满，说：“我还有瓶尿酒，你喝不喝？”

“是尿酒也喝！今晚一醉方休！”

马老二拿出一瓶茅台，孙有成瞪大眼睛，说：“真有好酒啊！”

“大玛河水不干，我马老二好酒就不断！”

这天晚上，两人喝了个大醉。孙有成醉倒在炕上，马老二也醉得直吐。马老二觉得口渴，起来喝了半壶水，仍然觉得头昏沉沉的，他点了一支香烟，拉开房门，来到大街上。

此时，夜已深了，家家户户的窗口都早已灭了灯光，环绕东丰村的大玛河的河水哗啦啦的，在夜晚显得十分响亮。不知谁家的婴儿的哭叫声，伴着野猪岭传来的熊叫声，令人毛骨悚然。马老二注视着被夜晚吞没的黑茫茫的野猪岭，凝眉思索着。

这时，从村那头忽然传来一个人的叫喊声：“失火了，失火了！”

马老二知道，那是罗百万的叫声，不多会儿只见罗百万赤着脚，一边扶着拐杖走一边叫："失火了，失火了！"

马老二知道罗百万又犯病了。因为在前天，他也看见罗百万这么可街乱跑地狂叫不休。现在面对一个失去理智的疯人，马老二只能躲到墙角边，看着罗百万从身边路过，不知为什么心中却为他可怜起来。

罗志明跑来了，看见了马老二，问："大叔，看见我爸了吗？"

马老二朝胡同口那边指了指，说："跑那边去了，我拦不住他，是不是又犯病了？"

"嗯哪！"

罗志明朝马老二指的方向跑去。

这时，村里的房门都打开了，他们听到罗百万的叫喊声，都以为真的失了火，一股脑儿涌到街上，当他们知道是罗百万又犯了精神病时，便都同情地流下了眼泪。

罗志明把父亲背回家中，然而到后半夜，罗百万又跑了出来，鬼使神差地来到山泉地。他在地里走来走去，连声叫呼："失火了，失火了！"这时，树枝泛青的野猪岭，忽然燃烧起熊熊大火，大火在猛烈山风的吹刮下，使地面枯叶干枝哔哔剥剥燃烧起来，很快席卷半边山，继而，整整的一座野猪岭被大火吞没了。烟云冲天，吞没了天际。

罗志明醒来不见父亲，他开门一看，但见野猪岭火光冲天，不由得大惊，他顾不得父亲的安危，急忙跑到村部，打开扩音器，对着话筒大呼："野猪岭失火了，都去救火呀！"

没有人开门。一来因为正沉浸在睡梦中，再就是听到广播的，也以为是罗百万犯了病，在街上狂喊狂叫。罗志明急得嗓子喊破了，只有十几户房门打开。在他们看到村外野猪岭上一片火光映红了半个天时，这才毛慌了，带着扑火工具，奔野猪岭跑去。

当他们来到野猪岭下的山泉地里，看着熊熊大火，却都无能为力，他们也只有眼巴巴地望着大火，在风中剧烈地燃烧。

罗志明早已给乡消防队打了电话。远水不解近渴，当乡里组织的消防队来到时，大火已经燃烧了半个野猪岭。一直到中午，人们终于把大火扑灭。然而，曾经树林密布的野猪岭已经变成了光秃秃的一片。浓烟中飘散着野猪肉烧焦的气味，还有熊瞎子的凄惨的吼叫声。人们无不为此感到惋惜而流下了眼泪。

只有罗百万似乎觉得什么也没有发生，他还在山泉地边走边叫："失火了，失火了！"

吕淑梅忍无可忍，朝罗百万嘴上狠狠地打了一巴掌，叫道："就是你这个臭嘴！惹出了这场大火！"

人们都为吕淑梅的意外举动大为震惊。罗百万也惊呆了，他捂着火辣辣的脸，说："大愣他妈，你咋打我啊！"

吕淑梅止不住地哭了起来，她心疼地指了指野猪岭。罗百万马上明白了，他大声说："不是我放的火，我没有放火呀！"他习惯地摸了摸自己的衣兜，摸出一个打火机，不由得一愣，自语道："我这个兜里怎么有个火机呢？是谁给我的呀！"

五十八 机关算尽不聪明

一场罕见的大火，把密林丛生的野猪岭烧成了一个光秃秃的土岭，使人们十分悲痛。人们看到那一只只被大火烧焦的野猪，还有在烈火中发出尖利的惨叫声的熊瞎子带着火球四处乱窜乱跳，最终跌倒在火堆里，便越发难受起来。正当准备开发山泉地旅游区的时候，却发生了这么一场火灾，人们对大火的起因发生了怀疑。无风不起浪。在这家喻户晓的春季防火期，在没有雷雨电击的情况下，山林里是不会发生火灾的。事实证明，这场大火的发生并非自然而起，是有人故意纵火！当大火扑灭后，县公安局与大山林业局联合对东丰村的每一个人进行调查，人们的目光全都集中在罗百万兜里那个打火机！

罗百万是纵火者吗？这个疑问在东丰村的村民和公安局调查组的每一个人的脑海里浮动起来。人们怀疑，罗百万会不会因为精神不正常，而跑到野猪岭上点火呢？如若放火者真正是他，对于一个患有精神病的人，当然也就不可能追究刑事责任了。

但是，却也有人从没有想到这失火与罗百万有关系。他们想到了马老二。因为有人发现，从马老二被撤了村长之后，一直很少出现在众人面前。会不会是马老二在失去了村长之职的同时，又失去了山泉地的承包权，故意放火烧山，发泄失去权力和山泉地的不满呢？

还有人提出不同的看法，他们怀疑野猪岭深夜失火与天顺公司的孙有成有关。有人看见，就在发生大火的前半天，孙有成乘车来到山泉地边，下车后钻进了野猪岭。他独自一人去林中干什么呢？可是如果是他放的火，为什么会到半夜时分才燃烧起来？

罗志明难受极了，在大火扑灭之后，人们陆续回到家中，只有他一个人还长久地站在山泉地里，注视冒着残烟的山峦，紧锁眉头，心如刀割，他完全明白，野猪岭上树木的损失，对开发山泉地旅游区的影响是巨大的。没有丛生茂密的树林，便也没有野猪和熊瞎子的生存之地，仅仅一个山泉，其开发旅游的价值便失去了一大半，如若要山上重新树木丛生，那也得几十年！

罗百万来了。他现在完全又变成了一个正常的人。他指着散发着焦味的野猪岭，对儿子大发雷霆：“你小子怎么当的村长？长了眼睛是吃饭的？为什么大瞪着俩眼把山烧成这个样子？你得给我抓住凶手，我要用刀子割他的肉！”

罗志明实在忍不住了，冲父亲发了火：“要不是你，能把山烧了吗？你犯了病，天天喊失火了失火了，失火那夜里，你就在这地里，兜里还有火机！我就纳闷，你现在也不抽烟了，兜里还揣个火机干什么？大伙怀疑是你放的火！”

罗百万十分疑惑地闪动着眼睛，问儿子：“我真那么喊了吗？我咋不记得？我也纳闷，我的兜里怎么有火机呢？儿子，你相信你爹，你爹再糊涂，也不会去放火！”

“我信，可是别人能相信吗？你叫我怎么向大伙解释？”

罗百万跺着脚望着村子里叫骂：“是哪个狗娘养的，给我兜里藏火机！那个人不得好死！天打雷轰，断子绝孙！”

现在，说什么也没用了，纵火者到底是谁，也只有天知道了。

尽管县公安局的人通过各方面调查，也对可疑的现场进行拍照，都没有发现纵火人的足迹和线索。于是便也只能把罗百万列成第一大嫌疑人，记录在案中，上报有关机关，等待进一步的处理。罗志明对于公安局的这种安排和处理毫无怨言，他也怀疑父亲在那天夜里犯了病，一时精神失常，放火烧了山。但他也不能不对马老二的一举一动做个仔细观察。从那天夜里野猪岭发生大火之后，马老二在人们面前几乎消失了，见天儿待在家中，似乎在等候公安局对他的逮捕。

野猪岭发生大火的事情，很快传到岗子村村长田勇的耳朵里。他急匆匆跑到杨玉萍家中，打听发生大火的原因。就在大火发生的头一天，杨玉萍回到岗子村，因此对于大火究竟如何发生她也十分茫然，她立时赶到东丰村，听了罗志明的叙说，杨玉萍问：“你认为这场大火是你爸放的？”

“是的，那天夜里他犯了病。在我睡了后，他跑到野猪岭，大火发生时，他就在山泉地里，在他的兜里有打火机。”

杨玉萍以肯定的语气说：“放火者不是你爸，是马老二！”

罗志明十分惊讶：“为啥？”

“刚才你说，那天夜里你爸犯了病，在你寻找你爸时，在街口遇上了马老二，你说从他落选之后，他很少出门，为什么他在那天夜里出现在街上？我想他一定是准备去野猪岭放火，遇上了你；后来上山去放火，又遇上了你爸，一定是他趁你爸犯了病糊涂之时，把打火机放在你爸衣兜里，让人们怀疑放火者是你爸！”

罗志明似乎觉得杨玉萍说得也很有道理，只是没有马老二作案的证据，也只能猜疑罢了，他说：“没有真凭实据，是不能怀疑他人的。”

“应该把这个疑点通知公安局，供他们参考！”

罗志明说：“公安局已经立了案，把我爸当成作案嫌疑人。如果现在向公安局揭发马老二，证据不足，不如等以后有确切证据，再报案吧！”

杨玉萍说：“也行！你我现在就去马老二家。”

“去干什么？”

“抓证据嘛！”杨玉萍认真地说。

罗志明感到不解，问：“你这是唱的哪出戏？”

“你听我的，没有错！”

正当杨玉萍和罗志明要去马老二家时，出乎他们的意外，马老二到罗家来了。

“志明啊，野猪岭发生大火，不仅仅是林业局的损失，咱东丰村的损失也不小啊！它影响了开发山泉地旅游区，也使咱东丰村自然环境受到影响和破坏，是哪个王八蛋放的火，政府查出来了吗？”马老二一进门就直截了当地说了一大篇。

罗志明说：“公安局立案，已经把我爸当成重点嫌疑人。”

马老二脸上立时现出怒色，说：“怎么能把个精神不正常的人当凶手呢！公安局的人也太把这个案子当儿戏了。太不像话，太不像话！你该去为父亲伸冤！”

“我相信政府不会冤枉一个好人，也绝不会放过一个坏人！”

“那是的，那是的。不过也不能等公安局把真正凶手查出来，再为你爸伸冤，要是永远查不出来，还能叫你爸永远背个纵火犯罪名，带到棺材里去吗？可惜我现在不当村长了，如果还在任上，我就去为你父亲申诉，凭什么把纵火犯的罪名安在一个犯有精神病的人的头上？”

马老二似乎真的动怒了，坐不住又站起来说：“志明，今天我和你去公安局问个明白，把精神病人当成罪犯，法律上没有这一条！”

“谢谢大叔的好意。我说过，政府不会冤枉一个好人。公安局之所以怀疑我父亲是纵火者，是有一定的道理。一是发生大火时，他就在现场；二是他衣兜里有打火机；三是他精神失常；四是他这几天一犯病就‘失火了，失火了’地叫喊。所以我也不能确定纵火犯是不是我爸！”

“既然你也这么认为，我这当大叔的就不说什么了，说一千道一万，都是我的错，要不是因为那块山泉地，我和你爸也不会闹些不愉快，他也不会得病的！都怪那该死的山泉地！”

临走，马老二把罗志明叫到院子里，悄声说：“如果你要为你父亲伸冤的话，我可以给你提供个线索。”

“是谁？”

“天顺公司孙有成。”

罗志明惊得睁大了眼睛，说：“怎么会是他？”

“发生火灾的那天晚上，孙有成到我家去，他说他去了山泉地，也爬上了野猪岭。他说他要想一切办法把山泉地弄到手，决不和岗子村、东丰村搞什么合作。他们都是穷棒子村，想用他的资金发财，狗腚上贴对联——没门！他还说他自己要得不到山泉地，别人也别想得到。为这，我劝他听李县长的，他还把李县长骂了，所以我怀疑是他放的火！”

罗志明一时没吱声，他为马老二的话感到震惊，心想，那个孙有成果真是这么说的吗？自始至终，杨玉萍没有说一句话。等马老二走后，她很有把握地说：“志明，我没说错吧！纵火犯就是他，贼喊捉贼，落井下石，一来摸底，二来转移方向！咱们必须对他进行调查，不能让你爹蒙冤！”

罗志明说：“如果真的是马老二干的，他逃不了法律的制裁。”

杨玉萍说：“马老二真刁啊，可惜机关算尽，不聪明啊！”

五十九　水漫山泉地

自从黄月来听说县政府下了文件，山泉地回归岗子村，他兴奋得几夜睡不着。他去商店买了糖果和一瓶“玉米香”，又买了一挂鞭炮，来到父亲坟前，又磕头又烧香，放了鞭炮，对着坟头说：“爹，你流血流汗开垦的那块山泉地，又回到岗子村了。为了那块地，三十年来，我在每年三月五日都要去东丰村找那个寡妇女人签字画押；为了那块地，你孙子和东丰村的田大愣动了手脚；为了那块地，老村长失去了性命！爹，儿子向你保证，只要我和你孙子活在这个世界上，决不会再让山泉地被他人占有！是东丰村的罗志明和那个寡妇女人立了一大功，也多亏李县长主持公道，才使山泉地又回来了。爹，儿子说的话，你听见了吗？”

死去的人当然不会听到活人说的话。黄月来仿佛觉得父亲在仔细地听他叙说，把说过的话说了一遍又一遍，一直到西边天际浓云密布，雷声隆隆，似乎一场大雨即将来临，他这才恋恋不舍地离开墓地。

黄月来回到家中，觉得身子十分疲倦，饭也没吃，躺在炕上睡着了。窗外阵阵响彻天际的雷声把他震醒了，但见窗外电闪雷鸣，大雨瓢泼而下。黄月来骤然心里一阵紧张，不知为什么，他想到了那块山泉地。

自从一九六五年那场洪水漫过山泉地之后，每年的下雨时节，黄月来总是提心吊胆，他害怕洪水又一次把山泉地淹没。就是在山泉地承包给田海时，他也无时不挂念。眼见窗外大雨连续不断地下，他冲西间屋大呼："大成，外边下大雨了！"

黄大成很不高兴地说："下雨就下雨，你能管着老天爷不下雨了？"

"我是怕山泉地又叫水淹了！"

"怕淹了地，你就去守着那块地！"

黄大成不过说气话！自从因为那块山泉地使得老村长命丧黄泉，黄大成心里就如塞上棉花，一点也不痛快，他觉得老村长的去世，与他有直接关系。后悔那天一时冲动，去老村长家闹事。如今人已经死了，后悔也晚了，只是心中时时烦躁不安，闭上眼看见老村长，睁开眼也看见老村长站在自己身边，刚才还做梦，又梦见老村长呢！

黄月来对于儿子的回答十分不满，他真想去西屋把儿子狠狠训一顿，又怕惹儿媳妇不满，只好眼巴巴地望着窗外的大雨，想起那天去山泉地拉石头修坝被东丰村人拦挡的事，心里说：要是能把石坝修起来，那多好啊！想到这些，他对东丰村人的拦阻，就更不理解了。

"大成，给田勇打个电话，告诉他下大雨了！"黄月来冲西屋又喊叫起来。

黄大成赤着脚跑过来，冲着父亲一阵发火："爸，你老糊涂了！怎么下雨你也大惊小怪的？你是不是病了？"

黄月来指着儿子大叫："我没有病！是你有病，你不关心山泉地！那是你爷爷给咱留下的财产，你是忘祖！你马上给田勇打电话，叫他马上组织村民去山泉地上添石修坝！"

黄大成说："外边下着雨，怎么去修坝！"

"解放军能冒雨抢修河堤，搭救老百姓，咱们为什么不能冒雨去修坝！你要是我的儿子，马上给田勇打电话！"

黄大成无可奈何地说："好吧，听你的，打！"

黄大成拨通了田勇的手机，说："是田勇吗？我是大成，我爸叫我给你打电话，组织村民现在马上去山泉地修坝！田勇，你说我爸怎么忽然糊涂起来呢？不说下这么大的雨不能修坝，就是能修坝，去山泉地十多里远，能去得成吗？"

对方的话音："大成，你爸的建议很对，我已经通知两委班子和党员、团员还有民兵，马上到村部集合，去山泉地抢修大坝！刚才接到县防汛指挥部的通知，这几天要有一场罕见的洪水，洪水之大不亚于一九六五年那场大水，要各村做好防汛工作。我立时想到了山泉地！你也不要睡懒觉了，马上来村部，抗洪队伍马上就要出发了。"

黄大成一阵愣呆之后，对父亲说："爸，你不糊涂，是我糊涂了！"

黄月来还没弄明白儿子的话意，儿子却扛着铁锹拉开门，很快消失在雨中。

与此同时，在东丰村罗志明也接到县防汛指挥部的电话。他急忙冒雨跑到村部，打开播音器，村中大杨树喇叭里传出罗志明的喊声："全体村民请注意，刚才接到县防汛指挥部的电话通知，这几天有中到大雨，是年平均降雨量的五倍，为了保住山泉地不受水淹，十八岁以上的男劳力，都带上铁锹镐头，编织袋子，马上去山泉地装土袋筑坝！两委班子，党员、团员、民兵，必须参加！”

人们听了罗志明的广播，都无不震惊和质疑。吕淑云对丈夫说：“山泉地是岗子村的了，外边下这么大的雨，志明叫大伙去筑坝，他是不是和他爹一样，精神不正常？”

马老二摇摇头，说：“他精神很正常。可惜修坝修晚了，灾祸即将到来，再去磕头烧香求佛，是无用的。”

吕淑云埋怨道：“你还有脸说呢！那天岗子村的人开车修坝，被你带着咱村的人阻拦了，真要冲了地，你也逃不了责任！”

马老二幸灾乐祸般地说：“这就叫报应！如果不是岗子村的人因为那块地和我过意不去，我能阻拦他们修坝吗？”

“你呀，坏死了！”

“无毒不丈夫嘛！他们不叫我过好日子，我也不能叫他们好过！去把雨衣给我。”

“要雨衣干啥？”

“修坝去！现在我是一个被他们认为有罪的人，得有积极的表现啊！哈哈，好戏还在后边呢！”

当马老二披着雨衣扛着铁锹出现在村委会办公室大院里时，罗志明说：“大叔，你这么大年纪，就不要去了，快回家吧！”

马老二正色道：“我哪能不去呢！多一把锹，就是多一锹土！”

罗志明见劝不回去马老二，只得说：“你去不要干重活，要注意保护自己的身体，防止被雨水浇出病！”

马老二说：“你大叔不是三岁两岁的小孩子，大伙都冒雨去保地，我一个老村长，哪能不去呢！”

罗志明对来人们说：“马大叔这么大年纪，也顶着大雨去修坝，我们得向他学习这种精神！大伙一定不明白，现在山泉地回归岗子村，咱们东丰村的人为什么还去为那块地修坝，因为咱们准备和岗子村联合开发山泉地旅游区，也有咱们的利益。当然，就是没有咱们的利益，咱们也不能眼瞅着山泉地被大水淹没！现在人都到齐了，咱们出发！”

当人们冒雨来到山泉地时，他们完全没有想到，岗子村的抗洪队伍也来到了山泉地。于是，一场冒风雨筑大坝的战斗在山泉地临河岸边打响了。

事情的发展往往出乎人们的意料，如果这场大雨骤然而来，或者只下一个夜晚，那么，什么事也不会发生了。然而，大雨却一连下了两天两夜，大玛河如一头咆哮的雄狮，卷着巨浪，无情地冲向人们用编织袋装满土石的人造大坝，卷走了一个个编织土袋，大水冲过河岸，没过山泉地。山泉地变成了一片汪洋。

人们望着被洪水淹没的山泉地，都痛苦地流下了眼泪。

罗志明心如扎上了细针，他抓着田勇的手，几乎要哭了，声音微弱无力：“是我们东丰村的人害了你们，使这块地遭受了灾难！我代表东丰村村民向你们道歉，对不起了！”

田勇的心早已麻木了，他理解罗志明的话意。他说：“不能责备你们，这是天意！是咱们赶上了！”

罗志明点了点头，却又摇了摇头。他把目光盯向马老二。此时，马老二如落汤鸡一般，他早已被雨水泡透了。他脸上现出悔色，想说什么没有说出来，转身走了。

雨还在下。

六十　失踪

大雨一直下了三天三夜。大玛河如一匹脱缰的野马，卷着黄色的巨浪，浩浩荡荡向东方流去。野猪岭下的那块三垧三亩的山泉地，早已被大玛河吞没，变得无影无踪。连地中间一棵高高的老榆树，也只有半边树顶露在水外边。山上水流湍急，如开了闸门的水库，倾泻而下。人们刚刚耕种过的田地，全部没在水中。坐落在高岗上的东丰村，四面被洪水环绕，涌向村里，街道全被水吞没了。有不少人家的房屋被洪水泡塌。圈里的鸡猪狗牛，被洪水淹死在水中。水沟里漂出死猫死鸡，大街上漂浮着柴草，东丰村几乎也要被洪水吞没了。

罗志明在见到山泉地被洪水吞没之后，不得不放弃造坝保地的计划，回到村后，立即组织人们参加了保卫村屯的大会。他蹚着几乎齐腰的洪水，走访各家各户，告诉人们，生命和安全第一，财产第二。号召村民邻居相互帮助，克服种种困难，渡过这个难关。

然而，罗志明只顾别人，却忘记了他的那个家，家中还有个老父亲。在他逐一走过村中上百户人家后，并未发现人们有生命危险和财产的巨大损失，这才想到他应该回家去给父亲做饭了。当他回到家中，看见吕淑梅早已做好了晚饭，父亲静静地躺在炕上，十分感动地对吕淑梅说：“婶子，谢谢你又来照顾我爸！我只顾大伙的事，把我爸忘记了。”

吕淑梅有几分生气，说：“幸亏这几天你爸没犯病，要是犯了病，你也不在家，出了事咋办？玉萍回岗子村后，再也没有回来，也不知你们俩的事能不能成。要她还有意，你俩就结婚吧！”

罗志明叹息道：“山泉地被水冲没了，现在我们谁也没那个心情了。”

“这么说，你俩的事不成了？”

“成不成，我也说不准，顺其自然吧！”

吕淑梅想到了自己的儿子，忍不住流下泪，说：“这几天大愣没给你打电话？”

“昨天又来电话了。”

“找到秀英和马大福了？”

“没有。我劝他回来，他不回来。婶子，你劝他回来吧！”

吕淑梅摇摇头，说：“大愣也不是孩子，有他自己的主见，由着他吧！”

晚饭后，罗志明叫吕淑梅回家去，因为外边还雨水连绵不断，她家养着鸡猪鸭狗，夜晚没人实在不行。吕淑梅叫罗志明去办村里的事，待他父亲睡了后她再回家。罗志明想到低保户老刘头住的土屋经不住水泡，就到老刘头家去了。他把老刘头背到自己家西间屋炕上，又想到老会计从医院回来，一直身体不好，便又到老会计家去了。

老会计家房屋坐落在村西头低凹处，临近大玛河岸。河水暴涨，早就使他家小院变成池塘。洪水进了院，透过门口进到屋里，几乎把土炕淹没了。从医院回来后，老会计一直躺在炕上，身子腿脚都如石头般沉重，难于下地。傅开花一见洪水进了屋，惊得不知如何是好。老会计倒满不在乎，他倒巴着洪水把他淹死，忘记心中烦恼，下辈子重新做人，万万不可再当拉磨的驴，任凭他人使唤。

这时，罗志明来了。傅开花如见了神仙一般，一把抓住罗志明的手，止不住流着眼泪，说："大侄子，你来的真及时啊，你要晚来一会，俺们都没命了！你说俺们该怎么办呀！"

罗志明果断回答："好办！你们到我家去，我家住处高，进不了水！"

傅开花说："这屋内的东西咋办？全叫水泡了。"

罗志明忍不住笑了，说："事到如今，婶子还恋财呢！要是为了财不要命，你就和我大叔守着屋内这些东西，等待着大水把房屋泡塌，去东海见龙王爷去！"

傅开花忙说："不要财！要命，要命！我听大侄子的。"

当罗志明背着老会计和傅开花一同回到家中，想不到的事情发生了。东间屋炕上，没有罗百万的身影。

"我爸到哪去了？"罗志明问躺在西屋炕上的老刘头。

老刘头纳闷地说："他说出去解手，见外边下雨，是打着伞出去的。哎，怎么出去这么长时间，还没回来呢？"

罗志明急忙到院中厕所一看，没有父亲的影子。登时觉得头大了，他预料到，父亲可能又犯了病，不知走到什么地方去了。

罗志明跑到大街上，高声叫呼："爸，你在哪里？"

没有罗百万的回音，只有风雨声。

罗志明在村中每一条街道上跑着，叫喊着。

人们听到罗志明的呼叫声，都走出家门。当他们知道罗百万失踪后，便都冒雨满村寻找。人们都认为，犯了病的罗百万，不会走出被洪水围困的东丰村，或许在街道滚滚的洪水，把他隔离在哪个地方了。但是，人们从夜晚一直找到天大亮，也没有发现罗百万的身影。人们都十分恐惧和不安，估计罗百万凶多吉少，活着的希望不大了。

果然不出人们所料，终于有人发现，被洪水吞没的山泉地里，有一个人抱着那棵老榆树一动也不动。他的一半身子泡在水中，一半身子露在水上边。

那个人就是罗百万，他已经死了。

尾　声

七天以后，雨过天晴，大玛河的水流恢复了原来的面目，山泉地里的水退了，展现在人们面前的那块肥沃平坦的土地，变成一片白茫茫的凹凸不平的沙石地。那个从石缝里涌出泉水的山泉，已经无影无踪。覆盖在它上边的是半米多厚的沙土石头。只有那一棵老榆树，依然屹立在那里，它的枝头不屈服地伸上蓝天，仿佛向人们展现它独有的顽强性格。

在野猪岭下的山泉地头，堆起一座土坟，那里边埋着罗百万。人们说，罗百万为了那块山泉地，使得自己与女儿连遭不幸，让他死后也葬在这里，了却他心中的夙愿，做山泉地的看护者吧！

或许在他的看护之下，野猪岭不会再发生火灾，山泉地也不会再遭受洪水的淹没。然而，由于野猪岭失去了茂密的森林，山泉地没有了山泉，人们在山泉地搞开发旅游的美梦，已经完全破灭了。

正是罗百万去世的第七天，罗志明和杨玉萍上坟来了。罗志明跪在父亲坟前，哭成了泪人儿。拍着供石说：“爸，儿子对不起你，没有保护好你，也没能治好你的病，你就骂儿子出出气吧！儿子太大意了，让你死于洪水之中，儿子有罪啊！”

杨玉萍在罗百万去世的那天，冒雨来到东丰村，以罗百万儿媳妇的身份，给他戴孝。从此，就再也没有回岗子村。现在，她也来到山泉地，跪在罗百万坟前，磕了三个头，对着坟头说：“爸，你的去世和志明没有关系，要怨你就怨我吧！我不该在下大雨那几天回了岗子村，如果我不走，你不会遭到不幸，我真后悔啊！你在临走之前，也没见到秀英，爸爸，秀英一定会回来的！”

听杨玉萍这么一讲，罗志明忍不住嚎啕大哭起来。杨玉萍也哭了。

这天，来山泉地给罗百万上坟烧纸的人很多。老刘头扶着拐棍来了，老会计和他老伴傅开花来了，吕淑梅和她大姐也来了，刘四和刘玲玲也都来了……

马老二带着一瓶酒也来到罗百万坟前，他打开酒瓶盖，把一瓶酒全倒在供石前，然后跪在那儿磕了三个头，自语般说：“老大哥，你这一辈子因为钱紧，没有痛痛快快喝一顿酒，今日老弟给你送酒来了！咱哥俩这一世的不愉快，全被这瓶酒摆平了。因为我做了不少坑人害人的事，那场大火是我放的，冤枉了你。用不几天我就去看守所接受改造去了。但愿咱们下辈子无冤无仇，和睦相处，做一对好兄弟！”

后来，就在马老二走进看守所的第三天，大鲁市公安局刑警大队接到田大愣的一个举报电话，在田大愣的配合下，公安局在大鲁市一个偏僻的小巷里，抓捕到了马大福。那时，马大福正在和罗秀英卖羊肉串。几天后，马大福被押解回大山县公安局，父子在牢中相见，无不惊骇。

田大愣也回到了东丰村。和他一同回村的还有罗秀英。罗秀英仿佛变成另一个人，她十分瘦弱，头发变花白了，说话有气无力，还有就是肚子大了。当她知道父亲去世的消息，再也忍不住心里的莫大悲苦，昏了过去。经过紧急抢救，她终于苏醒过来。但之后一连几天，她汤水不进，不哭不笑，如死人一般，两眼发直，像个木偶。人们怀疑，她和她父亲一样，精神也要失常了。

罗志明心急如焚，立时把罗秀英送进县医院。住院三天不见有效果，便又送她去了省城，同去省城的还有田大愣。谁也不知道她的病能不能治好，谁都盼着能治好！她是这个世界上最可怜的人！她什么坏事也没有做，却遭受了世间最大的灾难。她什么怨言也没有，她默默忍受着心中的痛苦，盼着属于自己幸福的那一天。

几天后，罗秀英从省城回来了，她还是那样，面如死灰，仿佛是个哑巴，畏惧地望着每个人，如木头一般。她不离田大愣身边，紧紧地抓着田大愣的手，时而胆怯地看看后边，她总是去山泉地罗百万的坟前，跪着磕头，谁也阻拦不了她，谁也不愿去阻拦她。人们都明白，她想念她的父亲罗百万。

罗百万没有百万，他死后和大水冲过的山泉地一样……

后　记

三十年前，在黑龙江省青年文学创作积极分子大会上，当代著名作家刘绍棠先生说："文学创作是愚人的事业。"我从几十年的文学创作之中，深深体会到刘绍棠先生说的不无道理。从古到今，那些一生从事文学创作的作者们，他们费尽心力写出了名著，最后图到了什么呢？《聊斋志异》作者蒲松龄，屡试不中，穷苦一生；《红楼梦》作者曹雪芹，满门抄斩，死里逃生。然而，却还是有人想当作家。

刘绍棠先生一生笔耕不辍，伏炕桌而作，写出了《蒲柳人家》，生命垂危之时，还是笔不离手。似乎上天让他来到人间，除了写作便不许他做别的。我仿佛也中了邪似的，从我进学校大门那一天，就喜欢上了书籍，于是心中渐渐地也萌生了当作家的梦。我中学没读完，就不知天高地厚地写了一个以五莲山农民起义为题材的三十万字的长篇小说《荷花初开》，寄到中国青年出版社，结果仅得到了一句话："稿件退回，由于我们人手少，不能提出具体意见，请原谅"，就这么"枪毙"了。这本该是一次深刻的教训，然而我却总是如喝了迷魂汤一样，还是写！因为写作，错失考大学机会；因为写作，被说成不务正业；因为写作，放弃了发财的梦想。如今退休了，我神使鬼差般地又拿起笔，写了这部长篇小说。这使得很多人不理解，说我很傻，大概他们说得也很对。正如刘绍棠先生说的，因为我是一个愚人，愚人只能做傻事，是做不出聪明事的。

此书出版得到东宁市委宣传部部长鄂艳娟女士和东宁市文联主席庄俊刚同志的大力支持，以及群言出版社编辑老师的关怀帮助，谨以此书表示衷心感谢。

作者